Maria hat fünf Kinder zur Welt gebracht, Alexander, Mikola, Odarka, Griz und Fjodor, die alle inzwischen längst erwachsen sind und ihre eigenen Sorgen haben. Im Frühjahr 1986 finden sie sich bei der Mutter in Gorodischtscha ein, einem Dorf in der Nähe des Kernkraftwerks Tschernobyl, um Iwan, das Familienoberhaupt, zu Grabe zu tragen. Wie es die Sitte vorschreibt, verabreden sie sich beim Abschied zur Totengedenkfeier neun Tage später. Als die Frist verstrichen ist, wartet Maria jedoch vergeblich auf ihre Kinder. Sie ahnt nicht, daß im Werk hinter dem Wald ein großes Unglück passiert ist, mit dem jedes von ihnen auf schreckliche Weise konfrontiert wurde.

Der ukrainisch-sowjetische Schriftsteller Wladimir Jaworiwski (geb. 1942) wendet sich einem äußerst aktuellen, einen jeden von uns bewegenden Ereignis zu. Tiefe Betroffenheit führt ihm die Feder. Er fordert nachdrücklich dazu auf, mit der Atomkraft verantwortungsbewußt und äußerst wachsam umzugehen, schildert die hohe Einsatzbereitschaft bei der Begrenzung der Schäden und immer wieder die tragischen Folgen für das Leben der Menschen in dieser Gegend.

Wladimir Jaworiwski

Maria *mit der Wermutspflanze*

Roman um die Havarie von Tschernobyl

Aus dem Russischen
von Thea-Marianne Bobrowski

Verlag der Nation Berlin

Russischer Originaltitel:
Мария с полынью в конце столетия

ISBN 3-373-00365-2

2. Auflage 1990
Verlag der Nation Berlin

LSV 7201
Einband: Gerhard Medoch
Satz: (52) Nationales Druckhaus, Betrieb der VOB National
Druck und buchbinderische Verarbeitung:
Druckerei Märkische Volksstimme Potsdam
Best.-Nr. 697 009 6
00600

Es reicht nicht aus, von diesen Ereignissen zu berichten. Deshalb will ich Ihnen helfen, sie *zu sehen*. Daraus erklärt sich der Stil. Vielleicht ist es ein «Videoroman».

1

Wurzeln. Grobe, dickädrige Wurzeln auf einer sandigen Dorfstraße. Als sei es ihnen zu eng unter der Erde, drängen sie mit aller Kraft ans Licht.

Zermalmt von den Raupenketten der Traktoren, von den Rädern der Fuhrwerke und Lastwagen, blindwütig mit Äxten und Spaten zerhackt, doch lebendig. Vernarbt, verkrüppelt, auf den frischen Wunden kleine Harztropfen. Diese Dorfstraße scheint mit Wurzelwerk gepflastert, hier kommt man bei jedem Matschwetter durch.

Dicht an der Straße ein Friedhof. Der Holzzaun ist an einigen Stellen niedergerissen. Aus Rohren geschweißte, aus Kiefernbrettern gefügte Kreuze, die Gräber mit Stangen und Draht abgegrenzt, von Regen und Sonne verblichene, vergilbte Fotografien und billige Grabsteine. Dazwischen wie aus Bronze gegossene lebende Kiefern, deren Wurzeln die Grabhügel wie ein Geflecht umgeben. Stille, Einsamkeit, Verfall.

Zwischen den Gräbern weidet eine große gescheckte Kuh. Ihre Hörner starren wie Säbel in den Himmel. Sie zupft die jungen Büschel des *Tschernobyl*, des Wermuts, der an allen Wegen, besonders hier auf dem Friedhof, sprießt. Sie weidet, schnauft geräuschvoll und blickt hin und wieder zu einer bestimmten Stelle.

An den Stamm einer altehrwürdigen Kiefer ist ein Brett genagelt, das offensichtlich einmal zur Seitenwand eines Wagens gehört hat, denn noch läßt sich darauf das Kennzeichen des Lasters zum Teil entziffern: «86 KHE». Jemand hat es schludrig an einer Seite abgehackt, wie einen Pfahl gespitzt und mit roter Farbe darauf geschrieben: Gorodischtscha. Dabei ist ihm anscheinend nicht aufgefallen, daß dieser selbstgebastelte Wegweiser an ein seltsames Kreuz aus lebendiger Kiefer und totem grauem Brett erinnert.

Gierig zupft die Kuh den Wermut und blickt immer wieder nach vorn. Was interessiert sie dort?

Schweratmend schaufeln zwei nicht mehr junge Männer ein Grab. Aus der Grube fliegt frischer Sand, sauberer Sand, golden schimmernd. Die Mützen der Totengräber tauchen auf und verschwinden wieder. Klirrende Spaten, Ächzen, Sandspritzer.

Am Rand der Grube steht ein junger Bursche in Wattejacke, groben Stiefeln, ohne Mütze – Fjodor. Der jüngste Sohn des verstorbenen Iwan Mirowitsch. Er ist taubstumm, seit der Geburt. Im Dorf beachtet das keiner. Hier in Gorodischtscha ist er aufgewachsen, lebt bei Vater und Mutter und nun schon den zweiten Tag nur bei Mutter, weil sein Vater Iwan vorgestern gestorben ist.

Die Totengräber wissen um Fjodors Geburtsfehler und machen darum nicht viele Umstände. Sie reden laut miteinander:

«Steht da und geht einem aufs Gemüt, der stumme Klotz!»

«Hat scheinbar nicht mal 'ne Flasche mit, damit wir uns nach dieser Sträflingsarbeit die Kehle spülen können ...»

«Den hat der Verblichene sicher im Suff gemacht. Mit schwerem Kopf ...»

«Hat wahrscheinlich nicht mal gemerkt, daß es seine Maria war und nicht Nastja, die Herzliebste. Als die dann mitgekriegt haben, daß er taubstumm ist, war's zu spät. Was sollten sie auch machen, wo er alles sieht und versteht?»

Wütend hacken die Totengräber auf die Wurzeln ein, die sie behindern. Sie zerhacken sie und schleudern sie hoch. Fjodor sammelt sie ein, befühlt sie mit schmalen sensiblen Fingern und legt sie auf ein Häufchen.

«Den Iwan hat der Krebs richtig aufgefressen, wie der Holzwurm. Tante Maria soll bloß nicht so viel heulen, die kann endlich aufatmen. Was die sich gequält hat!»

«Der hat's lange genug gemacht! Konnte jetzt ruhig anderen das Feld räumen. Wie der gelebt hat, bei Gott! Hat sicher ein Faß Wodka runtergespült ...»

«Der hat doch überall genassauert. Nach dem Krieg war er Vorsitzender, und dann hatte er eine Brigade unter sich. Wenn der in Gorodischtscha an ein Haus kam, hopste die Flasche von allein auf den Tisch. Beim letzten Geizhals ist sie aus dem Boden gekrochen und auf den Tisch gesprungen, was denn sonst. Der Vorsitzende gab sich die Ehre.»

«Und wieviel Witwen der vernascht hat! Die Männer sind

im Krieg gefallen, und Mirowitsch hatte freies Feld. Dem hat keiner die Fresse poliert. Amüsier dich, solange du kannst. Das war ein Leben! Jetzt gibt's in Gorodischtscha nur noch verheiratete Weiber und alte Schindmähren. Weit haben wir's gebracht. Wenn mal eine flotte Biene auftaucht, zieht die Stadt sie gleich am Rocksaum und holt sie sich, damit die Atomleute was zu schleckern haben, bis der Hahn kräht. Bei denen am Reaktor soll das Blut ja rasch dünn werden ... Wir aber – wir sitzen hier fest mit unserer einzigen, als ob wir allein sind auf der Welt, wie Adam und Eva. Na, fertig! 's reicht! Der Grubenrand geht uns schon bis an die Augen!»

«Reicht wirklich, sonst stoßen wir am Ende noch auf Grundwasser. Der Alte wird sowieso nicht mehr lebendig. Dieser Krebs ist wie die Pest ... 's ist tief genug. Für das Geld, das die zahlen ...»

2

Ein kleines Feldstück, dem Wald abgerungen. Sandboden, darauf Stalldung, ungleichmäßig verteilt. Mitten auf dem Feld ein Traktor mit Anhänger. Marke «Belarus». Alt, abgetakelt, mit ausgeschlagenen Scheiben, die Seitenfenster mit Furnierholz vernagelt.

Ein hagerer unansehnlicher Mann von ungefähr vierzig Jahren entlädt den Anhänger. Der Traktorist sitzt im Fahrerhäuschen und raucht herausfordernd, voller Verachtung für den «Lastarbeiter», und löst Kreuzworträtsel in einer zerlesenen Zeitschrift.

«Mikola, ein Begriff, den Verliebte kennen, acht Buchstaben senkrecht.»

Mikola Mirowitsch, ein Sohn des Verstorbenen, klopft den Stalldung von der Forke, nimmt die modische Mütze ab und zupft an seiner Krawatte.

«Liebe, Archip! Nur Liebe. In allen Waagerechten und allen Senkrechten. Was sonst, wenn nicht Liebe?»

Er macht sich wieder an die Arbeit. An den modischen Schuhen klebt feuchter Mist. Der Schweiß rinnt ihm übers Gesicht, er atmet schwer, hat aber keine Zeit zum Verschnaufen.

«Du arbeitest zwar am Reaktor, Mikola, aber rechnen

kannst du trotzdem nicht. Liebe hat fünf Buchstaben, und ich brauche acht. Trennung. Tren-nung! Das ist's, genau! Du hast wirklich keine Ahnung, Mikola, wenn du auch am Reaktor arbeitest. Da sind wir nun zusammen zur Schule gegangen und haben auf einer Bank gesessen, aber was hat's genutzt?»

«Pack mal mit an, Archip, der Anhänger muß noch gewaschen werden. Wir halten die Beerdigung auf ...»

«Ich bin nicht für Kuhmist angezogen.» Archip betrachtet seine schmutzverkrusteten Gummistiefel. «Ich bin Traktorist und kein Mistkäfer. Nimm mehr auf die Forke und wirf's mit Schwung aufs Feld, Atomforscher. Wenn du nicht mal in deinem Atomwerk einen Wagen zur Beerdigung deines Vaters gekriegt hast ...!»

«Hab keine Zeit gehabt. Hab gedacht, ich werd Vater noch antreffen, mit ihm sprechen, Abschied von ihm nehmen.»

«Was verdienst du eigentlich dort, Mikola, du Gerechter?»

«Für mich reicht's ...»

«Ich spar für einen Shiguli. Dunkelblau. Deine Ludmilla ist doch beim Handel. Die haben alle Geld wie Heu. Gibt sie dir nichts? Sag's ihr, 's wird sowieso alles beschlagnahmt! Die Zeiten sind jetzt streng, grade das Rechte für den Staatsanwalt.»

«Mach dir keinen Kopf um mein Geld. Ich borge bei dir nichts.»

«Ach, Mikola, du reichst nicht so recht ran ... an den Standard. Warst und bleibst der Narr aus Gorodischtscha. Laß jetzt den Mist, wir fahren zum Fluß, du wäschst den Anhänger. Und ich muß nach Haus, die Schweine füttern und das Kalb. Im Herbst leg ich noch 'nen Anderthalbtausender aufs Konto. Dann steht der dunkelblaue Shiguli in der Garage. Mein Geld ist ehrlich verdient, Mikola, da gibt's nichts ...»

3

Vor dem imposanten Gebäude im Rayonzentrum, wo das Parteikomitee und das Exekutivkomitee ihren Sitz haben, hält ein schwarzglänzender Wolga, funkelnagelneu, Modell 31.

Langsam, ungeschickt steigt ein Mann aus. Vielmehr ist es, als schiebe er seine Körperteile einzeln heraus: zuerst die

Beine, dann den Kopf mit der schwarzen Baskenmütze à la Fidel Castro. Schließlich hat er sich aus dem Wagen gewunden und richtet sich auf. Ein hochgewachsener Mann im schwarzen österreichischen Überzieher. Hager, ungelenk, ungefähr zwei Meter groß. Er ist in dem Alter, da die joviale Anrede: «Junger Mann» wie Ironie klingt und wehmütig stimmt. Fünfundfünfzig, sieht aber älter aus. Der Schädel ist völlig kahl, die Stirn faltig. Wenn der Mann mit jemandem spricht, muß er sich zu seinen Gesprächspartnern hinabbeugen, um besser verstehen zu können.

Er geht über den großen Platz ins Parteikomitee. In jedem anderen Rayonzentrum wäre sein Erscheinen eine Sensation und würde von der Presse vermerkt, nach Iwangorod aber kommt Mirowitsch oft, er stammt aus dieser Gegend und ist zudem nicht offiziell da.

Alexander Mirowitsch hat den Entwurf für einen einfachen und preiswerten Reaktor, nach seinen eigenen Worten ungefährlich wie ein Schnapsbrennapparat, ausgearbeitet, der nun schon über ein Jahrzehnt ruhig (na ja, nicht ohne vorausberechnete technologische Auswürfe) die Turbinen vieler Atomkraftwerke des Landes antreibt und den billigsten Strom in der Welt erzeugt.

Alexander hatte sich sofort, als er die neue und aussichtsreiche Arbeit witterte, mit einer Gruppe junger Physiker an den Entwurf gemacht. Damals war das für alle Neuland – das schuf Chancengleichheit, und er, ein Mann voller Elan, hegte nicht die geringsten Zweifel.

Auf der Sitzung des Wissenschaftlichen Rats gingen die Meinungen der Fachleute über die Reaktorvariante der Gruppe Mirowitsch auseinander, doch jemand schlug vor, den Entwurf der Staatlichen Kommission vorzulegen, die damals vom Minister für Energiewesen des Landes geleitet wurde. Der Reaktor von Mirowitsch wurde vom Minister und von der Kommission als der billigste gewertet: Er erforderte keine riesigen unterirdischen Schächte für den Fall einer Havarie und konnte überall errichtet werden, wo ein Fluß oder ein See in der Nähe war.

Der mächtige Staatsapparat packte den Entwurf, der Reaktor von Mirowitsch kostete nur eine halbe Milliarde Rubel (das Wohngebiet mitgerechnet), der Staat brauchte dringend

Atomkraftwerke, um Länder des Warschauer Vertrags mit Strom zu versorgen, jemand «ganz hoch oben» lobte ihn und schlug den begabten Wissenschaftler für eine Auszeichnung vor. Mirowitsch erhielt den Staatspreis, und seine Gegner verstummten. Wenn jetzt jemand den Reaktor von Mirowitsch als dilettantisch bezeichnete und man Alexander Iwanowitsch dies hinterbrachte, lächelte er großmütig und scherzte: «Alles Geniale scheint auf den ersten Blick einfach und dilettantisch zu sein, eben weil es genial ist...»

«Ich bin schon aus der Gebietsparteileitung angerufen worden. Erfreut, Sie kennenzulernen. Nehmen Sie mein Beileid entgegen... Schade, schade, Sie haben den Vater verloren, und der Rayon hat einen stets einsatzbereiten Veteranen der Kolchosbewegung und des Krieges weniger. Wie können wir helfen, Alexander Iwanowitsch?» Der erste Sekretär spricht untertänig mit ihm.

«Entschuldigung, aber in der Tat, ich möchte Sie...»

«Ich heiße Andrej Timofejewitsch.»

«Andrej Timofejewitsch. In Gorodischtscha gibt es jetzt nur eine Brigade, und den Kolchosvorsitzenden aus Trilesje kenne ich nicht. Wir brauchen einen Sarg, einen Lastwagen und ein Orchester. Mein Vater wollte nichts von den Popen wissen. Der neue Kolchosvorsitzende weiß vielleicht nicht um die Verdienste meines Vaters und um meine, und mir etwas erbetteln, ihm etwas erklären... Sie begreifen...»

«Der Vorsitzende wird vor Ihrem Haus strammstehen. Machen Sie mit ihm nicht viel Federlesens: Er ist dumm und faul, initiativlos und auch noch vergeßlich. Man müßte ihn absetzen, aber wir haben keinen anderen. Mit solchen Leuten kommt die Umgestaltung nicht voran. Wenn Sie irgendwelche Probleme haben, rufen Sie mich an.»

Andrej Timofejewitsch begleitet Mirowitsch bis zum Wagen und fragt:

«Alexander Iwanowitsch, war das Ihre Idee, in unserem Rayon das Kraftwerk zu bauen? Die Leute erzählen, daß Sie darauf bestanden haben...»

«Nein, das ist eine staatliche Angelegenheit, auf höchste Wirtschaftspolitik gestützt. Es war bloß ein glücklicher Zufall...»

Der Wagen fährt an und rast in Richtung Gorodischtscha.

Der erste Sekretär wirft seinen Zigarettenstummel in den Fahrwind, seufzt und reckt sich. Sein Gesicht nimmt einen gewichtigen Ausdruck an.

«Die Aussaat steht ins Haus, und ich habe einen ganzen Tag verloren. Wann soll ich mich da bloß umgestalten?»

4

Diese Stadt gibt es nur, weil in ihrer Nähe vier Atomreaktoren wie rasend brodeln. Jeder liefert stündlich Millionen Kilowatt in das Energiesystem des Landes. Diese Energie ist ungewöhnlich preiswert, die Reaktoren schnaufen leise in ihren Betontruhen, sie qualmen nicht, verschlingen keine Kohle und kein Erdöl, das Atomkraftwerk ist sauber und auf eine besondere Art sogar schön.

Diese junge Stadt ist am schönsten im Sommer, wenn Fenster und Türen weit geöffnet sind, wenn sie im üppigen Grün förmlich zu ertrinken scheint, wenn der breite Fluß und die Wälder mit Pilzen und Wildbeeren sich ihr freigebig verschenken. Vor kurzem hat eine Familie ihre Wohnung nach Leningrad getauscht, ohne Zuzahlung, nur um ein Zimmer weniger. Die Stadt zieht die Jugend aus der Umgebung wie ein Magnet an, wodurch die Dörfer rundum merklich veröden.

Aber auch der Frühling hat seinen Reiz, wenn der April unmerklich in den Mai übergeht. Die Aprilsonne trocknet Straßen und Wohnviertel, und die Stadt vergeht förmlich in langersehntem Wonnegefühl.

In einem Hof tummeln sich Kinder, sie spielen Hopse, springen auf einem Bein über den warmen Asphalt, den die Hausmeisterfrau Odarka so gründlich gesprengt hat. Stepan hat sie zur Frau genommen. Seine erste ist gestorben und hat einen Jungen und ein Mädchen zurückgelassen. Er hat Odarka ins Haus geholt, damit Ruslan und Lida eine Mutter haben. Morgens, bevor die Sonne aufgeht, fegt sie den Hof.

Da sitzt sie nun vor dem Hauseingang auf der Bank, deren Farbe abgeblättert ist.

Sie ist von schlichter Schönheit. Man muß mit Odarka erst ins Gespräch kommen und hören, was sie antwortet, muß ihr in die Augen blicken, die von einem irrisierenden Grün sind, muß ihre weichen Lippen und die glatte Stirn betrachten. Erst dann begreift man, daß sie schön ist.

Doch jetzt blickt sie wehmütig, als sei sie schuldig vor jedem, der dieses Haus verläßt oder betritt. Sie ist noch keine Vierzig, doch findet sie sich bereits «abgetakelt», glaubt, eine alte Tante zu sein, obwohl sie noch keine eigenen Kinder geboren hat. Sie ist sorgfältig gekleidet: grauer Mantel, schwarzes Tuch, billige Stiefel.

Ein kleines Mädchen, die Nachbarstochter – ihr Vater hat irgendeinen leitenden Posten im Atomkraftwerk –, kommt aus der Schule.

«Guten Tag, Odarka Iwanowna! Ich habe Ihren Onkel Stepan gesehen! Auf dem Prospekt der Energetiker! Wo sie den Saft in Plastbechern verkaufen. Und Eis mit Sauerkirschen. Und heiße Schokolade. Ein Milizwagen ist da gekommen, so ein gelb-blauer, vergittert, die haben ihn gleich mitgenommen und weggebracht . . .»

«Du hast dich geirrt, Kindchen, Onkel Stepan ist zu seinem Freund gegangen, ins Nachbarhaus, ein Schloß einbauen. Ich warte auf ihn . . . Du hast dich geirrt. Wahrscheinlich sah der Mann Onkel Stepan ähnlich. Solche wie ihn gibt's viele . . .»

Verlegen zuckt das kleine Mädchen die mageren Schultern, ordnet die Träger an der Schulschürze, hüpft auf einem Bein durch die Hopse und läuft ins Haus.

Odarka wischt sich mit dem Zipfel des schwarzen Kopftuchs Augen und Lippen, steht auf, ruft die Kinder, nimmt zwei schwere Taschen mit Lebensmitteln für die Leichenfeier und geht langsam zum Busbahnhof.

Die Leute im Bus, der nach Gorodischtscha fährt, erkennen sie, grüßen sie, helfen den Kindern beim Einsteigen und reichen ihr die Taschen nach.

«Und wo ist Vater?» fragt eine junge Frau aus Gorodischtscha den kleinen Ruslan.

«Er macht der Miliz ein Schloß und kommt gleich nach, um Großvater Iwan in die Grube einzubuddeln.»

«Nicht in die Grube, sondern in eine große Holzkiste», berichtigt Lida den kleinen Bruder und schält eine Apfelsine. Auf unkindliche Art nachdenklich reckt sie sich zu Odarka und fragt flüsternd: «Graben sie Großvater Iwan ein, wie sie unsere erste Mami in die Erde eingegraben haben? Für immer?»

5 Gorodischtscha.

Vor einem weitgeöffneten Tor haben sich viele Menschen eingefunden. Die alten Frauen stehen dichtgedrängt im Kreis, wiegen bekümmert die Köpfe und flüstern miteinander. Die Männer sitzen rauchend auf der Bank, und jene, die nicht rauchen, wärmen sich einfach an der Sonne. Sie haben die Frühjahrsarbeiten in den Gärten unterbrochen. Lärmend spielen die Kinder.

Ein sandbespritzter Jeep fährt in den Hof. Aus ihm wälzt sich der Kolchosvorsitzende. Er zerrt die Kolchosfahne heraus, der Schaft ist zu lang und paßt kaum in den Wagen. Er stellt die Fahne ans Hoftor und watschelt zum Haus.

Die Frauen unterhalten sich:

«Werden ihn gleich raustragen, die Leitung ist gekommen. Wird ja auch Zeit . . .»

«Höchste Zeit. Hab gedacht, ich kann noch rasch die Kartoffeln aus dem Keller holen, damit sie ein bißchen in der Sonne liegen, bevor ich sie stecke. Aber denkst du! Na schön, dann mach ich's halt morgen . . .»

«Paraska, bleib du man bis zum Schluß und bete für seine sündige Seele. Warst ihm schließlich genauso vertraut wie Maria. Und recht lange. Bis Gagarin in den Kosmos flog. Oder nein, nur bis zur Geldreform . . .»

«Von dir aber wollt er nichts wissen . . . Ich bin mit neunzehn verwitwet und hatte das kleine Kind. Vier Jahre hab ich auf meinen Pawel gewartet. Hab am Tor gestanden und immer Ausschau gehalten. Wär am Ende ganz versteinert, wenn Iwan mich nicht gewärmt hätte. Ich verzeihe ihm alles . . .»

«Mich hat er einmal geschlagen, als ich eine Brigade leitete. Er war damals noch Vorsitzender. Wir haben uns wegen der Bezahlung für den Kolchoshanf in die Haare gekriegt. Unsere Brigade hat eine Beschwerde gegen ihn ins Gebiet geschickt, die haben sie ihm zurückgegeben, damit er an Ort und Stelle den Fall klärt. Der wäre vor Wut fast geplatzt und . . . War eine schlimme Zeit damals, die Leute waren außer Rand und Band, der Krieg hatte an ihren Nerven gezerrt. Maria hat mich überredet, keinen Krach zu machen. Wollt ich auch gar nicht . . . Ich verzeihe es ihm . . .»

Alexander tritt aus Mirowitschs Haus, tief gebückt, damit er sich den Kopf nicht am Türrahmen stößt. Seine Glatze glänzt in der Sonne. Der Vorsitzende wartet, bis der «Akademiker» die Vortreppe herunterkommt, stellt sich auf die Zehenspitzen, damit Alexander ihn besser verstehen kann und sich nicht ein übriges Mal bücken muß:

«Zwei Sachen habe ich besorgt: die Fahne und den Sarg. Ich hab auch einen Fahnenträger, den jetzigen Brigadier, sozusagen die Kontinuität der Generationen. Eine Rede hat mir der Kommissar geschrieben, zwei Seiten ... Als Vertreter der Jugend wird eine Bestschülerin sprechen ... Mit dem Orchester hat's nicht geklappt. Aber das tut nichts, Professor, ich habe im Wagen ein Tonbandgerät, die Kassette mit einem Trauermarsch hab ich hier. Der Fahrer fährt hinter der Prozession her und spielt das Band ab. Dem Verstorbenen ist es sowieso egal, Hauptsache, Musik ist da.»

«Wie viele Dörfer unterstehen Ihnen, Genosse Vorsitzender? Drei?» fragt Alexander und rümpft angeekelt die Nase.

«Vier. Vier Brigaden sind auf die Wälder verteilt, Professor. Bevor die Stadt gebaut wurde und solange der alte Potkowa den Kolchos mit seiner Autorität gestützt hat, waren alle Dörfer aussichtsreich, jetzt ist nur noch Trilesje geblieben. Die Stadt saugt die Jugend auf wie ein Staubsauger ... Jeden Tag fahre ich fünfhundert Kilometer durch die Wälder, um für Ordnung zu sorgen, damit sich alles umgestaltet. Aber wen gestaltest du hier um? Die alten Weiber, die schon ihre Leichenhemden genäht haben? Professor, helfen Sie mir, aus dem Gebiet ein paar Laster Bauziegel und Saatkartoffeln zu bekommen, unsere Kartoffeln taugen dies Jahr nichts.»

Alexander schiebt die Hand in die Tasche des schwarzen Überziehers, nimmt eine Tablette heraus und legt sie in den Mund. Urplötzlich wird er krumm und hutzelig und geht langsam ins Haus. Der Vorsitzende blickt ihm verwirrt nach.

So ist das immer. Alle kommen und fordern, gib dies, gib das, aber für den Kolchos rühren sie keinen Finger.

In der guten Stube stehen die Mirowitschs am Sarg. Hufeisenförmig. In der Mitte Mutter Maria. Klein, erschöpft von der schweren Arbeit und gewichtlos wie ein schwarzer Vogel, mit großen blauen Augen, die in dem langen Leben nicht verblaßt sind.

Neben ihr, gebückt (die Decke im Haus ist hoch, aber er bückt sich aus Gewohnheit in jedem Raum, selbst in der Aula der Akademie und im Theater), steht Alexander. Unter seinem schwarzen Mantel funkelt der Goldene Stern. Falten durchfurchen seine Stirn wie tiefe Narben. Neben ihm, klein (sogar noch kleiner als die Mutter), noch immer schön und schlank, mit glatter mattglänzender Haut, die eine sorgsame Pflege verrät, seine Frau Olga. Sie hat ein einfaches Bauerntuch um, das sie in Mutters Truhe gefunden hat, doch selbst mit ihm wirkt sie schön. Olga leitet eine Station in einer Moskauer Experimentellen Klinik für Strahlenkrankheiten, sie hat wissenschaftliche Abhandlungen geschrieben, aber ihr größter Stolz ist, daß sie einigen hoffnungslos Kranken das Leben gerettet hat. Egal wie, aber sie leben. Alexanders Vater hat sie anscheinend gern gehabt, seine erste Schwiegertochter, jedenfalls mischte er sich nie in ihr Familienleben ein. Als sie sich jetzt daran erinnert, tut ihr der alte Mann plötzlich leid. Sie weint zwar nicht, aber sie spürt, wie ihr die Augen feucht werden. Sie tupft sie mit einem blendend weißen Tüchlein ab, das zart nach «Chanel» duftet.

Neben ihr steht Mikola, hager, mit müdem Gesicht und geröteten Augen. Frühzeitig hat er tiefe Geheimratsecken bekommen. Zerdrückter Anzug, schief sitzende Krawatte. Neben ihm Tarassik und Olesja, seine Kinder, und seine Frau Ludmilla, Verkäuferin im städtischen Kaufhaus «Energetiker», Abteilung Engpässe, Waren also, die nur im Austausch gegen Heilkräuter verkauft werden. Selbstverständlich nicht ständig, nur im Austausch und nur gegen Heilkräuter ...

Sie zupft das schwarze Samtkleid unter dem aufgeknöpften Ledermantel zurecht. Ludmilla ist ohne Kopftuch, sie trägt nur einen schwarzen Moiréstreifen als Stirnband, das ihr gut steht. Sie beugt sich zu Mikola und flüstert ihm ins Ohr:

«Wie siehst du bloß aus! Die guten jugoslawischen Schuhe so zu verdrecken! Die Hose und das Jackett nimmt mir keine Reinigung mehr ab. Die Leute müssen ja denken, daß ich dich völlig vernachlässige ...»

Aber Mikola ist ihre ewigen Vorwürfe gewohnt und hört seit langem nicht mehr recht hin. Jetzt schon gar nicht. Er betrachtet den Vater und macht sich Vorwürfe, weil er nicht in der vergangenen Woche nach Gorodischtscha gefahren ist, um ihn noch einmal zu sprechen, sondern Feierabendarbeit in einer Brigade des Fischereisowchos gemacht hat. Zur Hölle mit dem Geld! Vielleicht hat der Vater ihm noch irgend etwas sagen wollen?

Schluchzend schnürt Odarka die Senkel an Vaters Schuhen neu, zieht die Socken straffer, zupft die Hose an seinen Beinen zurecht und wischt sich mit einem Tuchzipfel die Augen. Sie scheint noch immer nicht zu begreifen, daß ihrem Vater dies alles jetzt völlig gleichgültig ist. Sie will es ihm noch im Sarg bequem und schön machen.

Da steht auch der zweitjüngste Sohn, Grigori, genannt Griz. Nicht traurig, eher ungewohnt ernst, mit seinen eigenen Gedanken beschäftigt, wie ein Außenstehender. Bei jeder Bewegung knarrt seine Lederjacke mit den vielen Reißverschlüssen. Der Vater liebte ihn, wie man im Alter nur seine Jugend zu lieben vermag. Wenn er in die Stadt fuhr, übernachtete er immer bei Griz, dem Junggesellen. Er besuchte Mikola und Odarka, zum Übernachten aber kam er zu Griz, mit einem Fläschchen, und sie sprachen bis tief in die Nacht. Vorbei. Vater ist nicht mehr.

Den Halbkreis beschließt der taubstumme Fjodor. Er blickt den Vater, die Mutter, seine Brüder und Odarka an. Bewegt die Lippen, als wolle er ihnen allen etwas sagen, etwas sehr Wichtiges, aber es geht nicht. Und ausgerechnet jetzt können sich seine Hände nicht betätigen. Er tastet in der Tasche nach dem Wurzelstück, das die Totengräber aus Vaters Grab geworfen haben, und reibt es nervös zwischen den Fingern.

Am Kopfende ihres Mannes sitzt Maria auf einem Stuhl. Schweigend. Sie hat sich schon ausgeweint.

«Mutter, worum hat er in den letzten Minuten gebeten?» fragt Alexander.

«Um den Tod. Nur um den Tod, so unerträglich brannte alles in seinem Innern. Er bat um den Tod und ... darum, den jungen Wermut riechen zu dürfen, zwischen den Fingern zerrieben ...»

«Hat er uns etwas zum Abschied aufgetragen?» fragt der älteste Mirowitsch weiter.

«Wir sollen lange leben. Einander achten. Zusammenhalten und zueinander stehen. Ich hab viel mit ihm durchgemacht. Ihr wißt es. Er hat sein Nest beschmutzt, der verdammte Schnaps hat ihn runtergebracht, die Leute haben viel geredet, aber euch alle hab ich aus Liebe zu ihm geboren. Mit ihm ist alles gestorben, was ich hatte. Nur unsere Familie ist geblieben. Wir wollen ihm alles vergeben, weil wir niemals einen anderen Vater haben werden. Darüber haben wir gesprochen, wenn der Schmerz so erschöpft war, daß er ihn nicht mehr quälen konnte, und für kurze Zeit wich. Fjodor! Pflück Wermut hinterm Haus und leg ihn Vater in den Sarg.» Bei den letzten Worten blickt sie Fjodor an, und an ihren Augen, an den Lippenbewegungen versteht er sie. Er nickt und geht hinaus.

Auf der Dorfstraße ragt das Wurzelwerk aus der Erde. Grobe Stiefel und frischgeputzte, glänzende Herrenschuhe, unförmige Gummistiefel und modische Damenstiefelchen stapfen und stolpern mechanisch darüber hinweg. Morgens hat es frühlingshaft geregnet, und in den Sandlöchern stehen rotbraune Pfützen. Durchdringend knirscht unter den Füßen und unter den Rädern der nasse Sand.

Der Leichenzug zieht die Straße entlang. Voran der Brigadier mit der Kolchosfahne, der immer wieder vor sich auf den Weg blickt, um nicht in dem verdammten Wurzelwerk hängenzubleiben, das ihm in den vielen Jahren, in denen er auf dem Motorrad diese Straße entlangfährt, seine Brigadierseele aus dem Leib geschüttelt hat.

Hinter dem Anhänger mit dem Sarg geht das Häuflein Verwandter. Ihnen folgt der Jeep des Kolchosvorsitzenden. Hinterdrein laufen die Kinder und das weiße Hündchen Puschok. Keiner weint, keiner ringt die Hände, keiner vergeht vor Gram.

Fast alle Einwohner von Gordischtscha sind vor ihre Hoftore getreten, um Iwan die letzte Ehre zu erweisen. Meist Greise und alte Frauen. Sie haben ihre Gartenarbeit unterbrochen, einige stützen sich sogar auf die Hacke, den Rechen oder den Spaten. Sie schweigen, die Köpfe gesenkt, weinerliche Frauen schluchzen, und die, die in kleinen Gruppen zusammenstehen, mustern neugierig die Familie Mirowitsch und flüstern miteinander:

«Haben nur zwei Musikanten zusammengekriegt, Trommler und Trompeter. Die übrigen sind sicher mit Motorbooten unterwegs, legen die Netze aus, ist ja Laichzeit . . .»

«Iwan braucht keine Musik mehr. Der hört sie sowieso nicht. Für den singen jetzt die Engel.»

«Wer weiß, wer weiß, vielleicht setzen ihm auch Teufel mit Schleifchen in den Schwänzen zu, dem Sünder, dem teuren Toten, jaja. Wer weiß, wohin er kommt!»

«Vielleicht kommt er zu den Chefs?»

«Dort gibt's jetzt auch ohne ihn Kluge genug . . .»

«Still, da kommt Fjodor . . .»

«Der hört sowieso nichts. Und selbst wenn er was hört, so kann er's keinem erzählen.»

Die Greise verstummen, als der Leichenzug an ihren Höfen vorbeizieht, sie folgen Iwans Sarg und den Verwandten mit den Blicken und gehen in ihre Gärten zurück.

Der Anhänger mit dem Sarg erreicht den nächsten Hof, an dessen Tor zwei alte Weiblein und ein alter Mann stehen.

«O Gott, Alexander ist ja ganz kahl geworden . . .»

«Was willst du denn? Bei der Strahlung! Wie viele Jahre arbeitet der schon unter Strahlung.»

«Sieh mal, Odarkas Witwer ist nicht dabei! Die sind sicher schon wieder auseinander.»

«Dafür wohnt sie jetzt in der Stadt, hier in Gorodischtscha wär sie als alte Jungfer verkümmert. Prozessiert dem Witwer die halbe Wohnung ab und gabelt sich vielleicht noch einen pensionierten Atomheini auf.»

«Besser als alte Jungfer sterben, als zwei Kinder heiraten. Stiefmutter sein und keine eigenen haben . . .»

«Und Griz geht noch immer auf Freiersfüßen. Der stößt sich nicht die Hörner ab, bis er bei irgendeinem angemalten Weibsstück hängenbleibt . . .»

«Der kommt ganz nach Iwan, hat sich noch immer nicht ausgetobt. Sieh mal, wie er sich rausgeputzt hat, wie zu einer Fete und nicht wie zur Beerdigung.»

«Und deiner, kommt der etwa nicht so aus der Stadt?»

«Mikola sieht schlecht aus. Den hat der Reaktor geschafft. Bei uns wäre er heute schon Brigadier . . .»

«Iwan ist aber zusammengeschrumpft. Den hat der Krebs aufgefressen. Ist ja nur noch Haut und Knochen», unterbricht der alte Mann das Weibergewäsch.

«Behüt uns Gott vor diesem Leiden. Am besten einschlafen und nicht mehr aufwachen . . .»

«Nur Selbstmörder wählen ihren Tod, Nastja.»

Der Fahrer des Kolchosvorsitzenden schaltet das Tonband auf höchste Lautstärke. Krächzend und verzerrt erklingt Trauermusik, gespielt von einem Dorfblasorchester. Der Wind fährt in das Fahnentuch und klatscht dem Fahnenträger schmerzhaft die Fransen ins Gesicht.

Die traurige, eintönige Melodie reißt plötzlich ab. Etwas schnarrt und knistert, und aus dem Wagen des Kolchosvorsitzenden dröhnt die laute Stimme der Schlagersängerin Alla Pugatschowa:

... im Saal verlöscht das Licht,
und unbeteiligt blick ich auf die Bühne.

Alexander krümmt sich noch mehr zusammen und zieht den kahlen Kopf ein.

Der Brigadier mit der Fahne schaut sich um und wäre beinahe gestürzt, weil seine Schuhspitze an einer großen Wurzel hängenbleibt. Mit Mühe und Not hält er Gleichgewicht und stützt sich geschwind auf den Fahnenstock.

Der Kolchosvorsitzende wird unruhig, er bleibt hinter den Verwandten zurück und droht dem Fahrer mit der Faust.

Der Fahrer weiß nicht, wie ihm geschieht, und als er sich besonnen hat, ist das Lied «Mein großer Meister» verklungen.

Auch die Totengräber hörten das beliebte Lied der Pugatschowa, und Pawlucha sagt:

«Achtung, Miron, der Vorsitzende kommt!»

Rasch leeren sie die Flasche, werfen sie auf ein altes Grab und verschlingen hastig Wurst und Brot.

An der Grube gibt der Kolchosvorsitzende Anweisungen, er verbreitet Hektik um sich. Alexander beugt sich tief herunter, flüstert ihm etwas ins Ohr. Der Vorsitzende steckt sein Papierchen in die Tasche und geht zu einem Mädchen in Schulkleidung.

«Alles abgeblasen! Keine Reden. Die Kundgebung fällt aus.»

Die Kinder des Verstorbenen treten an den Sarg des Vaters, küssen nacheinander sein fahles Gesicht, über dem eine Wespe kreist, jeder versucht, sie zu vertreiben, doch sie summt trotzig weiter.

Ungeduldig drehen die Totengräber Pawlucha und Miron die Hämmer in ihren Händen.

Der Kolchosvorsitzende stößt den Brigadier an, er soll die Fahne senken. Die gescheckte Kuh tritt an Iwans Sarg und langt mit langer feuchter Zunge nach dem Bündel Wermut, das am Kopfende des Toten liegt. Die Totengräber wehren sie mit den Hämmern ab, und die Kuh stampft in die Friedhofsmitte zurück.

Maria läßt sich am Kopfende ihres Mannes auf die Knie und küßt ihm ohne Klagen und Tränen Lippen, Stirn und Hände. Sie ordnet den Wermut an Iwans Schläfen, zerreibt ihn zwischen den Handflächen und streut ihn auf seine Brust. Dann erhebt sie sich, auf den Sargrand gestützt.

«Ich bleib nicht mehr lange hier, Iwan. Wozu auch?»

Dumpf schlagen die Hämmer auf die Nagelköpfe. Dumpf hallen die Schläge über den Wald und die Häuser von Gorodischtscha. In der warmen Frühlingsluft klingen sie sogar verwegen, als würden junge Bauarbeiter den Dachverband für ein neues Haus fügen.

Maria zuckt bei jedem Hammerschlag zusammen. Nur Fjodor hört die Schläge nicht, aber er sieht sie. Er schaut zu, als wolle er seinen Blick zwischen Nagelköpfe und Hämmer zwängen. Seine Finger pressen den Arm seiner Schwester Odarka und die Schulter seines Bruders Griz so fest, daß sie blau anlaufen.

6

In der zunehmenden Dämmerung, die rasch in undurchdringliche Finsternis übergeht, kehren die Trauergäste vom Leichenbegängnis bei Mirowitsch heim. Genug gegessen und getrunken, genug miteinander geredet.

Nach einem alten Brauch in Gorodischtscha hat Maria beim Abschied jedem, der gekommen ist, eine Pirogge mit einer brennenden Kerze in der Mitte gegeben. Der Abend ist windstill, und die Kerzen brennen lange auf der Straße. Die Lichter geistern durch das dunkle Dorf und verlieren sich in den unbeleuchteten schmalen Gassen. Manche verlöschen, andere brennen lange, geschützt von verarbeiteten Bauernhänden. Lichter und Stimmen in der Dunkelheit.

Der Fahrer des Wolga aus der Gebietsparteileitung wird nervös, er raucht, wärmt den Wagen an, gibt Gas, schaltet die

Scheinwerfer ein und aus. Er muß noch nach Kiew und diese «Hopfenstange» mit seinem «Däumelinchen» nach Borispol zum Flugzeug bringen.

Die Mirowitschs sind nun allein. Sie sitzen am Tisch, auf dem noch vor kurzem der Sarg mit dem Vater gestanden hat. An der Wand hängen viele Familienfotos und eine alte einfache Ikone, eine primitiv gemalte Gottesmutter mit einem pausbäckigen Kind auf dem Arm.

Alexander hebt sein Glas.

«Wir wollen noch einmal unseres Vaters gedenken.» Der Goldene Stern stößt klirrend gegen das Glas. «Wir sind seine Kinder. Ich bin stolz darauf, daß ich seinen Namen trage, daß ich ihm keine Schande bereitet, sondern ihn in unserem Land bekannt gemacht habe...»

Olga, die neben ihm sitzt, zieht, ohne daß die Brüder und Odarka es bemerken, ein zugeklebtes Bündelchen Zehnrubelscheine aus ihrer Handtasche und schiebt es ihrem Mann in die Hand. Er legt das Geld seiner Mutter hin.

«Mach damit, was du willst. Zum ersten Totengedenken am neunten Tag kann ich nicht kommen, da bin ich gerade in Ungarn, aber zum zweiten am vierzigsten Tag sehen wir uns wieder. Dann bleibe ich länger. Jetzt aber muß ich weg...» Er leert sein Glas mit einem Zuge und sprengt nach altem Brauch, den ihm heute die Dorfgreise in Erinnerung gebracht haben, den letzten Tropfen auf den Fußboden. «Du wolltest etwas sagen, Olga?»

Olga blickt Mikola gerade in die Augen und sagt zu ihm:

«Mikola, ich bitte dich noch einmal, komm im Sommer nach Moskau. In unsere Klinik, die sich mit... mit modernen Krankheiten beschäftigt... Laß dich untersuchen. Mir gefällt deine Hautfarbe nicht. Vielleicht mußt du vom Reaktor weg, Alexander regelt das mit der Leitung...»

«Olga, mach ihm nicht unnötig Angst. Mein Reaktor ist sicherer als ein Brennapparat...»

«Ich bin Arzt und rede nur über das, was die Medizin betrifft. Ziehe es nicht hin, Mikola, und bring Fjodor mit. Ich besorge für ihn einen japanischen Hörapparat, aber vorher muß ihn ein Facharzt untersuchen.»

Alexander und Olga stehen auf, küssen alle zum Abschied und gehen. Die Angehörigen begleiten sie bis zum Wagen. Sie umarmen und küssen einander noch einmal in der Dunkelheit, ohne Fjodor zu beachten, der abseits steht.

Die Scheinwerfer reißen das Wurzelwerk auf der Dorfstraße, die Kiefernstämme, die schlafenden Häuser von Gorodischtscha, die Friedhofskreuze aus dem Dunkel.

Ruhig sitzt Maria da und betrachtet forschend ihre Kinder. Ein Schüsselchen mit rotem Kaviar steht vor ihr auf dem Tisch, daneben liegt das Bündelchen Geldscheine und Alexanders Visitenkarte aus Glanzpapier. Held der sozialistischen Arbeit, korrespondierendes Mitglied der AdW der UdSSR, Direktor des Projektierungsinstituts für Atomenergiewesen, Adresse und Telefonnummern.

Die Kerze verlöscht, Maria steckt eine neue an und stellt sie in ein Glas mit Weizenkörnern. Der Widerschein der Flamme flackert über die Gesichter der Kinder und über die Familienfotos.

In der Mitte des Tisches steht das gefüllte Glas des Vaters.

Wieder suchen Fjodors Hände nach einer Beschäftigung. Da sie nichts finden, läßt er abermals das Wurzelstück aus Vaters Grab durch seine Finger gleiten.

«Odarkas Stepan ist also nicht gekommen. Hat er wirklich Schicht?» fragt Mikola, nimmt sein Glas vom Tisch und leert es in einem Zuge. Ludmilla registriert es mit verächtlichem Blick. Olesja schiebt dem Vater den Teller mit Sülze hin, schneidet ihm ein Stück frisches Brot ab und schenkt ihm Limonade ein.

«Der kommt sicher mit Kater. In der Stadt haben sie die Prohibition eingeführt», schneidet Griz ihm das Wort ab. Fjodor versteht diesen Satz nicht, verzieht schmerzhaft das Gesicht und kraust die Stirn.

«Für den einen pro, für den anderen contra, Griz. Wenn du etwas brauchst, besorg ich's dir, kannst immer kommen.» Ludmilla zwinkert ihm bedeutungsvoll zu, streift das Stirnband aus schwarzem Moiré ab, die von der Dauerwelle verbrannten Haare fallen ihr in die Stirn, und sie sieht sofort ordinär aus.

Odarka tritt ein. Sie stellt einen Krug frischgemolkene Milch auf den Tisch.

«Mawra ist heut so nervös, hat sich kaum melken lassen ... Trinkt, die Kinder schlafen ...»

«Sie war auf dem Friedhof, bei Großvater», murmelt Tarassik, Mikolas Sohn, im Halbschlaf vom Ofen. Alle blicken zu ihm auf, aber er seufzt nur tief und schläft weiter, die Arme um Lida und Ruslan gelegt.

«Jetzt wollen wir über das Leben reden, Kinder», sagt Maria leise und streng und richtet mit den Fingern die Kerzenflamme. «Nach Vater bin ich an der Reihe. Aber ich will nicht vom Tod reden, sondern vom Leben. Ich brauche nichts von euch, Kinder. Ich habe alles. Hab sogar für meine Beerdigung vorgesorgt und gespart, damit ihr dann keine Scherereien habt. Für Fjodor und mich reicht's.»

Maria bleibt lange still, betrachtet ihre Kinder reihum und richtet schließlich den Blick auf die Kerzenflamme.

Unbemerkt ist ihr weißes Hündchen hereingekommen. Olesja wirft ihm ein Stückchen Schinken hin, aber er schnuppert nur daran, geht in den Flur und legt sich, den Kopf auf die Pfoten gebettet, mit dem Blick ins Zimmer.

«Ich spüre, daß meine Zeit abläuft. Ich verlaß euch bald, Kinder, folge Vater. Alexander steht fest auf den Beinen. Er wurde als erster geboren, und das Schicksal hat ihm alles im Überfluß beschert. Ein abgeschnittener Trieb. Aber schweren Herzens verlasse ich Mikola. Sei nicht bös, Ludmilla, aber mir ist bange. Ihr habt Heim und Kinder, aber es herrscht keine Eintracht zwischen euch. Wegen des Geldes arbeitet er am Reaktor, und nachts geht er zur Fischerbrigade, um etwas dazuzuverdienen. Fast wäre er dabei ertrunken. Wieviel Geld braucht ihr bloß?»

«Ich hab gewußt, daß ich schließlich an allem schuld bin.» Ludmilla zupft nervös das Kleid über der Brust zurecht.

Mikola wird noch blasser, und in seinen Geheimratsecken zeigen sich Schweißtröpfchen. Er langt nach einer Zigarette und geht nervös hinaus, mit einem großen Schritt über den weißen Hund hinweg.

«Seht ihr, er will es nicht hören. Nicht von mir, nicht von euch. So war er immer. Als ob man mit einem Holzklotz redet. Wenn er mich wenigstens anfahren oder zuschlagen würde. Wenn er ein bißchen rumbummeln würde wie Vater ... Aber Mikola kann nicht anders ... Damals im Krieg habe ich gedacht, daß ich allein auf der weiten Welt bleibe, allein mit dem kleinen Alexander. Iwan war in Österreich vermißt. Ich hatte mich schon mit meinem Los abgefunden, schuftete wie ein Stück Vieh, fiel hundemüde um, schlief ein paar Stunden, und dann ging es weiter. Aber er kam zurück, mein Iwan. Im Frühling fünfundvierzig, als der Wermut grünte. Dort am Fluß hab ich ihn zuerst erblickt. Mir versagten die Beine ... Iwan in seiner grünen Soldatenuniform. Der sah man hinterher nichts an, aber ich hab mein rotgetüpfeltes Kleid nie wieder sauber gekriegt vom Saft des Wermuts. Aus dieser Erwartung und aus dem jungen Wermut wurde unser Mikola geboren, Ludmilla. Das einzige Kind, das weder ich noch Vater jemals geschlagen haben. Manchmal war er frech, dann lief ich mit der Peitsche hinter ihm her, bitterböse, ich konnte mich kaum beherrschen. Doch wenn ich seine Augen sah, in denen keine Angst, nur Schuldgefühl stand, versagten mir die Hände. Einmal hat er bei Großmutter Kolina mit seinem Ball eine Fensterscheibe eingeschlagen. Ich nahm die Axt und wollte den Ball in Stücke hauen, damit der Junge endlich vernünftig wird. Ich holte aus und schlug zu. Da ist die Axt vom Ball abgeprallt! Wie ich noch zur Seite springen konnte, weiß ich selber nicht. Der Beilrücken ist abgerutscht und hat mich an der Stirn verletzt. Die Narbe hier erinnert mich stets daran: Lerne verzeihen, laß nicht Zorn, sondern Zärtlichkeit walten, Weib, deine Waffe ist Verzeihen.»

«Wie soll ich leben, wenn ich Mikola nichts zu verzeihen habe?»

«Das mußt du wissen, Töchterchen, du allein ... Und du, Windhund Griz? Wenn die vierzig Tage nach Vaters Tod vorbei sind, daß du endlich heiratest! Vater hat das auch gesagt. Sonst will ich nichts mehr von dir wissen. Und werde mit einem schweren Herzen sterben.»

«Ich gebe mir doch Mühe ...»

«Zwölf Jahre, seit du aus der Armee zurück bist, gibst du dir Mühe, gibst dir solche Mühe, daß ich mich vor den Leuten schäme. Wie vielen Mädchen hast du die Köpfe verdreht und ihnen vielleicht sogar das Leben verpatzt?»

«Hat sich etwa eine einzige beschwert? Alle meine Bräute haben in Seelenruhe geheiratet. Keinen einzigen Krach hat's gegeben, alle leben und vermehren sich in ihren Nestern. Grüßen mich auf der Straße und stellen mir ihre Männer vor.»

«Schweig, du Wirrkopf, sonst reiß ich dir deine Zigeunerlocken aus. Für alle, die du nach Gorodischtscha zur Brautschau gebracht hast. Für alle.»

«Schon gut, Mutter, es hat sich ja bei mir alles eingerenkt...»

«Wie oft soll ich das noch von dir hören?»

Fjodor wird unruhig und sucht der Mutter etwas mit Gesten verständlich zu machen. Keiner außer Maria beachtet ihn, sie aber erhebt sich und nickt kaum merklich: Kluger Junge, mein Fjodor, dir ist das Mädchen im Wald auch aufgefallen.

«Und warum ist sie jetzt nicht hier? Warum hast du sie nicht mitgebracht? Wohl aus Angst, daß du auch die verläßt und sie einem anderen zur Frau gibst?»

«Nein, Mutter, diese geb ich nicht her, hab sie selbst mit Mühe und Not einem anderen weggenommen. Mitgebracht hab ich sie nicht, weil wir hier andere Sorgen haben. Ich hab es ihr vorgeschlagen. Gut, daß sie nicht mitgekommen ist. In ihrem Beisein hätten wir nicht so geredet.»

«Doch, doch, das hätten wir! Wir hätten noch viel mehr geredet. Über dich, du Windbeutel. Sie hätte von mir mehr erfahren, als du ihr erzählst. Schau zu, Griz, wenn du auch dieses Mädchen unglücklich machst, verstoße ich dich aus meinem Herzen... Habt acht auf Odarka, sie hat ein schweres Los und hat keinen außer euch. Sie wird nie um Hilfe bitten, ihr müßt zu ihr kommen und ihr die Hand reichen. Wenn ich nicht mehr bin, Kinder, sprecht mit Fjodor, vergeßt nicht, daß er euch hört, redet mit ihm, er wird euch antworten. Das ist alles. Teilt das Geld von Alexander unter euch auf, soll jeder nehmen, soviel er braucht. Wir wollen noch einmal der Seele unseres Vaters gedenken, und dann geht schlafen – morgen müßt ihr in die Stadt zurück.»

Auf der Bank vor dem Tor der Mirowitschs sitzen drei.

Ein Streichholz flammt auf und erhellt die Handfläche. Die Männer rauchen. Das Gesicht von Mikola, der am Rand sitzt, wird für einen Augenblick aus dem Dunkel gerissen. Griz nähert sich der Flamme und macht gierig einen Lungenzug. Fjodor sitzt zwischen den älteren Brüdern, die Wärme, die von ihnen ausgeht, tut ihm wohl. Die Lederjacke von Griz knarrt, die Reißverschlüsse blitzen im Schein der glimmenden Zigaretten. Fjodor knetet das Wurzelstück aus Vaters Grab in den Händen und versucht, in der Finsternis den Gesichtsausdruck der Brüder zu erraten: Schweigen sie, oder reden sie? Mikola blickt, den Kopf in den Nacken gelegt, zum sternenklaren Himmel auf.

7

Die Trauer währt nicht lange, sie reicht Mikola, Odarka, Ludmilla, Olesja und den Kindern nur für den Heimweg in die Stadt. Dort zieht sie der Alltag rasch wieder in seinen Strudel, die kleinen Sorgen, die ewige Hast. Im Gedächtnis haftet nur eins: *Am Sonnabend, dem sechsundzwanzigsten* – wie schön, zwei freie Tage, die zwei letzten vor den vielen Feiertagen –, Totengedenken am neunten Tag.

Der Tod des alten Mirowitsch hat nichts an ihrer gewohnten Lebensweise, an ihren Charakteren und an den Beziehungen zwischen den Brüdern und der Schwester verändert. Der Vater hatte sein Leben gelebt, hat sich mit seiner Krankheit genug gequält ... Am neunten Tag werden sie sich wieder alle einfinden. Mutter hat das Haus und Fjodor, und die Kinder werden sie besuchen ... Vater lebt nicht mehr, aber sie sind schließlich alle nicht ewig. Früher oder später müssen auch sie von dieser Erde scheiden. Die Welt aber bleibt, wie sie immer gewesen ist.

Die Stadt lebte ganz in Vorbereitung auf die Maifeiertage. Die Plakate und Transparente wurden erneuert, die Hausfrauen putzten Fenster, klopften Teppiche und lüfteten die Winterkleidung, um sie bis zum Spätherbst zu verwahren. Beim Fleischverkauf in den Geschäften drängten sich die Menschen: Feiertage standen ins Haus und somit Gäste oder auch Fahrten auf die Datsche.

Über dem Eingang in den Stadtpark leuchtete ein frisches Transparent. «Die Devise der Atomenergetiker: Zum 1. Mai hundert Millionen Kilowatt über den Plan hinaus!» Groß wurde der Film «Geh und sieh» angekündigt. Im Städtischen Krankenhaus wurde eine narkologische Station eingerichtet, in die man Alkoholiker aus der Stadt und aus dem Rayon zwangseinlieferte. Der Stadtsowjet hatte das Antialkoholgesetz beschlossen und war damit den Wünschen der Werktätigen nachgekommen. Jetzt trafen sich die Männer in Grüppchen, legten zusammen fürs «Auftanken» und schickten jemanden mit dem Wagen ins Nachbargebiet, wo Obrigkeit und Öffentlichkeit weniger streng waren.

Auf dem Markt wurden frische Gurken und Tomaten angeboten. Es gab Fische im Überfluß, aber kaufen konnte man sie nur unter dem Ladentisch, weil die Laichzeit noch nicht vorbei war.

Die Einwohner der Stadt verfolgten neugierig das Geschehen im Land. Die zentralen Zeitungen waren frühmorgens ausverkauft, und den Zeitungsverkäufern blieb nur noch, Briefmarken an Schulkinder und Zigaretten an Raucher zu verkaufen. Die Zeitungen berichteten über himmelschreiende Beispiele von Lotterwirtschaft und Korruption, das wurde natürlich gleich auf die hiesige Leitung, auf die «Ernährer» und «Bekleider» des Volks übertragen, allmählich wurde man auch in der Betriebszeitung der Energetiker mutiger.

Der alte Minister für Energiewesen wurde pensioniert. Höchste Zeit! Es hieß, der Direktor des Atomkraftwerks, Pusatsch, soll in seinem Moskauer Arbeitszimmer aus und ein gegangen sein.

Überall wehte jetzt frischer Wind, und alle erwarteten Veränderungen zum Besseren. Obendrein näherten sich Feiertage: 1. Mai, Ostern (obwohl dieses Fest nur von den Alten begangen wurde, die alle möglichen leckeren Speisen vorbereiteten), der Tag des Sieges und dananch noch der zehnte Jahrestag der Inbetriebnahme des ersten Blocks. Es war ein offenes Geheimnis, daß das Kraftwerk und die Belegschaft ausgezeichnet werden sollten.

Olesja schlendert mit ihrem Freund Roman durch den Stadtpark, in dem das bunte Riesenrad in den Himmel aufragt. Von Zeit zu Zeit bleiben sie stehen, umarmen und küssen sich ungeniert vor den Vorübergehenden und gehen Hand in Hand weiter.

Sie stehen vor dem Wärter des Riesenrads, einem Buckligen mit Ziegenbart. Roman bietet ihm eine Zigarette an, nimmt ihn beiseite, weist auf seine Uniformhose, schiebt ihm einen Fünfrubelschein in die Jackentasche und zwinkert ihm verschwörerisch zu. Olesja hört nur Romans letzte Worte:

«Zwei Jahre ... Wüste ... Nur im Kino gesehen ... Keine Sünde, ein bißchen genießen ... Sie hat auf mich gewartet ...»

Es ist Mittagszeit, das Riesenrad wird erst abends in Betrieb gesetzt, wenn sich genügend Kundschaft eingefunden hat. Aber man könnte ja jetzt schon eine Probefahrt machen. Der demobilisierte Soldat bittet so inständig drum, und einen Fünfer hat er ihm auch zugesteckt – mochten sie doch einsteigen. Zur Probefahrt.

Sie setzen sich in eine Gondel. Olesja bezwingt ihre Angst, sie fährt zum ersten Mal im Leben Riesenrad, aber Roman ist ja bei ihr, und das macht sie ein wenig mutiger.

«Freiheit und Liebe!» sagt Roman verwegen und winkt dem Wärter zu. «Los geht's! Liebe und Freiheit, zum Donnerwetter!»

Langsam dreht sich das Rad, Olesja sitzt mit zusammengekniffenen Augen, reglos an Romans warme Schulter gelehnt. Ihre Gondel bewegt sich immer höher hinauf in die Lüfte, Olesja sieht den Fluß und jenseits die grünen Wiesen, den goldglänzenden Streifen des Badestrands, wo an einem Boot zwei alte Menschen sitzen, die keine Eile mehr haben.

«Mag der Riese das Rad nur drehen, für mich bleiben die Freiheit und du!» Roman überschreit den Lärm des Motors.

Sie erreichen den höchsten Punkt. Unter ihnen breitet sich die frühlingshafte Stadt aus: das Atomkraftwerk am Flußufer, die junge schöne Stadt mit ihren hohen Bauten, breiten Prospekten, dem Stadion, dem Markt, mit den in der Sonne blinkenden Fensterscheiben, mit Menschen auf den Höfen und in den Straßen. Sie ist wirklich schön, diese Stadt, ein Altersgefährte der beiden jungen Leute. Olesja sieht sie zum ersten Mal aus dieser Höhe.

«Das ist ein Leben! Atemberaubend! Freiheit! Freiheit! Keine Sergeanten, kein Dienst, keine ... Briefe, die ich dir schreiben muß. Alles habe ich jetzt, alles gehört mir! He, Leben, zahl mir die Schulden zurück!»

Olesja glaubt irgendwo hinter dem Wald Gorodischtscha zu sehen, das Dorf, in dem sie jedes Jahr den Sommer verbracht und wo sie sich bei Großvater und Großmutter immer wohlgefühlt hat, weil sie ihre erste Enkelin und deshalb vielleicht das Lieblingskind war.

Unvermittelt überkommt sie Angst, sie blickt nicht mehr hinab, sondern nur noch in die Ferne, zum Wald und zu den grünen Wiesen, zu den Nachbardörfern und den grauen Blökken des Atomkraftwerks, wo vier Reaktoren brodeln, und an einem von ihnen arbeitet ihr Vater.

Ihr wird schwindlig. Plötzlich fürchtet sie, daß das Riesenrad anhält und sie in dieser atembeklemmenden Höhe stekkenbleiben. Dann wird sie sich nicht länger beherrschen können und schreien, so laut sie nur kann, damit man sie in der Stadt hört. Ängstlich schmiegt sie sich noch enger an Roman und legt ihren rechten Arm um seine Schultern.

Aber ihre Gondel fliegt schon hinab, die endlosen Weiten verschwinden, die Figuren der alten Leute am Boot und die grünen Kronen der Kiefern huschen vorbei.

«Hast du auf mich gewartet? Sag ehrlich: Hast du gewartet?»

«Spürst du das nicht?»

«Ich möchte mehr... Ich möchte alles! Bis zur Neige, bis zur Raserei! Hab ich das nicht verdient?»

Das Rad dreht sich immer rascher. Alles rast an Olesjas Augen vorbei. Sie klammert sich krampfhaft mit der linken Hand an die Metalltrossen. Ihr Gesicht ist ängstlich und blaß.

Der bucklige Wärter hat sie offensichtlich vergessen, er steht ein wenig abseits und unterhält sich mit einer Frau, die zwei Einkaufstaschen in den Händen hält.

«Deine Eltern fahren übermorgen ins Dorf. Sie nehmen Taras mit. Wir bleiben allein... Liebe und Freiheit! Fahr nicht mit ihnen, ich bitte dich. Hab ich's mir nicht verdient... in der Wüste, unter den Schlangen?»

Aber Olesja hört seine Worte nicht, vor ihr verschwimmt alles zu einem bunten, wilden Strom. Ihr kommt es vor, als drehe sich das Riesenrad nicht über dem Park um die eigene Achse, sondern rolle in eine fremde, grauenerregende Wirklichkeit, wo sich alles miteinander vermischt, seinen gewohnten Platz verloren hat ebenso wie seine Zweckmäßigkeit und die Relationen. Als sei es in der Tat nur das übermütige und grausame Spiel eines riesigen Ungeheuers, der sein Rad ins Unbekannte rollt, und keiner ist da, der es anhalten kann, weil unten der bärtige Bucklige lacht, den Roman für fünf Rubel gekauft hat.

Olesja umklammert Roman, aber auch das gibt keine Sicherheit – sein Körper ist schlaff abgesackt, und ihr ist, als stütze er sich jetzt auf sie. Schweigend und unterwürfig. Darum scheint ihr, als fliege sie mutterseelenallein im kalten Raum zwischen Himmel und Erde, ohne Bleibe weder auf diesem frühlingshaften Planeten noch in einer anderen Welt, wo es weder Großmutter Maria noch Vater und Mutter oder Roman gibt.

«Vater! Vater!» schreit sie, und dieser Aufschrei, der über die Stadt hallt, bringt sie zu sich.

Die Frau mit den Einkaufstaschen nickt dem Buckligen erschrocken zu, der zuckt zusammen, wirft den Zigarettenstummel fort und rennt zum Steuerhäuschen des Riesenrads. Doch er kann es nicht anhalten und stürzt hinaus, um die Notbremse zu ziehen. Das Riesenrad ist außer Kontrolle geraten und dreht sich weiter.

Durchdringend knirscht die Notbremse. Ein aufgescheuchter Kater springt ins Gebüsch, der Bucklige streicht sich den Ziegenbart. Das Rad bleibt stehen.

8

Der Tod von Iwan Mirowitsch ist eine recht alltägliche Episode im Leben des bevölkerungsarmen und perspektivlosen Dorfs Gorodischtscha. Ein Mensch ist gestorben – na und, wir müssen weiterleben, solange es noch geht, solange der Sensenmann in die Nachbardörfer weitergezogen ist. Man hat Iwan schnell vergessen: Es ist Frühling, die Felder müssen bestellt, die Häuser vor den Feiertagen frisch geweißt, die Höfe gefegt und alles für die Ankunft der Gäste aus der Stadt vorbereitet werden.

Das Dorf legt Gärten an, gräbt Beete um, stellt Vogelscheuchen auf, um die jungen Saaten zu schützen und um die Waldvögel abzuschrecken, die in Schwärmen über dem Dorf kreisen und es auf jedes ausgesäte Körnchen abgesehen haben.

«Mit den Vogelscheuchen ist Gorodischtscha gar nicht so perspektivlos! Die Bevölkerung ist um das Doppelte gewachsen. Und das in ein paar Tagen!» ruft die Geflügelzüchterin

Eva dem Brigadier Kapschuk zu, demselben, der bei der Beerdigung die Fahne getragen hat. Aber er hört sie nicht, weil der Auspufftopf an seinem Motorrad mit knallenden Püffen schwarzen Rauch verschießt. Er will zum Brigadebüro, wohin er Pawlucha bestellt hat.

Pawlucha, der das Grab für Mirowitsch ausgehoben hat (er ist gar nicht Totengräber, sondern Hilfsarbeiter in der Brigade), erwartet Kapschuk bereits vor dem Eingang. Er steht da, an eine alte Kiefer gelehnt, und starrt zur Holztafel. Unter der Überschrift «Brigadeneuigkeiten» hängt eine Bekanntmachung, mit der Hand auf die Rückseite einer Filmankündigung geschrieben: «Die Zeit der Aussaat wird zum alkoholfreien Monat erklärt. Zuwiderhandlungen werden mit 200 Rubeln bestraft. Der Brigaderat».

Pawlucha liest das so gründlich, als wolle er einen grammatischen Fehler entdecken, doch es gelingt ihm nicht, weil die ungleichmäßigen Buchstaben vor seinen Augen tanzen: Gestern haben er und Miron einer alten Frau den Mist auf die Beete gekarrt, und die war so spendabel, daß Miron überhaupt nicht zur Arbeit kommen konnte.

Kapschuk fährt vor und greift aufs Geratewohl aus dem Beiwagen zwei rote Rollen.

«Hilf mal, solange es windstill ist. Ich seh schon, deine Hände zittern, kannst es ja doch nicht allein halten.»

Sie bringen über dem Eingang ein rotes Transparent an: «Die Umgestaltung ist Sache aller und jedes einzelnen!» und schlagen es mit großen Nägeln fest. Während Kapschuk eine passende Stelle für die nächste Losung sucht, verschnauft Pawlucha und trinkt im Kontor einen Becher warmes abgestandenes Wasser aus einem Emaillegefäß.

«Brigaden! Vorwärts zur rechtzeitigen Aussaat!» Dieses Spruchband hängen sie zwischen Kiefer und Telegrafenmast. Sie befestigen es mit Draht, so daß der Wind es nicht herunterreißen kann.

Der Brigadier geht auf die andere Straßenseite, um sein Werk zu begutachten. Dann schwingt er sich wieder aufs Motorrad, der Motor heult auf, und Kapschuk rattert die sandige Dorfstraße entlang, holpert wie vom Fieber geschüttelt über das Wurzelwerk.

9

Die Ehrentafel auf dem zentralen Platz der Stadt ist hufeisenförmig aufgestellt.

Ein vollbärtiger Maler und ein Fotograf tauschen vor den Feiertagen die Fotos aus. Im Gras liegen die Porträts, die für immer abgenommen sind. Diese Menschen haben die Erwartungen irgendwelcher Funktionäre enttäuscht. Sie blicken die Vorübergehenden wehmütig und schuldbewußt an. Nun müssen sie durch andere ersetzt werden. Alle Plätze sind schon besetzt, bis auf einen. Darunter steht: «Mikola Mirowitsch, Oberoperateur von Block 4».

«Kannst du das alte Foto nicht abfotografieren?» fragt der Maler und saugt an seiner Pfeife.

«Das ist doch schon von seinem Betriebsausweis abfotografiert.»

«Gibt der an? Oder ignoriert er die Ehren?»

«Weiß der Teufel! Heute war ich zweimal bei ihm zu Haus.»

«Im Stadtkomitee schneiden sie mir den Bart ab, wenn ich diesen Ikonostas heute nicht fertig habe.»

«Und ich hab fünf Rubel durch das Porträt von Mirowitsch verloren. Retuschier ihn anständig, zieh die Linien ein bißchen nach, und fertig.»

«Du hast's leicht, brauchst nur auf den Knopf zu drücken. Ein Maler aber – weißt du, wie lange ein Maler an einem Porträt arbeitet? Es muß ähnlich sein und außerdem allen gefallen.»

«Dafür kriegst du auch mehr bezahlt. Ich muß sehen, wie ich über die Runden komme: hier ein Fünfer, da ein Dreier. Alles nur Kleingeld. Heut hab ich wenigstens Glück gehabt: Hab die Frau von diesem Mirowitsch fotografiert, und sie hat mir versprochen, Sportschuhe für meinen Sohn zu besorgen, ist Verkäuferin im Kaufhaus. Mirowitsch ist mächtig abgeklappert, sein Weib dagegen, die ist hochprozentig.»

«Wir müssen fertig werden. Gib her, ich werde deinen Mirowitsch retuschieren, schlechter als in Wirklichkeit wird er schon nicht aussehen.»

Der Maler setzt sich auf die Einfassung, legt Mikolas altes Bild auf seine Knie und zieht ihm Augenbrauen und Lippen nach, verkleinert seine Geheimratsecken, gibt ein paar verwegene Fünkchen in seinen Blick und rundet ihm dann noch den Hemdkragen nach der neuesten Mode. Prüfend betrachtet er Mikolas Gesicht, und das scheint ihm Mut zu machen: Spare nicht mit Farbe, wer möchte nicht besser aussehen als in Wirklichkeit?

10

Am Fluß geben die Frösche ihr Frühlingskonzert. Als wären sie alle auf einmal ans warme sonnige Ufer gehüpft und quaken nun, so laut sie können: Wir haben überwintert! Wir haben überlebt! Wir sind bereit, unser Froschgeschlecht fortzusetzen – euren Schädlingsbekämpfungsmitteln und den stinkenden Abwässern, die ihr in unsere Teiche ableitet, zum Trotz. Wir leben und lassen euch leben!

Das Riesenrad dreht sich am Abendhimmel über den Bäumen des Parks. Im Wind flattern die Röcke der Mädchen, ihre blonden Zöpfe, die Punkte der glühenden Zigaretten glimmen, Lachen und Kreischen und aufgeregte Rufe tönen aus den Gondeln, die den höchsten Punkt erreicht haben und dort anhalten, bevor sie wieder in die Tiefe stürzen. Wieviel Nervenkitzel für fünfzig Kopeken!

An der Tür des modernen Stadthotels hängt wie üblich die verblichene Tafel: «Keine Zimmer frei». Besucher der Stadt wären verwundert, wenn diese Aufschrift fehlte. Dennoch betreten sie das Foyer und stehen geduldig in der Schlange an der Rezeption.

Auf einer Leuchttafel unter dem Dach des Kinos «Sowremennik» jagen die Zeilen: «Morgen, Sonnabend, 26. April, um 10.00 Uhr Geländelauf durch die Stadt!»

Auf Loggien und Balkons trocknen Strampelhosen, Herrenhemden und leichte Sommerkleider. Die Sonne wärmt, man muß die Sommersachen nach dem Winter auslüften. Zumal morgen Sonnabend ist. Über Nacht trocknet alles.

Auf dem Fluß huschen die hellerleuchteten Fahrgastschiffe vorbei. Von Deck tönt Musik. Aus den Fenstern und von den Balkons an der Uferstraße kann man die Schiffe und ihr Spiegelbild im Wasser betrachten. Nach dem langen Winter sehnt man sich nach diesem festlichen abendlichen Anblick, der in manch einem Herzen Reiselust, Freude am Plätschern der Wellen, Sehnsucht nach grünen Ufern mit einsamen Pärchen vor bunten Zelten, mit nackten, Pferde badenden Jungen weckt... Wie wenig braucht der Mensch, um glücklich zu sein!

Im Hof des Städtischen Krankenhauses stehen die Kleinbusse der Schnellen Medizinischen Hilfe. Die Nummern sind frisch bemalt, alle Sünden des Winters überspritzt – die Autos haben die technische Durchsicht hinter sich. An einem Wagen sind beide Türen geöffnet, der schlaksige Fahrer hat sich aus Langeweile hingelegt, um ein wenig zu dösen. Auf den Sitzen hat er nicht recht Platz, so ragen seine langen Beine mit den Turnschuhen daran aus dem Fahrerhäuschen. Wie ein Schlagbaum zwischen zwei SMH-Wagen.

Das Atomkraftwerk ist bereits in Festbeleuchtung getaucht, die rhythmisch blinkt. Das pulsende Licht dringt in die Stadt, in die Straßen und Häuser. Das Kraftwerk scheint zu atmen, gleichmäßig und ruhig, es liefert ein tadelloses Elektrokardiogramm.

Vor einem hohen Haus mit Loggien und mit Lautsprecheranlage über dem Eingang steht ein grüner Wolga, an dem der Direktor des Atomkraftwerks, Pusatsch, der Chefingenieur und ihre Frauen sich zu schaffen machen. Alle tragen ausländische Sportkleidung, reden laut und erregt. Sie verstauen Taschen mit Essen, ihre Sportjacken, eine riesige Zeltplane und Schaschlykspieße im Kofferraum. Die Frauen ähneln sich so, daß selbst ihre Männer sie in der Dämmerung kaum unterscheiden können. Um diese Ähnlichkeit hat sich besonders die Frau des Chefingenieurs bemüht, sie hat ihr blondgefärbtes welliges Haar zu Löckchen gewickelt, die ihr immer wieder in die Augen fallen.

Pusatsch sitzt schon am Steuer, Jurko neben ihm ringt nach dem vielen Hin und Her nach Luft. Beide warten, bis die Frauen den Kofferraum schließen und ebenfalls einsteigen.

«Dieser ‹Kiewenergo› kommt so ungelegen wie möglich mit seiner Bettelei: Helft uns mit zwei Milliönchen! Was für Süßholz dieser Boris geraspelt hat. Wie er mir Honig um den Mund schmieren wollte. Wenn ich gewußt hätte, daß der dran ist, ich hätte den Hörer gar nicht abgenommen! Der ist mir vielleicht um den Bart gegangen, dieser Teufel mit Goldzähnen. Aber was tun, die helfen uns ja auch oft aus der Patsche ... Ich möchte ihm jedenfalls nicht zwischen seine goldenen Zähne geraten», sagt der Direktor und spuckt aus dem offenen Seitenfenster.

«Wir waren dran, ihr habt zugesehen, jetzt seid ihr an der Reihe, und wir sehen euch zu. So kommentiert mein Schwiegervater ähnliche Situationen. Sie haben eine leichte Hand, Ossip Kusmitsch, alles wird laufen wie im Kino. Goloborodko hat Schichtdienst. Und Paliwoda. Der schlägt gern mal Rad, macht vor Oberen Opposition, läßt Dampf ab, aber er versteht seine Sache. Nicht schlechter als ich. Ist zwar starrsinnig, hat aber Köpfchen. Wenn irgendwas passiert, schalten sie einfach auf ‹Havarie› um.»

«Das hätte ich nicht gern ... Das gibt Redereien ... Dagegen kommt man später nicht an ...»

«Der vierte Reaktor schläft überhaupt süß und selig wie ein Baby, wacht nicht einmal auf, wenn er abkühlt, Ossip Kusmitsch.» Als Jurko sieht, daß seine Frau endlich eingestiegen ist, reicht er ihr eine abgegriffene Aktentasche mit Flaschen.

«Hört doch endlich auf mit eurem ewigen Gelabere über das blöde Kraftwerk! Wollt ihr auch noch an meinem Geburtstag den ganzen Abend darüber reden?» sagt die Frau des Direktors mit gespieltem Ärger.

«Wer bist du schon ohne mein Kraftwerk? Selbst an deinem Geburtstag!» fährt Ossip Kusmitsch sie an, drückt auf den Anlasser und lenkt den Wolga auf die Straße. Er verliert sich rasch in dem Autostrom, nur der Rauch aus dem Auspuff wölkt sich noch lange im Hof. Es ist windstill.

11

Ludmilla kommt in guter Stimmung von der Arbeit heim, überhaupt nicht müde, als hätte sie nicht den ganzen Tag hinter dem Ladentisch gestanden, sondern im Wald Pilze gesucht. Kein Wunder! Heute gab es drei große Freuden für sie: Sie konnte Wassil mit einer Wochenendbestellung umgarnen. Irgend etwas längst Vergessenes ist dabei erwacht, hat ihr Goloborodko nähergebracht, und der ist in der Stadt immerhin ein nützlicher Mann, kann mit einer staatlichen oder einer Genossenschaftswohnung für Olesja helfen. Morgen kommt er jedenfalls, dann wird man weitersehen ... Sie ist fotografiert worden hinter dem Ladentisch, bei unterschiedlicher Beleuchtung, in einem Pelzmantel, einem Ledermantel, einer Sportjacke, kurz, in allem, was ihr von der «Mangelware» paßte. Und schließlich hat Roman von seinem Vater und seiner Mutter – die Eltern sind schon lange geschieden, und jeder hat eine neue Familie und kleine Kinder, Roman ist für beide bereits abgebucht – jeweils hundert Rubel nach der Entlassung aus dem Militärdienst bekommen. Ludmilla als künftige Schwiegermutter hat den demobilisierten Soldaten in ihrer Abteilung frisch eingekleidet. Jetzt kann man es kaum glauben, daß Roman noch vor ein paar Tagen in schweren Stiefeln durch die Kaserne gepoltert ist und beim Anblick jedes Offiziers die Hand grüßend an die Schläfe schnellen ließ. Und das alles an einem einzigen Arbeitstag! Ach nein, sie irrt sich. Goloborodko hat sie bereits gestern getroffen. Dabei ist ihr, als sei es erst heute gewesen. Oh, Wassil, Wassil! Hab so lange gewartet, wir sind beide alt drüber geworden; die jungen Mädchen werden dich bald mit Onkel anreden, und ich bin auch nicht mehr das, was ich einmal war, besonders bei Licht ... Seine Finger berührten ihre Hände, als er das Paket mit der «Bestellung» nahm. Er wird heute vorbeikommen und das Geld bringen ...

Mirowitschs Wohnung ist eng, mit Möbeln vollgestellt. Sie stehen lieblos herum, wie es gerade kommt. Kristall blinkt, Couch und Sessel sind mit Zellophan zugedeckt. An der Wand, deren Tapeten eine Imitation von Buchrücken ist, hängen eine Reproduktion des Gemäldes von Repin «Die Saporosher Kosaken schreiben einen Brief an den türkischen Sultan» und ein bunter Hahn, den Ludmilla vor der Hochzeit ausgestickt hat und der an einen Husaren in Kampfstellung erinnert. Auf dem Tisch steht eine kleine Vase mit Kunstblumen.

Olesja steht auf der Schwelle. Sie trägt Jeans, eine warme Sportjacke und eine weiße Baskenmütze, die mit einer dekorativen Nadel am Haar festgesteckt ist. Roman in dem neuen Sportanzug «à la Kosmos» – er ist stahlfarben und stammt aus dem Angebot der Jugendmode – verfolgt jede Bewegung von Olesja, und Ludmilla bemerkt zufrieden seinen verliebten Blick: So bin auch ich einmal gewesen, und Mikola zerfloß förmlich. Aber aus ist aus, und hin ist hin ...

«Genießt das Leben, Kinder, es ist nicht ewig ... Ihr seid schon erwachsen. Olesja habe ich kurzgehalten, während du gedient hast, Schwiegersöhnchen. Genießt eure Freiheit. Es ist Frühling. Im Frühling verliebt sich sogar die Müllschaufel in den Besen ... Könnt fortbleiben bis zum Morgengrauen, morgen fahren wir nach Gorodischtscha zur Gedenkfeier. Geht zu Onkel Griz, borgt euch sein Motorrad, sagt, daß ich ihn drum bitte und es euch gestattet habe, und fahrt ein bißchen ins Grüne. Ihr seid ja groß. Ich vertraue dir meine Tochter an, Roman. Griz gibt euch sicher sein Motorrad.»

Erstaunt blickt Olesja die Mutter an: Was ist heute nur los mit ihr? Erst hat sie mich wie ein Kleinkind gehalten, und nun diese Großzügigkeit ...

Mikola steht in der Tür. Die Sonne hat an diesem Tag sein blasses Gesicht gerötet, selbst die Geheimratsecken. Er lächelt schuldbewußt und versucht, seine teerbeschmierte Arbeitskleidung zu verstecken. Wenn Ludmilla nur rasch über ihn herfiele und ihre übliche Litanei ablassen würde! Mochte sie es ruhig vor den Kindern tun – wenn sie bloß schon anfinge: daß er ein Esel ist, daß ihn alle nur ausnutzen, daß sie als geschiedene Frau besser leben würde, daß im Dienst alle über sie lachen, daß sie sozusagen zwei Männer hat, den einen auf der Ehrentafel und den anderen am Reaktor. Viele ihrer Freundinnen im Kaufhaus haben nicht mal einen einzigen.

Aber Ludmilla beachtet ihn seltsamerweise nicht, sie rückt Olesja die Baskenmütze zurecht, küßt die Tochter auf die Wange und begleitet sie und Roman bis zur Treppe.

«Aber fahr nicht so schnell, Roman! Wir vertrauen dir unser Teuerstes an, ich und Vater Mikola!»

«Wohin soll ich mit Olesja eilen, Ludmilla Iwanowna? Die Zukunft gehört sowieso uns!» erwidert Roman und springt gleich mehrere Stufen auf einmal hinab.

Jetzt schrumpft Mikola noch mehr zusammen, er zieht den Hals ein und versucht, den angetrockneten Teer von der Wange zu reiben, aber der klebt fest an der unrasierten Haut.

«Sei nicht böse, Ludmilla. Red dir nur alles vom Herzen, ich bitte rasch um Verzeihung und mach mich zur Schicht fertig. Heute wird es heiß hergehen am Reaktor ... Ich hab gedacht, wir würden in ein paar Stunden mit dem Boot fertig, aber das macht noch viel Arbeit ... entsetzlich ...»

«Was hab ich damit zu schaffen? Du hast dich bloß nicht ausgeruht und mußt gleich zur Schicht ... Sagst es ja selbst. Der Fotograf hat dich gesucht, für die Ehrentafel ... War sogar bei mir im Kaufhaus, schwer gekränkt. Sein Chef hat ihm den Auftrag erteilt. Wasch dich. Ich brat dir rasch Kartoffelplätzchen, wie sie deine Mutter macht.» Ludmilla mustert ihren Mann mitleidig von Kopf bis Fuß. Für einen Augenblick stellt sie sich Wassil Goloborodko vor – Sonnenbrille, sauber rasiert, weißes Hemd, sorgfältig geknüpfte Krawatte, bestechende Überheblichkeit im Blick und im Verhalten und zugleich einfach und umgänglich –, seufzt und geht in die Küche.

Mikola wundert sich über die unerwartete Familienidylle. Er hätte nie gedacht, daß sie ihm überhaupt beschieden sei. Und nun plötzlich – bitte schön!

Er wäscht sich geräuschvoll, blickt in den Spiegel und lächelt sich verzückt zu.

Dann rasiert er sich, zieht die etwas zu weite dunkelblaue Hose an, ein weißes Sporthemd und kämmt sich die Haare zur Seite, um wenigstens die eine Geheimratsecke zu verdekken. Freude und Selbstsicherheit verwandeln ihn – er ist jetzt ein sympathischer, freudestrahlender junger Mann. Ludmilla stellt die appetitlich duftenden Kartoffelplätzchen vor ihn hin, setzt sich aber nicht an den Tisch, sondern macht sich in der Küche zu schaffen.

«Siehst du, Frauchen, wie schön alles ist, wenn ... Alles gut ist. Wenn ich meine Schuld erkenne und du nicht mit mir schimpfst. Dann fühle ich mich doppelt schuldig und verliebe mich wieder in dich, wie damals in Gorodischtscha, am Fluß ... Nach der Schicht gehen wir rasch ins Geschäft, kaufen alles ein und fahren zu Mutter. Wenn du willst, gehen wir nachts an unseren alten Platz.»

«Ich hab bei den Mädels im Lebensmittelgeschäft Räucherwurst, Treibhausgurken, Käse und gekochten Schinken bestellt. Wir dürfen nicht vergessen, deinen Anzug aus der Reinigung zu holen. Ich habe dem Direktor unseres Dienstleistungskombinats ein japanisches Tuch für seine Frau verkauft. Vielleicht auch für seine Freundin, was geht's mich an? Sie haben jedenfalls den Anzug genommen und versprochen, ihn bis morgen zu reinigen. Morgen hol ich auch noch neue Schuhe für dich ab, sie wollten sie in der Schuhabteilung zurücklegen. Mutter hat mir doch Alexanders Geld zugesteckt. Wenn wir reich werden, helfen wir ihr auch. Siehst du, was ich mir zur Gedenkfeier deines Vaters für Mühe gegeben habe. Wenn alle so wären, Odarka und Griz ...»

«Was bist du heute lieb, Ludmilla. Wenn du so bist, hat alles andere keine Bedeutung. Allerdings wird die Schicht heute höllisch schwer und anstrengend werden. Wenn Goloborodko tatsächlich das Notkühlsystem abschaltet, dann halten wir den Reaktor nur mit unseren Nerven. Wir an den Turbogeneratoren kriegen das besonders zu spüren. Und den Ruhm steckt Goloborodko ein.»

«Ach, laß ihn! Du hast doch deinen Ruhm! Mit euren Atomgeschichten müßt ihr schon selbst fertig werden, davon verstehe ich nichts. In Gorodischtscha erzählen sie, Goloborodko sei dein Halbbruder, väterlicherseits ...»

«Wir sind alle Brüder, Ludmilla, wenn wir geboren werden. Dann reißt uns das Leben auseinander, daß wir nicht mehr den Ruf des anderen vernehmen. Wie in feindlichen Stellungen. Vielleicht ist er wirklich mein Bruder ... Wenn du lieb bist, bist du sehr schön. Merk dir das.»

Mikola geht ins Kinderzimmer, wo Tarassik schläft, den Kopf unterm Kissen. So schläft er immer, und keiner wundert sich. Anders kann er nicht einschlafen. Nur bei Großmutter in Gorodischtscha schläft er wie alle. Vielleicht stört ihn der Stadtlärm und geht ihm auf sein schwächliches Herz.

Alle Wände im Kinderzimmer sind bemalt. Mit farbiger Kreide auf weißen abwaschbaren Tapeten. Über dem Bettchen prangt eine riesengroße, seltsame Blume, die an einen Atompilz erinnert oder an eine aufgeblühte Wasserlilie, aus der ein zweiköpfiger Drache steigt.

«Mikola, vielleicht sollten wir ihn nach Trilesje zu der Quacksalberin bringen, man sagt, gegen Angst würde eine Behandlung reichen. Siehst du, was er sich alles ausdenkt! Wenn er größer wird, malt er an alle Zäune nackte Frauen. Das reinste Unglück mit ihm. Zu Ferienbeginn fahren wir nach Trilesje. Das alte Weib nimmt nicht viel.» Ludmilla zieht die

Decke zurecht und schiebt das Kopfkissen etwas zur Seite, damit das Kind besser Luft bekommt.

«Vielleicht fahren wir lieber nach Bolotnja und nicht nach Trilesje? Zu Maria Primatschenko. Die Lehrerin ist mit den Kindern bei ihr gewesen, da hat er sich umgesehen und malt nun . . . Mag die alte naive Malerin ihn beurteilen, ich versteh davon nicht viel», erwidert Mikola und blättert in einigen Zeichnungen von Tarassik: Wölfe mit Hörnern, Blumen mit aufgesperrten Mündern, Pflanzenblätter wie menschliche Augen, ein Baum schreit mit all seinen Astlöchern . . .

Er nimmt das Hausaufgabenheft und schlägt es auf. «Hat die Klassenwand nach dem Unterricht bemalt. Ich habe ihn länger dabehalten, damit er alles abwischt.» Unter der Eintragung steht die Unterschrift der Klassenlehrerin.

Mikola unterschreibt den Eintrag und betrachtet lange den Blumenpilz über dem Bett und die Zeichnungen, die auf dem Tisch liegen. Ludmilla ist das zu langweilig, sie geht hinaus und räumt das Geschirr ab.

Woher hat das bloß der Junge? überlegt Mikola. Keiner der Mirowitschs besaß Zeichentalent, selbst ihre Handschrift ist krakelig. Auch Ludmillas Eltern haben nur gerade Linien gezogen, allerdings nicht mit dem Bleistift, sondern mit Pflug und Hacke auf dem Feld. Tarassik aber quält etwas, als habe ihn jemand verzaubert . . . Der Wunsch, das verschlafene Gesicht seines Sohnes zu sehen, ist so übermächtig, daß er behutsam das Kissen anhebt – Tarassik blickt ihn aus weit geöffneten Augen an.

«Fahren wir wirklich zu Maria Primatschenko? Ich will nicht zu der alten Quacksalberin . . .»

Mikola streichelt den widerspenstigen Haarschopf des Sohnes, die klare Kinderstirn und nickt bestätigend. Der Junge zieht die Hände unter der Decke hervor und umarmt den Vater dankbar und fest. Dann zieht er sich wieder das Kissen über den Kopf und liegt reglos.

Mikola steht noch einen Augenblick am Bettchen des Sohnes, seufzt und verläßt auf Zehenspitzen das Zimmer.

«Ich muß weg, Ludmilla. 's ist Zeit. Netschiporenko hat mich gebeten, früher zu kommen. Warte Olesja ab und leg dich schlafen. Es wird schon alles gut gehen, denn heute bist du lieb und schön . . .»

«Ich wollt dir einen neuen Anzug kaufen von dem Geld, das Mutter uns gegeben hat, aber sie hatten keine Importe, und aus Perejaslaw-Chmelnizki oder Tschernigow wollt ich nichts nehmen.»

«Meinst du, ich verstehe dich nicht? Du möchtest einen Mann haben, der besser ist als ich. Das ist ein ganz natürlicher Wunsch der Frauen, besonders in deinem Alter, wenn die Jugend vorbei ist. Ich weiß, ich bin nicht so. Heute wäre ich auch gern früher von der Bootsreparatur zurückgekommen, hätte dir Abendbrot gemacht und dich aus dem Kaufhaus abgeholt ... Aber dieses verdammte Boot. Wir hatten wirklich zu tun, ich hab's nicht über mich gebracht, ihn allein zu lassen. Und dann geh ich nach Hause und mach mir Vorwürfe: Ich hätt dich trotzdem abholen sollen. So bin ich nun einmal, ein gespaltener Mensch. Und wenn ich das Abendbrot gemacht hätte, wenn ich mit dir zusammen nach Hause gekommen wäre, hätte ich mir wieder Vorwürfe gemacht, weil ich Igor mit dem halbfertigen Boot sitzengelassen hätte. Vielleicht liegt gerade darin der Sinn des Lebens, daß uns unser Gewissen quält, daß es wach ist und uns keine Ruhe läßt. Bedaure nichts, sondern überleg mal, wie schön es eigentlich mit uns beiden ist.»

«Nimm noch die Kartoffelplätzchen mit. Nach den Feiertagen sollen wir endlich Telefon bekommen ...»

12

Maria hat die Kuh gemolken und ihr Stroh aufgeschüttet, damit sie sich auf dem Holzbelag die Flanken nicht wund liegt. Nun sitzen sie zu zweit am Tisch, sie und Fjodor, trinken frische Milch und essen Bäckerbrot.

«Mir ist so schwer ums Herz, Fjodor. Ich richte die Totengedenkfeier aus, und dann weiß ich nicht, was kommt», sagt die Mutter leise. Weshalb soll sie laut reden, wenn Fjodor ihr die Worte von den Lippen abliest? «Die Milch ist bitter vom Wermut, aber um diese Zeit haben wir halt kein anderes Gras. Nimm dir ein bißchen Zucker ran.»

Der Sohn schüttelt ablehnend den Kopf, sammelt die Brotkrümel von der Decke und schüttet sie sich in den Mund.

Auf dem Tisch brennt eine Kerze, obwohl in der Stube die Lampe angeschaltet ist.

Unermüdlich versucht das Pendel der Wanduhr seinen Schatten einzuholen, doch es will ihm nicht gelingen.

Der Spiegel an der Tür des Kleiderschranks ist noch immer mit einem Tuch verhängt.

Vom Friedhof her peitschen ein paar Schüsse.

Unter dem Fenster faucht und raschelt etwas im Wermut. Maria hört das Geräusch und denkt bei sich, daß es die Igelin ist, die im Heuschober hinter dem Stall überwintert hat. Sie gießt Milch in ein Schüsselchen, trägt es hinaus und stellt es ins Gras.

«Ich müßt mich ein Stündchen hinlegen, sonst weiß ich nicht, wie ich morgen den Tag überstehe ... Aber nein, ich schlafe ja doch nicht ein. Das Herz ist so schwach. Ich will lieber noch etwas erledigen, um so schneller vergeht die Nacht. Ich brauch ja nur noch diese neunte Nacht zu überleben ... ohne Iwan. Muß die Kinder noch einmal wiedersehen ...»

13

Odarka ist mit der Hausarbeit fertig. So viele Dinge sind ihr hier teuer und erinnern sie an das Leben im Dorf: Handgestickte Tücher umrahmen das Hochzeitsfoto von Stepan mit seiner ersten Frau und das Foto, auf dem sie, Odarka, mit Stepan und den zwei Kinderchen am Springbrunnen in der Stadt steht, als er sie gerade aus dem Dorf geholt hat; getrocknete Mohnkapseln in einem Krüglein; der alte Fernsehapparat mit kleinem Bildschirm, den ihr Ludmilla gegeben hat, als sie sich einen Farbfernseher anschafften; Zwiebeln und Gewürzpaprika, zu Bündeln geflochten, hängen über der Tür der engen kleinen Küche. Sie hat aufgeräumt und abgewaschen, in der Hoffnung, daß Stepan doch aufwacht. Er ist im Sessel eingeschlafen und schnarcht so laut, daß die Mohnkapseln im Krüglein zittern. Er ist zwar betrunken heimgekommen, aber es ist doch besser, wenn er zu Hause ist, dann braucht sie sich nicht zu sorgen.

Wie er auch sein mag, immerhin ist ein Mann im Haus, denkt Odarka. Wenn man ihm nur das Trinken abgewöhnen könnte, dann würden wir in Ruhe leben und die Kinder aufziehen.

Sie öffnet die Tür ins Zimmer, in dem Ruslan und Lida mucksmäuschenstill sitzen.

«Hab gedacht, ihr seid eingeschlafen.»

«Ist's schon soweit, fahren wir jetzt zu Großmutter Maria, Puschok und Mawra?» fragt Ruslan und springt vom Bett.

«Wir fahren, aber erst müßt ihr baden und schlafen», sagt Odarka, nimmt beide Kinder auf den Arm und trägt sie ins Bad.

Sie badet Ruslan und Lida zusammen. Die Kinder sind ungewöhnlich gehorsam und still, als hätten sie schuld daran, daß der Vater betrunken nach Hause gekommen ist, lange gebrüllt, geschimpft und mit den Stühlen gepoltert hat. Wenn sie bloß erst groß wären ...

14

Griz deckt in seiner Junggesellenbude den Tisch. Er beeilt sich, Natalka kann jeden Augenblick kommen. Dabei ärgert er sich: Er benimmt sich wie ein grüner Junge vor dem ersten Rendezvous. Wer hat sie gezählt, die vielen, die hier in diesen vier Wänden gewesen sind? Manchmal ließ er sie nur kommen, damit sie ihm das Zimmer aufräumten, Borschtsch kochten, ihn mit ihrem Körper wärmten und vor Morgengrauen aus seiner Höhle krochen, nicht ohne vorher auf dem Herd das warme Frühstück zubereitet zu haben.

Er legt eine weiße Tischdecke auf, bringt eine Flasche Rotwein, schneidet Wurst und Käse auf. Neben der Weinflasche stehen in einer kleinen Vase drei Tulpen. Kritisch betrachtet er das Zimmer und rückt das Gewehr an der Wand zurecht.

Melodiös tönt in der Stille das Klingeln. Griz streift rasch die Schürze ab und schleudert sie in die Küche. Im Vorübergehen wirft er einen Blick in den Spiegel, glättet das widerspenstige Haar, schiebt den Kragen des weißen Hemdes zurecht, hüstelt und öffnet die Tür.

Auf der Schwelle stehen Olesja und Roman.

«Hallo, kleines Nichtchen! Kommt ihr aus Baikonur? Oder direkt aus dem Weltraum?»

«Nein, wir möchten erst starten, aber auf deinem Motorrad, Onkel Griz», gibt Olesja im selben Ton zurück. «Du erwartest jemanden, da steht es doch sowieso rum . . .»

Griz holt schon den Schlüssel aus der Tasche seiner Offiziersjacke und reicht ihn Roman.

Die jungen Leute rennen die Treppe hinunter. Die geriffelten Sohlen ihrer Sportschuhe scharren über den Boden.

15

Ludmilla schließt die Tür hinter Mikola, geht ins Zimmer zurück, die Knie werden ihr weich, sie läßt sich auf einen Stuhl fallen und spürt plötzlich, wie erschöpft sie ist. Warum ist bloß alles im Leben so eingerichtet? Keine echte Freude, keine Zufriedenheit? Nur Müdigkeit und Traurigkeit sind echt. Weinen und wehklagen, daß es durchs Haus hallt, laut heulen und schreien, doch nicht einmal dafür reichen Leidenschaft und Gefühle. Es wäre unehrlich und würde keine Erleichterung bringen, würde nur die Müdigkeit steigern!

Ludmilla zerrt den Sommermantel so heftig vom Haken, daß der Aufhänger abreißt, schlüpft im Laufen hinein und rennt hinter Mikola her. Er geht langsam auf dem Bürgersteig, dreht sich immer wieder um und blickt zu den Fenstern seiner Wohnung hoch. Einige Straßenlaternen brennen nicht, doch Mikolas weißes Sporthemd leuchtet in der Dunkelheit, und seine Schuhe klappen gemächlich auf dem Asphalt. Er sieht sich noch einmal um und will schon den Schritt zur Haltestelle des Dienstbusses beschleunigen, der zwischen Atomkraftwerk und Stadt verkehrt, als er Ludmilla sieht, nein, er sieht sie eigentlich gar nicht, er spürt plötzlich mit seinem ganzen Wesen: Das ist sie!

«Ich wußte es! Wußte, daß du mich heute begleitest.»

Am liebsten hätte er sie hier mitten auf der Straße umarmt, aber er geniert sich, wird verlegen und nimmt Ludmilla bei der Hand, die so kalt ist und zittert.

«Du frierst . . . Bist müde von mir . . . Ich versuche ja, mich zu ändern, lieb zu dir zu sein, Ludmilla. Wieviel ist uns denn von unserem Leben noch geblieben, wozu es in Unverständnis und Ärger verbringen? Ich bin fest überzeugt: Auch Vater hat bedauert und bereut, als er im Sterben lag. Hat nicht so gelebt, wie er sollte. Die Versuchungen, denen er nachgab, haben ihn ausgehöhlt. Und was ist von ihm geblieben? Wir seine Kinder, Mutter, seine geduldige Frau, und diese ungeordnete, besser gesagt, dumm und sinnlos geordnete Welt voller Ängste. Ich hab heute darüber nachgedacht, daß unser Tarassik ein Kind der Angst ist, weshalb würde er sonst diese Tiere zeichnen? Solche Ungeheuer leben doch auch in uns, wir verstecken uns nur vor ihnen. In komfortablen Wohnungen, zwischen modernen Möbeln, auf unseren Posten zur Befriedigung unserer Eitelkeit. Tarassik ist noch so schutzlos . . .»

«Da kommt dein Bus, Mikola! Du schaffst ihn noch. Ich bin in Hausschuhen rausgelaufen . . .»

Mikola will sie auf die Wange küssen, aber Ludmilla bückt sich, um den Kapronfüßling zu richten, und seine Lippen streifen nur ihr Haar. Gierig atmet er ihren Duft ein und läuft zum Bus.

Ludmilla wartet, bis ihr Mann den Kollegen die Hände geschüttelt, seinen Platz am Fenster eingenommen und ihr zugewinkt hat. Quietschend schließt sich die Tür. Der Fahrer zielt mit seinem Zigarettenrest in den Abfallkübel an der Haltestelle, verfehlt ihn jedoch. Er gibt ein Blinkzeichen, und der Autobus fährt davon, zum Atomkraftwerk. Aus dem hellen Fenster lächelt ihr noch lange Mikolas glückliches Gesicht zu.

Sie steht, bis der Bus um die Ecke biegt, dann zieht sie den Sommermantel fester um die Schultern und kehrt fast im Laufschritt nach Hause zurück.

Nein, nicht nur Tarassik muß zur Quacksalberin. Mikola hat's auch nötig . . .

16

Das Riesenrad dreht sich noch immer über der Stadt, aber nur in ein paar Gondeln sitzen Leute, die den Nervenkitzel brauchen, die in den Abendhimmel fliegen und Begeisterung und Schrecken empfinden wollen. Der bärtige Bucklige arbeitet noch, obwohl die anderen, weniger gefährlichen Attraktionen schon längst geschlossen sind. Der

Wärter ist unverheiratet, es zieht ihn nicht nach Hause, deshalb rollt bei ihm der Rubel, solange noch jemand Riesenrad fahren will.

Im warmen Stillwasser quaken die Frösche; es ist, als hätten sie die Stadt umzingelt und würden sich lärmend nähern. Sie beeilen sich, alles hinauszuquaken, denn bald beginnt die Zeit der Nachtigallen im Weidengesträuch und in dichten Wäldern, wer will dann noch ein Froschkonzert hören?

Aus dem offenen Fenster des Wohnheims für junge Leute, in dem Griz wohnt, tönt die Stimme eines bekannten Chansonsängers:

Alle laufen, laufen, laufen ...

Im Fenster bewegen sich Schatten, nähern sich, um wieder auseinanderzugleiten, jemand läuft auf den Balkon, schnappt frische Luft und verschwindet im Zimmer. Musik, rhythmisches Füßescharren, konvulsivische Bewegungen menschlicher Schatten ...

An der Elektronenuhr am Gebäude des Stadtsowjets leuchten Nullen auf. Für einen Augenblick verharren sie reglos wie eine Kette, deren Ringe nicht ineinandergreifen. Es ist, als würde die Kette gleich auseinanderfallen. Doch da springt die erste Minute des neuen Tages hervor. Die Zeit geht weiter.

26. April 1986

Ohne Halt, ohne Unterbrechung, ohne Überholungspause. Man müßte eigentlich ... aber keine Zeit, keine Zeit, keine Zeit!

Keine Zeit, um selbst zu denken – wir stopfen uns das Gehirn mit Informationen voll.

Keine Zeit auszuruhen, zu entspannen – wir kaufen eine Flasche.

Keine Zeit, um die Kinder zu erziehen – wir tragen unsere Schuld mit japanischen Tonbandgeräten, Jeans, generösen Hochzeitsfesten und Baugenossenschaftswohnungen ab.

Keine Zeit, um richtig zu lieben – wir bieten eine Kurzvariante: das aufgedeckte Bett, «Guten Tag» und «Auf Wiedersehen».

Uns reicht die Energie nicht – wir spalten den Kern.

Eben noch wollten wir etwas Schönes, Ewiges, Wichtiges vollbringen, da steht schon der Tod an unserem Bett.

Bald leuchten auf der Elektronenuhr der Geschichte drei

Nullen auf mit einer Zwei davor. Ein neues Jahrhundert, ein neues Jahrtausend. Das Riesenrad trägt uns hinauf zum höchsten Punkt. Aber ist es wirklich der höchste? Und vergißt der bärtige Bucklige nicht, die Bremse zu ziehen? Verplaudert er sich nicht mit der Frau, die vom Jahrmarkt kommt?

Während wir so ins Sinnen gekommen sind, zeigt die Uhr auf dem Stadtsowjet bereits drei Minuten des neuen Tages an.

26. April. Vorwärts!

Aus der Stadt rast ein rotes Motorrad mit zwei Fahrern in roten Sturzhelmen in die Weite. Olesja preßt sich fest an Roman und legt ihm die Arme um den Hals. Sie fliegen in die Nacht hinein wie ein Fabelwesen mit Motor und zwei Menschenherzen. Das Motorrad jagt über den Brückenbogen. In diesem Moment erinnert es an eine Rakete, die jeden Moment von der Erde abheben wird und sich mit den Fühlern ihrer Scheinwerfer den Weg ins Dunkel bahnt.

«Freiheit! Geschwindigkeit – das ist wirkliche Freiheit, Olesja!»

Sie erwidert etwas, aber der Wind reißt ihr die Worte von den Lippen, so daß sie ihre eigene Antwort nicht hört.

Mücken, Fliegen und Falter umschwärmen jede Straßenlaterne und die Ehrentafel, die von innen beleuchtet ist. Von dieser Tafel blickt ein retuschierter Übermensch mit säbelförmigen Augenbrauen, stählernem Blick und schmalen, geheimnisvoll zusammengepreßten Lippen auf die Stadt. Ohne die Unterschrift «Mikola Iwanowitsch Mirowitsch» würde sich der Dargestellte, dessen Kopf Mücken und Nachtfalter umschwirren, wohl selbst kaum wiedererkennen. Er blickt über den Platz mit Augen, die die Betonwände der Häuser zu durchbohren scheinen, er sieht jeden einzelnen, der sich in seinem steinernen Sarkophag versteckt hält: ob er schläft oder ißt, badet oder Zeitung liest, Geld oder die Falten in seinem Gesicht zählt, einen anderen leidenschaftlich umarmt oder ungerechte, kränkende Worte sagt, in der warmen Nacht in seiner Einsamkeit friert oder sich nach süßen, leidenschaftlichen Zärtlichkeiten den Schweiß vom Körper spült ... Er sieht alles, und sein Blick ist überlegen, weil dies alles so alltäglich ist.

Im Hof des Städtischen Krankenhauses spielen die Fahrer der SMH-Wagen an einem Tisch Domino. Die Glühbirne, die statt des Lampenschirms ein großer Aluminiumteller abschirmt, hängt an einem Baum unmittelbar über dem Tisch und beleuchtet nur die Hände der Fahrer und die Dominosteine. Sie spielen auf Rausschmiß, und die darauf warten, eine Runde zu machen, provozieren die Spieler zu Fehlern, damit die Partie rascher zu Ende geht. Ein Wagen kehrt von einem Krankenbesuch zurück. Kleinigkeit! Eine alte Frau hat's mit dem Herzen, na ja, mit zweiundachtzig, da ist die Uhr halt abgelaufen ... Das Klopfen der Dominosteine übertönt das Quaken der Frösche, die Stimmen der Zuschauer und das Schnarchen des schlaksigen Fahrers, der in seinem Fahrerhäuschen schläft und nicht ahnt, daß die Jungs ihm die Beine mit einer Mullbinde zusammengebunden haben, aber ... keine Arztrufe, kein Gaudium.

17

Ein langer betonierter Korridor. Die in der Decke installierten Lampen verbreiten Tageslicht, der Fußboden ist mit verbleitem Linoleum in fahlem Orange ausgelegt. In kurzen Abständen Telefonzellen mit massiven Apparaten, über denen rote Lämpchen blinken. Das sind Notrufapparate. Der Korridor mutet wie ein unterirdischer Tunnel an. Zudem ist er sehr lang, als führe er von einem Kontinent zum anderen, aus unserer Zeit ins Ungewisse. Doch für die, die nach der kurzen Arbeitsbesprechung bei Goloborodko an ihre Arbeitsplätze gehen, ist es einfach ein Korridor, durch den man an seinen Arbeitsplatz gelangt.

Einige Deckenlampen brennen nicht, andere blinken müde, aber die Füße der Atomtechniker kennen hier jede Naht im Linoleum, sie wissen aus dem Gedächtnis, wo sie den Kopf einziehen müssen, um nicht gegen das Ventilationssystem zu stoßen, das gerade repariert wird.

In ihren weißen Schutzanzügen, mit den weißen Stoffschuhen und den Mützen wirken sie gespenstisch. In den Brusttaschen stecken die Strahlungsmeßgeräte, die vor jeder Schicht aufgeladen werden müssen, aber lieber sitzt man diese fünf Minuten noch im Rauchzimmer herum. Früher, als sie so eine niedliche Jungsche als Ingenieur für Sicherheitstechnik hatten, ging noch der eine oder andere zum Aufladen, aber jetzt sitzt da ein eingebildeter Laffe, der mit dem Direktor und dem Chefingenieur pausenlos Karten spielt, soll er sich doch zu Tode spielen! Am Knopf des Schutzanzuges hängt eine Berlocke, mag die mitzählen. Ende des Monats wird sie im Labor abgeliefert, da zeigt sie schon an, was die Stunde geschlagen hat. Wenn man sein Meßgerät aufladen läßt, lachen die einen die anderen bloß aus und frotzeln rum.

«Ach, Leute, wenn Dynamo Kiew in Lyon nur nicht das Spiel verpatzt! Haben bisher überall gesiegt, daß sie bloß jetzt keinen Mist baun. Hätten noch einen Monat lang Heimspiele machen müssen . . .»

«Sorg dich man noch eine Woche, dann kannst du wieder ruhig schlafen. Dann ist der Pokal auf dem Kreschtschatik ausgestellt, und wenn du nach Kiew zu deinem Cousin fährst, kannst du dich freuen.»

«Woran?»

«Am Pokal und an der Cousine . . .»

«Erinnert ihn vor Goloborodkos Experiment lieber nicht an sie.»

«Ihr macht immer nur eure Witze, Leute. Aber die Jungs haben mir erzählt, wie eine aus Moskau einen Ingenieur vom ersten Block besucht hat. Die hatten zusammen studiert. Wollten nun Pilze sammeln, ukrainische Quarkknödel probieren und die Landschaft genießen. Er fuhr mit ihr auf die Datsche zu einem Freund, so weit weg vom Atomkraftwerk wie möglich, an den Busen der Natur. Da hat er sie dann behütet.»

«Na und?»

«Ist ja erst der Anfang. Sie hat die Pilze getrocknet und fliegt nach Moskau zurück. Hat ihr Ticket registriert und geht durch den Kontrollbogen. Die Signalanlage bimmelt wie verrückt. Die Frau nimmt ihren goldenen Ring ab, die Ohrringe, holt das Portemonnaie raus – das Ding bimmelt weiter. Dann zieht sie die Schuhe aus – sie hatten Metallabsätze – und nimmt die Haarnadeln aus der Frisur. Es bimmelt immer noch. Eine Milizangehörige führt sie in einen Extraraum, und die Passagierin muß raus mit der Sprache, daß sie mit einem Ingenieur vom Atomkraftwerk, der am Reaktor arbeitet, Pilze gesammelt hat. Wir sind eben gezeichnet, Leute. Wir können genauso reinfallen.»

«Redet keinen Unsinn! Die Jungs aus Charkow vom Turbinenwerk glauben euch am Ende . . .»

«Sollen sie doch reden», sagt einer der Leute aus Charkow, die zu Goloborodkos Experiment gekommen sind. Man will nämlich von der auslaufenden achten, von Mikolas Turbine die Restenergie ausnutzen, um den Notgenerator für die Kühlwasserpumpen zu betreiben. Sie tun so, als hätten sie eine Riesenerfahrung, aber die Reaktormannschaft sieht, daß sie nervös sind und sich kein Wort entgehen lassen.

Mikola strahlt, er spürt noch den Duft von Ludmillas Haar, sieht sie vor sich in ihrem leichten Sommermäntelchen, in den Hausschuhen und fühlt ihre kalte Hand in seiner Rechten. In ihm lebt jener Augenblick des stillen Glücks, der Eintracht und des Verstehens, den ihm seine Frau geschenkt hat. Der Geschichte vom Ingenieur und seiner Studienfreundin hat er nicht recht zugehört. Sie hätte ihm sowieso nicht die Stimmung verderben können.

Am letzten Kontrollposten zeigen sie noch einmal ihre Dienstausweise und gehen den langen Korridor weiter.

«Goloborodko hätte das Notkühlsystem nicht abschalten sollen. Was passiert, wenn der Vierte durchgeht und bockt?»

«Goloborodko will doch nur seine Kunststückchen vorführen. Den sticht schon lange der Hafer. Muß unbedingt einen Orden im Knopfloch haben. Eigentlich hat er sein Spiel doch schon gemacht.»

«Der Vierte hat sie alle eingelullt. Schnurrt seit zwei Jahren friedlich wie ein Kater.»

«Beschwör's bloß nicht!»

«Als wenn ich woanders hinkäme als du.»

Dmitro Paliwoda hat Mikola eingeholt und geht nun neben ihm her.

«Hast du was auf dem Herzen, Dmitro?» fragt Mikola, eigentlich nur, um etwas zu sagen.

«Ich bin ein Idiot, Mikola. Hätte mir schon längst von dir die Telefonnummer deines ältesten Bruders geben lassen, ihn anrufen und ihm von Goloborodkos Irrsinnsidee erzählen sollen. Aber dein Alexander ist mir eben erst eingefallen. Der hätte das nicht zugelassen. Überhaupt, man hätte schon im Projekt vorsehen müssen, daß das Notkühlsystem unter keinen Umständen abgeschaltet werden kann . . . Jetzt können wir nur auf unseren glücklichen Stern hoffen ... Na, mach's gut!» Ebenso unerwartet, wie Paliwoda aufgetaucht ist, verschwindet er auch, er steuert auf den Saal mit dem zentralen Steuerpult des Reaktors zu. Netschiporenko folgt ihm mit einem Büchlein unterm Arm.

Mikola geht weiter und überlegt, daß er Alexander längst etwas von diesem Fehler im Projekt hätte sagen müssen, aber er sieht den Bruder immer nur flüchtig und will ihn nicht mir nichts, dir nichts in seinem Ehrgeiz kränken. Trotzdem hätte er es tun sollen ... Wenn sie sich am vierzigsten Tag nach Vaters Tod alle wiedersehen, sagt er's ihm bestimmt.

Die Gestalten im betonierten Tunnel, weiß wie Gespenster, verschwinden im Schatten und tauchen wieder auf im Licht. Einer nach dem anderen huscht in irgendeine Seitentür, als ziehe er sich in eine zuverlässige, schützende Muschel zurück.

Über dem Atomkraftwerk und über den Wiesen ringsum flimmert Festbeleuchtung. Der Feiertag steht ins Haus.

18

Unter den Fenstern von Mikolas Wohnung bremst ein kirschroter Shiguli. An der Windschutzscheibe im Wagen baumelt ein Maskottchen, ein Spielzeugskelett. Der Wagen hält, das kleine Skelett aber schaukelt noch lange vor Goloborodkos Augen.

Wassil schaltet die Musik ab, steckt sich eine Zigarette an, lehnt sich hinaus und blickt zu den erleuchteten Fenstern des Hauses hoch.

Im zweiten Stock bewegt sich ein Vorhang, ein Schatten taucht auf, die Balkontür öffnet sich – Ludmilla!

Erst jetzt, als Wassil Ludmilla erblickt und sie ihm winkt, daß er hinaufkommen soll, begreift er, daß er zu ihr geht, zu dem Schulmädchen aus Gorodischtscha, jenem frühreifen Ding mit einem üppigeren Busen, als ihn die Lehrerinnen besaßen. Sie schmachtete die Jungen aus den oberen Klassen an, kam bereitwillig zu jedem Rendezvous, wenn die Mutter eingeschlafen war, und verging schier in den Umarmungen. Alle wußten, niemals stieß sie die Hände zurück, die begierig ihren Körper betatschten. Was für ein Dummkopf ist er bloß gewesen, daß er sich damals nicht bedient hat. Komischerweise hat er sich geniert und es immer auf später verschoben. Nun, nach fast dreißig Jahren, da sie verwelkt ist, er sich eine Position in der Gesellschaft erkämpft hat und ein angesehener Mann geworden ist, fällt ihm plötzlich ein, Versäumtes nachzuholen. Das ist natürlich nicht mehr das Richtige, nein, aber weshalb soll er diese bittere Erinnerung nicht endlich auslöschen? Um so mehr, als Ludmilla jetzt nicht nur die Angst, sondern auch ihr Gewissen bezwingen muß. Das verleiht der ganzen Sache noch mehr Reiz. Eine erfahrene Frau. Vielleicht ist das sogar besser. Aber er hat wenig Zeit. In einer Stunde muß er ins Kraftwerk zurück.

Sicherheitshalber stellt Wassil den Wagen vor dem Nachbarhaus ab, blickt sich verstohlen nach allen Seiten um und verschwindet im Hauseingang.

19

Der Scheinwerfer des Motorrades reißt den alten Kiefernstamm mit dem verwitterten Täfelchen und der Aufschrift «Gorodischtscha» und die Friedhofskreuze aus dem Dunkel. Das Motorrad rattert über das knorrige Wurzelwerk. Roman zügelt den Motor. Jetzt kann er wieder Olesjas Stimme hören und nicht nur ihre Hand sehen, die ihm den Weg weist.

«Wollen wir nicht zu Großmutter Maria ranfahren?»

«Ein andres Mal, Olesja, ich möchte mit dir allein sein. Zwei Jahre lang hab ich darauf gewartet.»

Roman biegt in einen Waldweg ein, auf dem Kiefernnadeln und Reisig liegen, schiebt mit der Hand die Zweige auseinander, die bereits prall sind vom aufsteigenden Saft. Im Scheinwerferlicht glänzt der Fluß und trägt verschlafen seine milchig schimmernden Wellen durch die Nacht.

Roman drosselt den Motor und springt vom Sattel. Olesja kann ihm gar nicht so schnell folgen, da packt er schon den Lenker und schiebt das Motorrad ins Gebüsch, um es vor fremden Blicken zu verbergen. Dann reißt er Olesja an sich, um sie zu küssen, wie sie da mit dem Rücken an eine alte Kiefer gelehnt steht und zum Himmel aufblickt.

Sie küssen sich, erhitzt von der raschen Fahrt, allein am menschenleeren Flußufer. Sie haben noch nicht die Sturzhelme abgenommen, die behindern sie jetzt, stoßen mit einem unheimlich hohlen Laut aneinander, als würden zwei Schädel gegeneinanderprallen. Doch die beiden hören es nicht. Noch pfeift der Frühlingswind in ihren Ohren, noch flimmert die dahinrasende Landstraße vor ihren Augen, der Wald und der Sternenhimmel über ihnen scheinen zu bersten, und der Rausch der Leidenschaft stürmt in ihren Körpern, betäubt sie und lähmt alle Willenskraft...

Doch Olesja ist immerfort, als ob Großmutter Maria sie durch die Nacht, durch das dichte Dunkel des Waldes aus dem Fenster ihres Hauses anblickt. Aufmerksam, ruhig, unablässig. In ihrem Blick liegt weder Vorwurf noch Ermunterung oder Zorn, sondern etwas anderes, was das junge Mädchen hindert, die Augen zu schließen, was es zwingt, darauf zu warten, gleich streng nach Hause gerufen zu werden.

Olesja überlegt, daß sie dieses seltsame Gefühl nicht zum ersten Mal hat. Woher kommt es wohl? Sie ist bei Großmutter und Großvater aufgewachsen, hat bis zur achten Klasse die Schule in Gorodischtscha besucht. Großmutter wußte mehr über sie als Vater und Mutter, die ins Dorf kamen, um abzuschalten, ihre Tochter wiederzusehen und mit vollen Taschen in die Stadt zurückzufahren. Angst hatte Olesja nur vor der Mutter, in ihrer Gegenwart wurde sie ganz still, schien sogar kleiner zu werden und gehorchte ohne Widerrede. Vielleicht verbarg sich gerade hinter diesem widerspruchslosen Gehorsam ihre Angst?

Großmutter Maria gehörte zu ihrem Leben. Sie schimpfte, wenn Olesja ungehorsam war, bestrafte sie, doch all dies war natürlich, ging ohne Hysterie und ohne Geschrei ab und setzte gleichsam voraus, daß Olesja ihrem Gewissen überlassen blieb und dadurch frühzeitig selbständig und fast zu ernst für ihr Alter wurde. In den drei letzten Jahren hatte sie die Schule in der Stadt besucht, ihre Altersgefährtinnen fanden, daß sie altmodisch sei und Minderwertigkeitskomplexe habe. Alle hatten bereits stürmische Liebesgeschichten hinter sich, gaben sich ohne lange Ziererei den Schülern aus den oberen Klassen hin, prahlten damit ganz offen und behandelten ihre altmodische Freundin von oben herab. Auch Olesja rannte zu

Rendezvous, knutschte sich mit den Jungs, ging mit ihnen ins Kino, stand dann noch lange mit ihnen vor der Haustür, überwand jedoch die Verlockung, wie alle zu sein. Unmittelbar bevor Roman seinen Armeedienst antrat, wäre sie fast mit ihm intim gewesen – seine Mutter war mit ihrem zweiten Mann zu Verwandten gefahren, und sie blieben allein in der Wohnung –, doch im letzten Augenblick sah sie die klaren strengen Augen der Großmutter Maria vor sich. Sie hatte keine Angst vor ihnen, aber die Welle süßer Willenlosigkeit ebbte sofort ab, und Olesja hatte sich wieder in der Gewalt.

Jetzt ist sie erwachsen, Roman ist aus der Armee zurück. Mutter hat sie für die ganze Nacht fortgelassen, betäubend treibt der Frühling sein Spiel, in der warmen Nacht rauscht das Blut, die Kiefern breiten schützend ihre starken Arme über sie, und üppig grünt der Wermut zu ihren Füßen ... Jetzt ist ihr alles erlaubt, weil sie ein reifes Teilchen dieser Welt ist, weil Romans heiße Hände leidenschaftlich ihre Schultern und ihre Brüste streicheln ...

20

Die Gläser von Natalka und Griz sind mit trockenem Rotwein gefüllt.

«Nun ist Schluß, Griz, Endstation! Jetzt wird das Pferdchen ausgespannt!» seufzt Griz und reckt die Schultern, als würde er sich in der Tat von einem unsichtbaren Zuggurt befreien, den er jetzt, in diesem ihm ungewohnten Zustand der Befangenheit, fast als real empfindet.

«Du spannst aus? Und wirfst auch das Halsjoch ab?» fragt Natalka und schüttelt ihr Haar, das an die Farbe des jungen Wermuts erinnert.

«Wenn das Joch nicht drückt, spürt man's kaum ...»

«Wenn du keine Lasten ziehst. Nur dann. Ausschließlich dann. Kannst's mir glauben, ich war zwei Jahre verheiratet.»

«Ich werd dich auf meine Art lieben, Mädchen. Da bleibt keine Spur von Netschiporenko!»

«Du bist recht schnell und ... ehrgeizig. Mit meiner Vergangenheit werd ich allein fertig. Deine Sache ist die Zukunft ...»

«Worauf trinken wir?»

«Wir wollen deines Vaters gedenken.»

Griz senkt für einen Augenblick seinen schönen Kopf und wird schwermütig. Er sieht wieder die auf der Brust gefalteten Hände des Vaters, den Wermut auf dem Kissen, das abgemagerte Gesicht mit den vorstehenden Backenknochen, die blau verfärbten, zusammengepreßten Lippen. Auf einen Zug leert er sein Glas und sprüht die letzten Tropfen auf den Boden. Natalka hat an ihrem Glas nur genippt und stellt es auf den Tisch zurück.

«So gedenkt man meines Vaters nicht, liebes Weib. Der Tote, Gott sei ihm gnädig, hat ein Gläschen geliebt und schöne Frauen auch. Das ist doch dein Lieblingswein, Cabernet, der spült das Strontium aus dem Blut. Haben die Jungs aus Kiew mitgebracht. Trink aus! Das nächste Glas trinken wir auf uns beide. Auf dich und auf Griz, der sein Leben zu Ende gefeiert hat ...»

«Nur dein Vater hat sein Leben zu Ende gefeiert, du hast noch alles vor dir. Red kein leichtfertiges Zeug, damit du später nichts zu bereuen brauchst.»

21

Das Steuerpult des AKW-Blocks sieht wie ein gigantisches Hufeisen aus. Mikola Mirowitsch ist ein in dieses Hufeisen geschlagener Nagel.

Die Welle inniger Rührung und Ruhe, die ihn überflutet hat, verläßt ihn auch jetzt nicht, als er seinen gepolsterten Arbeitssessel einnimmt. Immer fühlt er sich auf diesem Platz wie auf einem Eiland, weitab von seiner Familie, der Hast des Alltags und der nichtigen Leidenschaften. Alles rückt in die Ferne, und seine Nerven, seine Empfindungen sind ausschließlich auf die Beobachtung des Turbogenerators, auf seinen ungleichmäßigen Atem konzentriert.

Mikola erfaßt mit einem einzigen Blick alle Geber und reagiert mit kalter und deshalb fehlerloser Ruhe.

Er weiß, daß das Familienleben, von dem er geträumt hat, als er Ludmilla zur Frau nahm, ihm weder Glück noch seelisches Gleichgewicht beschert hat. Die Arbeit ist das einzige, womit er seinen Ehrgeiz befriedigt. Er hat eine besondere Vorliebe für die Nachtschicht, wenn die Stadt, die Dörfer in der Umgebung und Kiew schlafen, wenn sich seine Turbine gleichmäßig in ihrem Betonsarg dreht, wenn er sie aufmerksam beobachtet und ihren schweren Atem kontrolliert. Auge in Auge mit dem gespaltenen Atom, das Millionen Kilowatt Energie liefert, Energie, die jemandem in der Dunkelheit leuchtet, elektrische Züge in Bewegung setzt, Wohnungen erwärmt, die Wände des Kühlschranks mit Reif bedeckt und Musik von Tonbändern klingen läßt ... Mikola spricht das niemals laut aus, weil er solche Gedanken als hochtrabend empfindet. Doch wenn er so allein am Pult sitzt und weiß, daß keiner ihn sieht und hört, läßt er ihnen gern ihren Lauf: Immerhin ist auch er in diesem Leben etwas wert.

Doch jetzt will seine Seele, vor Schichtwechsel freundlich behandelt und im häuslichen Nest gewärmt, sich nicht wie gewohnt verdrängen lassen, will kein unsichtbares Beiwerk von Oberoperateur Mikola Mirowitsch sein.

Nein, er muß sich um Ludmilla kümmern. Hast sie zur Frau genommen, also beschütze sie auch. Was hat sie eigentlich davon, daß sie dich geheiratet hat? Alltagssorgen, Wäschewaschen, Kochen ... Was hat sie mit dir schon erlebt? Drei Jahre lang Liebesfreuden, bevor Olesja geboren wurde. Und dann Alltag und Pflichten, Streit und Versöhnung, Enge im Wohnheim, Warten auf eine Wohnung und schließlich Möbel, Teppiche, Geschirr, Kleider ... Alles schaffte sie heran, erniedrigte sich, knauserte mit jeder Kopeke und verkaufte Mangelware unter der Hand. Mit diesen Sorgen ist sie gealtert. Andere haben es leichter gehabt, haben reiche Eltern, mit meiner Familie hätte man einen Familienbetrieb aufmachen können, Ludmilla hingegen hat nur ihre Mutter gehabt, die war Rentnerin und ist bald nach unserer Hochzeit gestorben.

Nein, er muß für Ludmilla etwas tun, muß freundlicher zu ihr sein, und sie wird es ihm vergelten ...

Was ist mit den Gebern? Weshalb leuchten die Brenner?

Er weist die Techniker am Pult an, die Kernaktivität zu drosseln.

Er sieht Ludmilla, wie sie ihm aus dem Fenster der Entbindungsklinik ein Bündelchen, die kleine Olesja, zeigt – der rosa Kreis eines winzigen verschlafenen Kindergesichts. Verschrumpelt wie ein Bratapfel. Jetzt ist Olesja ein junges Mädchen und kann bald selbst Kinder kriegen ...

Was ist das? Die Turbine spielt verrückt!

«Sergej Netschiporenko! Kommst du von deinem Krimi nicht los? Fahr den Reaktor runter!»

22

«Wer an meinem Geburtstag von der Arbeit spricht, muß zur Strafe trinken und Schaschlyk von den glühenden Kohlen essen! Eine Strafe, die dem Vergehen entspricht!» sagt die Frau des AKW-Direktors und streckt sich wohlig im Liegestuhl aus.

«Und marsch ab in den Wald zum Holzsammeln ...», fügt die Frau des Chefingenieurs hinzu und stößt ihrem Mann kokett mit einem Schaschlykspieß in die Rippen. Jurko überlegt rasch, ob er vielleicht schon zuviel geredet hat.

Die Scheinwerfer des Direktionswagens beleuchten die Feiernden. Der plumpe Schatten der Direktorsfrau breitet sich über die ganze Waldwiese. Der Radioapparat im Wagen knistert wie trockenes Reisig.

«Auf die bessere Hälfte der Menschheit!» sagt der Direktor und läßt sich umständlich auf die Knie. Ungeschickt zerquetscht er mit der Hand eine frische Tomate. Der rote Saft spritzt auf den Trainingsanzug seiner Frau.

«Die nur deshalb besser ist, weil sie neben sich die schlechtere Hälfte hat», fügt der Chefingenieur hinzu.

«Leise, Jurko, jetzt kann man Trinksprüche nur noch unter der Bettdecke aussprechen oder muß sie aufschreiben. In Belorußland hat sich der Vorsitzende eines Rayonexekutivkomitees schon das Genick gebrochen.» Der Direktor wischt die beschmutzte Hand an der Zeltplane ab.

«Heute ist Sonnabend! Wir haben die ganze Woche gearbeitet, da können wir jetzt ruhig ein bißchen feiern!» Die Frau des Chefingenieurs versucht, mit ihrem Taschentüchlein den Tomatenfleck aus dem Trainingsanzug der Direktorsfrau zu reiben.

«Ah! Sie hat die Arbeit erwähnt! Als erste! Ich gieß ihr den

Strafschnaps ein und reiche ihr das heiße Schaschlyk!» ruft der Chefingenieur munter. «Ihre Wespentaille ist hin, Madam!»

«Ich werde beim Holzsammeln wieder schlanker! Bangemachen gilt nicht, Männe. Ich gehe jede Woche einmal in die Sauna ...

23

Wassil Goloborodko fand kein Vergnügen an dem, was ihn vor kurzem noch so gereizt hatte. Ohne zu zögern war er vom Nachtdienst weg in die Stadt gerast. Unterwegs hatte ihn nur der Gedanke beschäftigt, wie Ludmilla ihn empfangen, wie ihre Unterhaltung verlaufen würde, ob sie sich nicht in gegenseitigen kleinlichen Vorwürfen wegen ihrer Schulvergangenheit verbiestern würden.

Doch kaum war er über die Schwelle getreten und hatte Ludmilla im gedämpften Licht der grünen Stehlampe in ihrem langen orangefarbenen Morgenrock erblickt, ließ die Spannung nach, und er begriff: Alles wird ganz alltäglich, möglicherweise kommt es nicht einmal zu diesem instinktiven weiblichen «Ach, bitte nicht ...» Das gab ihm Sicherheit, sogar eine leichte kokette Überheblichkeit und dann männliche Unverschämtheit. Als sich die Tür hinter ihm geschlossen hatte, umarmte er Ludmilla fest und machte sie mit einem langen, leidenschaftlichen Kuß willenlos. So einen stürmischen Anfang hatte sie sicher nicht erwartet. Wassil überrumpelte sie, und so machte sie nicht einmal den Versuch, sich zur Wehr zu setzen.

Wassil nahm sie in die Arme und trug sie ins Zimmer. Befriedigt stellte er fest, daß er noch immer recht kräftig war. Ludmilla war schwer und rutschte ihm weg. Er überlegte auch noch, daß er rasch ins Kraftwerk zurückkehren und daß keiner seine kurze Abwesenheit bemerken würde. Heute hatte er Glück, heute war das Schicksal ihm hold ...

Nun, da Ludmilla unter der Dusche plätschert und er sich die Knöpfe am modischen Hemd zuknöpft, ist er ernüchtert und empfindet sogar eine gewisse Leere: *Deshalb* hat er den Wagen in die Stadt gejagt und riskiert, daß ihn hier jemand sieht, und war entflammt wie ein ungeduldiger Junge? Er hat nichts Neues erlebt, hat höchstens ein altes Versäumnis nachgeholt und seine männliche Eitelkeit befriedigt. Alles ist wie immer, wenn man eine fremde Ehefrau oder ein «herrenloses» Weibchen verführt, vielleicht sogar noch fader – weil er sich beeilen und ständig daran denken muß, daß er sich in Mikolas Wohnung aufhält, daß am Block sein Experiment läuft, daß der kleine Tarassik erwachen und plötzlich im Zimmer stehen kann...

Goloborodko bedauert jetzt, daß er der Verlockung nachgegeben hat. Er hätte es aufschieben sollen, hätte Zeit und Ort besser wählen, auf irgendeine unbewohnte Datsche fahren müssen, wo er gemütlich bei einem Kognak am Kamin sitzen konnte, um sich dann an Ludmilla zu rächen, daß Körper und Seele jubilierten. Na, wenn sich die Zeit findet und er Lust darauf bekommt, läßt sich das nachholen. Ohne Hast und Nervosität.

Wassil lugt durch den Vorhang auf die Straße und erstarrt: Sein Wagen ist weg!

Zum Teufel! Das steht er doch, vor dem Nebenhaus! Er hätte gern geraucht, aber er hat nur «Goldenes Vlies», Mikola raucht eine andere Marke. So muß er es sich verkneifen, um im Zimmer nicht seinen Geruch zu hinterlassen.

Er legt gleich das Geld für den Anzug auf den Tisch, damit er es nicht vergißt. Hundertfünfzig Rubel.

Nun kann er eigentlich fahren. Als er sich gerade aus der Wohnung stehlen will, erscheint Ludmilla auf der Schwelle des Badezimmers. Wassil will die in solchen Fällen üblichen sentimentalen Redereien vermeiden und umarmt sie einfach. Er macht es mit gelernter Gebärde, ohne ihren warmen, geschmeidigen Körper recht zu spüren.

«Laß dir nicht einfallen, mit deinem leichten Sieg zu prahlen. Vor Mikola hab ich keine Angst, aber vor Gerüchten und vor Gorodischtscha», flüstert Ludmilla ihm ins Ohr.

«Warum soll ich mich selber in Verruf bringen? Um so mehr, als es heißt, daß Mikola mein Halbbruder ist...»

«Ach du, Schamloser, hast also deine Schwägerin zum ersten Ehebruch verleitet. Na warte, dir werd ich's zeigen!»

«Stell dir vor, es sei vor fünfundzwanzig Jahren geschehen. In Gorodischtscha, in einem frischen Heuhaufen. Ich muß weg, zur Schicht», sagt Goloborodko und wirkt gleich ganz fremd, als habe er eine Maske übers Gesicht gestreift. Er hat die Hand schon an der Türklinke.

«Vergiß nicht die Genossenschaftswohnung für Olesja. Sie ist ja gewissermaßen deine Nichte. Vergiß es nicht ... Du Verführer ...»

24

Nach dem Antialkoholerlaß, auf den jeder erwachsene Landesbewohner sofort lebhaft reagierte, kamen kleine Tafelrunden in Mode. Alle begriffen, das war kein Scherz, denn selbst ein paar hochgestellte Persönlichkeiten, die bis vor kurzem noch als unantastbar galten, flogen von ihren Posten. Wer wollte schon so einen Katzenjammer? Sozusagen auf ewige Zeiten.

Auch das alte Akademiemitglied, der Atomforscher, begeht seinen siebzigsten Geburtstag daheim in seiner Moskauer Wohnung, im Kreis seiner Familie, seiner engsten Freunde und Mitarbeiter. In aller Stille. Er dämpft das Pathos der Trinksprüche und die emotionellen Ausbrüche der Kollegen durch Selbstironie und reicht alle Komplimente an seine Frau und an die Mitarbeiter des Forschungsinstituts weiter. Als die Reihe an Alexander Mirowitsch kommt, einen Trinkspruch auf den Jubilar auszubringen, hat der sich bereits orientiert. Eigentlich hat er zunächst darüber sprechen wollen, daß die Atomphysik heute zur Superwissenschaft geworden ist und in diesem Zusammenhang über jenen Mann, der ein Superspezialist in dieser Superwissenschaft ist. Doch der Alte würde ihm Einhalt gebieten. Deshalb spricht er von etwas anderem. Wenn ein Mensch geboren wird, statten ihn die Natur und die Eltern mit vielen Tugenden aus. Das Leben vermischt sie mit Lastern und Sünden, und nur wirkliche Persönlichkeiten sind fähig, sich ein Leben lang das Kindliche, Echte, wirklich Menschliche zu bewahren, was ihnen in die Wiege gelegt worden ist. Solche Menschen schließen unter keinen Umständen faule Kompromisse. Ein Musterbeispiel dafür ist der Jubilar. Möge all das, was er sich von Jugend an bewahrt hat, in künftigen Jahrzehnten weiterleben.

Das klingt herzlich, aufrichtig und nicht sonderlich schmeichelhaft. Das Akademiemitglied unterbricht Alexander nicht, sondern hört gerührt zu. Olga ist im stillen stolz auf ihren Mann.

Alexanders Trinkspruch stimmt den Jubilar auf Erinnerungen ein – er erzählt einige bewegende Episoden aus seiner Kindheit in einem Dorf bei Pskow und fordert schließlich alle Anwesenden zu einem Wettstreit eigener Art heraus: die lebhafteste Kindheitserinnerung zu erzählen.

Alexander kommt als letzter zu Wort.

«Im Morgengrauen, wenn man noch so gern weiterschlafen möchte, weckt mich Mutter. Behutsam, um mich nicht zu erschrecken. Die Kuh ist schon gemolken, nun soll ich sie auf die Weide treiben. Der Tau ist nächtlich kalt, und der Nebel, der vom Fluß aufsteigt, läßt einen erschauern. Noch wölbt sich der Staub nicht auf der Landstraße, noch wird er vom Tau gelöscht. Barfuß treibe ich die Kuh in den Wald. Es ist kalt. Mir schlagen die Zähne laut aufeinander. Im Wald laß ich die Kuh von der Leine und weiß nicht, wo ich mir die vor Kälte blauangelaufenen Füße wärmen soll. Da läßt die Kuh einen Fladen fallen. Ich stelle mich rasch hinein, weil er warm ist. Das ist für mich in der weiten Welt das größte Glück! Ich bleibe stehen, bis der Kuhmist abgekühlt ist, und laufe rasch zum nächsten noch warmen Fladen. Mit sechs Jahren war das meine lebhafteste Vorstellung vom menschlichen Glück. Ich ziehe hinter der Kuh durch den Wald und warte, bis sie ihre Fladen fallen läßt...»

Die Augen des Hausherrn werden feucht, er nimmt einen Schluck Sekt aus seinem Glas und sagt:

«Alexander kriegt den ersten Platz! Für seine Aufrichtigkeit. In der Kindheit sind wir noch unverfälscht.»

25

Durch das Geäst des Weidengehölzes glänzt metallen der Fluß. Träge und geheimnisvoll wirkt er in der Nacht. Zwei rote Sturzhelme leuchten dicht beieinander unter einer Kiefer in den niedergedrückten Brennesseln. Auf ihnen funkeln kleine Tautropfen. Schläfrig gluckst das Flußwasser am steilen Uferhang.

Roman und Olesja liegen mitten auf der Waldwiese. Im

Sommer ist hier alles von den Ausflüglern niedergetrampelt. Zigarettenreste und Zellophantüten liegen herum, und schwarz gähnen die versengten Stellen der Lagerfeuer. Jetzt ist die Waldwiese noch unberührt, als sei der Planet blutjung und unbewohnt, als soll die Zivilisation erst noch geboren werden.

Anfangs hat Romans stürmische, aggressive Leidenschaft das Mädchen abgeschreckt. Doch hier auf dieser dunklen nächtlichen Waldwiese, wo der Wermut so bitter duftet, wo die Wellen des Flusses leise ans Ufer plätschern, wo sie ganz allein auf der Welt zu sein scheinen, verliert Olesja unter Romans Küssen, unter seinen leidenschaftlichen, fordernden Händen, die über ihren Körper gleiten und in ihr eine bislang ungekannte dunkle, alles verschlingende Leidenschaft wekken, die Gewalt über sich.

Er hat schon ein bißchen Erfahrung, die er nun mit Olesja mehren will. In der neunten Klasse besuchte er die Stadtsektion für Judo. Seine Eltern ließen sich damals gerade scheiden, und der Sohn genoß fast unbegrenzte Freiheit. Als er bei den Stadtmeisterschaften der Junioren siegte, nahm eine Gruppe älterer Schüler, die stets reichlich Taschengeld hatten, ihn wohlwollend in ihren Kreis auf. Sie versammelten sich am Stadtrand im Häuschen eines Sportchampions, hörten Musik, tranken Wein und tanzten. Dann blieb einer der Jungen weg, seine Eltern hatten den Arbeitsplatz gewechselt und den Sohn mitgenommen. Seine «Mieze», eine Schreibkraft aus der Wohnungsverwaltung, verlor auf diese Weise den Partner. Roman nahm seinen Platz ein. Die Gruppe hatte nichts dagegen, sondern förderte aktiv die Verbindung. Nachdem sie miteinander Wein getrunken, getanzt und geraucht hatten, nahm Tamara den «Stadtmeister» bei der Hand und führte ihn in den leeren Stall mit altem Heu und abgestandenem Pferdegeruch. Auf dem knisternden, stechenden Heu, unter der niedrigen Decke, an der ein Spinnweb hing, verlor Roman seine Angst und Scham vor der Frau, die mit dem Recht der Älteren und Erfahreneren den Jungen geduldig in die Lehre nahm.

Roman erinnert sich bis heute in allen Einzelheiten an jene erste Nacht, an den süßlichen Geschmack von Tamaras Lippen, ihre gemächliche Sachlichkeit und ironische Überheblichkeit, an das Rascheln der Ratten im Heu, an den Geruch des ausgetrockneten Kuhmists und an das Spinnweb über seinem Kopf.

Am nächsten Tag kam zu dem Sportchampion ein Cousin zu Besuch, ein Student, der Ferien hatte, und Tamara wechselte am selben Abend zu ihm über. Roman mied nun tiefgekränkt diese Gesellschaft, um so mehr, als ihn auch keiner rief. Ein paarmal begegnete er Tamara in der Stadt, aber sie erkannte ihn nicht. Mochte sie zum Teufel gehen, Hauptsache, sie hatte ihm Unterricht gegeben und er war kein Junge mehr, sondern ein Mann. Bald tauchte Olesja auf und machte ihn neugierig durch ihre Unzugänglichkeit. Das reizte seinen Ehrgeiz. Doch Roman ging zur Armee, ohne sie besessen zu haben. Nun ist er zurück. Jetzt hält sie ihn nicht länger hin, sie ist schließlich nicht aus Stein.

«Nicht heute, Roman, bitte nicht. Du machst alles kaputt . . .»

«Im Gegenteil, wir kommen uns nur noch näher . . .», flüstert Roman und schiebt seine Hand unter ihren Pullover. «Bin ich dir denn so fremd?»

«Du bist grausam. Machst dich über mich lustig . . . Nach zwei Jahren Asien . . .»

«Ich hab mir das alles ganz anders vorgestellt.»

«Was Beßres kann man sich gar nicht vorstellen: Wald, Frühling, Fluß, frisches Gras, Mond . . .»

«Das ist kein Gras, sondern Wermut.»

«Um so mehr . . .»

Romans Hände werden immer fordernder, Olesja spannt zum letzten Mal alle Kraft an, läßt sich dann erschöpft zurückfallen, verstummt und breitet willenlos die Arme im Wermut aus.

Ein großer Fisch springt im Fluß.

26

«Sergej! Netschiporenko! Wieso antwortet Goloborodko nicht? Wo steckt der Hund? Schalt das Notkühlsystem an. Die Kühlwasserpumpen versagen! Ich hab die Turbine nicht mehr in der Gewalt. Fahr die Brennstäbe runter! Jede Sekunde zählt! Der Reaktor geht durch! Schalt ihn ab, hörst du! Ich befehle es dir!»

Mikola schreit, er liegt mit der Brust fast auf dem Pult. Er schreit, ohne zu hören, was ihm Netschiporenko antwortet, er hört nichts mehr, weil der Betonraum bereits bebt, weil die Turbine sich immer schneller dreht und er seine völlige Machtlosigkeit spürt, die in Verzweiflung umschlägt.

«Fahr die Brennstäbe runter, Schuft! Feigling! Schweinehund! Was machst du bloß?»

Irgendwo im Reaktor dröhnt dumpf die Explosion. Von der Decke rieselt Putz. Der Block erbebt, als würde er zusammen mit dem Fundament aus dem Erdreich gerissen.

Durchdringend schrillen die Sirenen im Korridor.

Das Dienstbuch fällt vom Pult.

Das Licht verlöscht.

«Schluß, Ludmilla. Leb wohl . . .»

Die Reaktorhalle füllt sich mit erstickender Finsternis und Schwüle.

«Alexander, Bruder, hilf mir doch!»

Mikola tastet im Dunkel nach dem Mikrophon und stöhnt:

«Schalt ihn ab, den verdammten Teufel. Laß ihn nicht frei. Schalt ihn ab, den Schuft . . . Nein, nicht Schuft – Bruder, Wahnsinniger . . . Schalt ihn ab . . .»

Mikola glaubt mit seinem ganzen Körper zu spüren, wie der Beton sich spannt, wie die Nähte zwischen den Platten knirschen, wie . . .

Die Explosion reißt ihn aus dem Sessel.

Ich hab keine Schuld . . .

Krachen, Dröhnen, klirrendes Metall, grauenerregend zischender Dampf.

Die schwere Panzertür begräbt Mikola unter sich.

Mutters warme Hand streicht über seine Stirn . . .

Aus den Trümmern des Reaktors wirbelt eine riesige Dampfwolke in den nächtlichen Himmel, höher und höher, wächst und breitet sich aus, verdeckt den Mond und die Sterne über dem Kraftwerk, über der Stadt, über den Dörfern, über den Feldern, über den Wäldern, über dem Fluß.

Auf den Trümmern des zerschmetterten Reaktordeckels schmilzt Goudron und tropft auf die Erde – wie schwarze Tränen dieses sündigen Jahrhunderts.

Eine Säule aus Feuer und Dampf steigt zum Himmel auf. Die Trümmer des Deckels, glänzende Rohrstücke und brennende Graphitbrocken werden in die Luft geschleudert. Die Säule steigt wie eine geisterhafte Rakete gen Himmel und wirft gespenstisches Licht auf die Gebäude des Atomkraftwerks, den Fluß mit dem Weidengehölz, die friedlichen Feuer der Fischer am Ufer, sie reißt die Häuser am Stadtrand aus dem Dunkel, den Halbring des Riesenrades, den leeren Strand mit dem alten Boot.

Die Feuersäule erstarrt in anderthalb Kilometer Höhe, auf ihrer Spitze bildet sich ein Lichtball, der diesen gespenstischen Rumpf aufzusaugen scheint. Am Himmel wächst ein riesiger Pilz, in dessen Innern sich etwas bewegt, ballt und aufrichtet. Der Pilz selbst aber hängt über der nächtlichen Erde wie riesiger Weihnachtsbaumschmuck von blutroter Farbe. Die Nacht ist windstill, und der Pilz hängt, ohne sich zu senken, ohne aufzusteigen, zwischen Himmel und Erde, als wüßte er noch nicht, wo er Wurzeln fassen soll.

27

Roman und Olesja liegen auf der Waldwiese im jungen Wermut. Zwischen ihnen hat sich vollzogen, was der Junge so beharrlich erstrebt hat. Ihre zusammengeknüllten Jeans sind achtlos zur Seite geworfen. Roman hat sich erschöpft mit dem Gesicht in den zerdrückten Wermut fallen lassen. Olesja liegt auf dem Rücken und starrt in den nächtlichen Himmel über Gorodischtscha, sie hat ihre Blöße mit Romans Kutte bedeckt.

«Roman, sag doch etwas . . .»

Ohne sich zu rühren murmelt er im Halbschlaf:

«Danke, daß du auf mich gewartet hast. Daß du dich gehalten hast. Ehrlich gesagt, ich hab's nicht geglaubt. Hab gedacht, daß du schon in der Schule, als Primatschenko hinter dir her war . . . Jetzt ist das doch in . . . Schon in der Schule. Bei uns in der Klasse sind die Mädchen sogar Selbstverpflichtungen eingegangen: Bis zur Schulabschlußfeier sind alle Frauen . . .»

«So bin ich nun einmal . . . Dumm und altmodisch . . .»

Plötzlich flammt dort, wo die Stadt liegt, der Himmel grell auf und brennt. Fluß, Wald, Wermut färben sich rot. Auf Olesjas Gesicht fällt der Widerschein und erhellt ihre Augen, an deren Wimpern zwei kleine Tränen hängen. Sie wird verlegen, sie schämt sich in diesem hellen Licht, springt auf, setzt sich wieder, die nackten Beine angewinkelt, und sucht sie mit den Armen zu bedecken. Aber das Licht am Himmel wird immer greller, hinter dem Wald steigt ein seltsamer gespenstischer Pilz auf, und das Mädchen schlüpft hastig in ihre Jeans.

Roman schlummert, das Gesicht in den Wermut gepreßt, als wolle er den Ausdruck der Ironie verbergen.

28

Goloborodkos Shiguli rast zum Atomkraftwerk. Die Bremsen quietschen, die Räder hinterlassen schwarze Streifen auf dem Asphalt. Der Wagen gerät dicht an der Bordschwelle ins Schleudern, die Räder wirbeln Staub auf, und der Schotter spritzt nach allen Seiten. In den Augen des Fahrers steht Entsetzen, in seinen Pupillen spiegelt sich der riesige reglose Pilz über dem Atomkraftwerk.

«Idioten! Schufte! Zum Teufel alle!»

29

Ludmilla nimmt die Decke vom Tisch und schüttelt sie mitten im Zimmer ab. Sie will lüften, schiebt den schweren Samtvorhang beiseite und prallt entsetzt zurück: Ein riesiger Ball, quabblig wie Sülze, hängt über dem Kraftwerk, steigt immer höher in den Himmel, gestützt auf eine Säule aus schwarzem Qualm und phosphoreszierendem Feuer. Ins Zimmer fällt kaltes Licht, das die Seele wie ein Röntgenstrahl zu treffen scheint.

Ludmilla wankt zurück in die schützende Tiefe des Zimmers, das Kissen entgleitet ihren Händen, sie läßt sich auf die Couch fallen. Die Sprungfedern quietschen wehleidig, es klingt, als finge ein kleines Kind zu weinen an.

30

Auf der Lichtung, wo die Direktorsfrau ihren Geburtstag feiert, wird es stiller. Die Ausflügler haben getrunken und gegessen, haben das Schaschlyk frisch von der glimmenden Holzkohle genossen und ein paar Stunden in der Waldluft verbracht, kein Wunder, daß sie schläfrig werden.

«Noch ein letztes Gläschen, und dann heimwärts marsch», sagt der Chefingenieur.

Die Frauen gießen den Rest des Mineralwassers aus der Flasche ins Feuer, um es zu löschen, treten mit den Füßen die Zigarettenreste aus und unterhalten sich laut.

Die Männer leeren ihre Gläser und verscheuchen die aufdringlichen Mücken. Die eingeschalteten Scheinwerfer des Wolga blenden, und Direktor und Ingenieur sehen nicht, wie über dem Atomkraftwerk der riesige radioaktive Ball aufsteigt. Sie machen sich auf dem Waldboden zu schaffen, rollen die Zeltplane auf, klappen den Liegestuhl zusammen und werfen die leeren Flaschen ins Gebüsch.

31

Maria wirtschaftet in der Küche, um alles zur Totengedenkfeier zu richten. Sie bemerkt den Widerschein des Feuers über dem Wald sofort, denn das Küchenfenster geht zum Atomkraftwerk hinaus.

Sie preßt ihr Gesicht an die Fensterscheibe, so fest, daß die Nase ganz platt wird. Ihre Stirn schimmert weiß, die Falten glätten sich – ihr Gesicht wirkt verschwommen und fremd. Nur die Augen sind wie immer. Unruhig starrt sie in den fernen Feuerschein überm Wald.

«Da brennt etwas. Es brennt in der Stadt. Das muß sicher Griz löschen... Herrgott, beschütze ihn vor dem Feuer, meinen Windhund. Halte deine Hand über ihn. Wenn er bloß endlich heiraten wollte...»

Im Zimmer tickt die Uhr. Bisher hat sie es nicht gehört, jetzt ist es, als marschiere sie direkt an ihren Ohren vorbei. Als würden die Totengräber wieder die Nägel in Iwans Sarg schlagen. Wie lange wird sie das wohl verfolgen?

Unhörbar ist Fjodor, im Unterhemd, in Turnhosen und

barfuß, in die Küche gekommen. Er stellt sich hinter die Mutter und blickt ebenfalls aus dem Fenster. Sein Gesicht ist gespannt, die Kiefer mahlen ruhelos.

Der Widerschein des Feuers fällt auf die Familienfotos an der Wand in der großen Stube. Die Abgebildeten scheinen sich zu beleben und unhörbar miteinander zu reden.

32

«Trink, Natalka, ich hab mir etwas gewünscht. Wenn du trinkst, geht es in Erfüllung. Na-tal-ka ...»

«Wenn du wüßtest, wie wenig diese Sentimentalität zu dir paßt. Du bist so ganz anders, so kenn ich dich nicht. Ist das der Wein oder das Alter, Griz?»

«Alter Wein und erste Liebe. Fast dasselbe wie junger Wein und letzte Liebe», sagt Griz und schaltet das kleine Tonbandgerät ein, aus dem sofort eine leise, einschmeichelnde Melodie erklingt.

Griz hat die Vorhänge vor das Fenster gezogen, denn es geht zum Nachbarhaus hinaus, unmittelbar auf das Fenster eines blutjungen Ehepaars, das gerade eingezogen ist und noch keine Gardinen gekauft hat.

Musik klingt vom Tonbandgerät, das Fenster ist verhängt – sie haben die Explosion nicht gehört, sie sehen nicht den Feuerschein.

«Du bist wie ausgewechselt. Fremd und so bedächtig ... Trink einen Schluck, verkrampf dich nicht so ... Was ist, hattest du eine Aussprache mit Netschiporenko?»

«Du hast mich gerufen, und ich bin gekommen. Alles andere ist unwichtig, Griz ... Ich bin gekommen.»

«Für immer?»

«Nicht so schnell, Griz. Je langsamer man fährt, desto mehr man sieht.»

«Ich hab genug gesehen. Es flimmert mir schon vor den Augen ...»

«Mein Gott, Griz, ich bin so müde. Als hätte ich schon das ganze Leben hinter mir, ein verpatztes, primitives. Laß mich erst einmal Atem holen, sonst weiß ich nicht, ob's überhaupt noch ein andres Leben geben wird. Ich hab mich wie in einen

Abgrund gestürzt. Hab völlig den Verstand verloren! Hab gedacht, soll doch kommen, was will. Ich denke nicht mehr. Hab alles satt. Ich lebe, und damit genug. Im Dienst würde ich mir am liebsten die Ohren zustopfen, um nicht mehr von allen Seiten etwas über den unwiderstehlichen Griz Mirowitsch zu hören, der keine Niederlage kennt.»

«Willst du die Reihe meiner Niederlagen eröffnen?»

«Diese Originalität wird mich teuer zu stehen kommen, daran will ich jetzt nicht denken. Es kann alles so banal enden. So alte Junggesellen wie dich angelt man ganz einfach. Man kriegt ein Kind und droht mit der Parteiorganisation, der Gewerkschaft und der Öffentlichkeit. Das geht ganz fix...»

«Du willst sagen, daß...»

«Ich hab fast alles gesagt, was ich denke.»

«Deshalb trinkst du also nicht, Natalka! Wirklich?» Griz springt auf, umarmt Natalka, will sie küssen, aber sie wendet sich ab, und als er sie nicht freigeben will, hebt sie das Glas schützend vors Gesicht.

«Morgen fahren wir zu Mutter. Du wirst sehen, wie sie sich freut. Wir fahren zusammen.»

Hartes, lautes Klopfen an der Zimmertür.

«Ich bin nicht zu Hause. Ich habe geheiratet!» ruft Griz so laut, daß man es im Korridor hört. Er preßt Natalka an sich.

«Hauptmann Mirowitsch! Mirowitsch! Alarm! Havarie im Kraftwerk! Havarie! Rasch, zum Einsatz!»

Griz stürzt zur Tür, reißt einen Stuhl um, stößt mit dem Ellbogen an das Weinglas. Es fällt auf den Fußboden und zersplittert.

Jetzt will ihn Natalka umarmen, aber er schlüpft hastig in seine Offiziersjacke und setzt die Dienstmütze auf.

«Leg dich schlafen. Ich fahr mit den Jungs zum Kraftwerk und komm gleich zurück. Wer hat bloß dieses Feuerwerk zu unserer Hochzeit ausgerichtet, welcher Teufel? Es ist schon so heiß genug, und nun heizen sie uns auch dort noch ein. Bin gleich zurück!»

Es ist, als zögere er auf der Schwelle, als wolle er noch einmal umkehren, um Natalka zu umarmen, doch dann stürzt er aus der Tür, um rasch den Einsatz hinter sich zu bringen.

Er poltert die Stufen hinab. Im menschenleeren Korridor hallt noch lange das Echo seiner Schritte wider.

33

Der Pilz, der an eine Meduse erinnert, breitet sich langsam über der Stadt aus. Die Wolken scheinen versengt, ihre Ränder schmelzen.

Die Stadt aber schläft in der Vorfreude auf die freien Tage – häusliche Pflichten, eine Fahrt auf die Datsche, Besuche bei Freunden oder Gäste im eigenen Heim, Anglerfreuden.

Nur in den Häusern in der Nähe des Atomkraftwerks flammt Licht auf, dort hat man die Havariesirenen und die Martinshörner der SMH-Wagen gehört, dort sieht man den Feuerschein über dem Reaktor, aus dem eine kalte Stichflamme bricht. Sie steht fast reglos über dem Kraftwerk wie eine riesige, gespenstisch anmutende Kerze.

Um den Block liegen die Trümmer der Betonüberdeckungen. Eisen, Uran und Graphit, die der Reaktor ausgespien hat. Liegen auf den mit Rosen und Tulpen bepflanzten Rabatten vor dem Eingang zum Kraftwerk, auf den Betonplatten des Platzes, auf dem Sandufer des Wasserentnahmekanals, auf der grünen Wiese, auf den Dächern der Nachbargebäude.

Im obersten Stockwerk des Jugendwohnheims, in dem Griz wohnt, feiern junge Leute. Aus dieser Wohnung tönt durch die Balkontür ein Lied von Wladimir Wyssozki.

Irgend jemand hat den fernen Feuerschein über dem Kraftwerk bemerkt, alle hören auf zu tanzen und drängen auf den Balkon.

«Jetzt können wir direkt die Lampe ausschalten und zu Lichtmusik tanzen», schlägt fröhlich ein rotwangiges Bürschchen mit aschblonder Bürstenfrisur vor.

«Eine fliegende Untertasse! Bewohner von einem anderen Stern! Die sollen schöne Mädchen entführen», ruft ein vollbusiges Mädchen mit gespielter Angst und bläst sich die Haarsträhne aus dem erhitzten Gesicht.

«Zu uns kommen die sowieso nicht, hier gibt's nichts zu entführen. Nicht mal für irdische Geschmäcker, schon gar nicht für kosmische.»

«Du bist dumm, Igor. Dumm und blind», gibt das dralle Mädchen gekränkt zurück.

«Natürlich blind. Ich liebe im Dunkeln und nur mit den Tastorganen. Ich hab empfindliche Finger, bin Tischler.»

«Habt euch doch nicht so albern! Ich hab Angst!» sagt das zweite Mädchen und geht ins Zimmer zurück. Sie ist einen Kopf größer als die Burschen und arbeitet als Näherin in einer Schneiderei.

«Bloß keine Angst! Sobald das Licht verlöscht, werd ich furchtbar zärtlich und kühn», erwidert der Tischler.

«Und wahrscheinlich noch dümmer als bei Licht», fügt die Näherin hinzu.

«Im Dunklen sieht man den Verstand nicht. Der strahlt nicht.»

«O Gott, mir tropft ja ganz warmer Tau auf den Kopf», flüstert das dralle Mädchen erschrocken.

«Über uns hat wahrscheinlich einer ausgespuckt.»

«Da wohnt keiner. Wir sind im obersten Stockwerk, danach kommt der Himmel.»

«Na, vielleicht mußte der liebe Gott mal ausspucken, oder er hat eine Träne vergossen.»

34

Schwere Tropfen fallen auf die Tulpenrabatte auf dem zentralen Platz der Stadt. Es ist windstill, aber die zarten Blättchen und Blüten rascheln. Über eine Ankündigung, die zur Teilnahme am Geländelauf aufruft, rinnen Tropfen und verschmieren die Buchstaben. Auch über das Glas der Ehrentafel rinnt langsam ein Tropfen und hinterläßt eine feuchte Spur. Für einen Augenblick verhält er unter dem linken Auge von Mikola Mirowitsch.

Die Frösche quaken. Sie quaken ununterbrochen, als sei die Stadt umzingelt, und sie warnen nun die verschlafenen Einwohner. Mit heulenden Sirenen und eingeschalteten Scheinwerfern jagt, gespenstisch blaues Licht verbreitend, der erste Feuerwehrwagen aus dem Tor, bremst scharf, und in das Fahrerhäuschen springt Griz. Er hat in der Hast nur seine Arbeitsstiefel angezogen, den Feuerwehrhelm aufgesetzt und über das weiße Hemd mit dem modischen Stehbündchen die Feuerwehrjacke aus grober Zeltplane geworfen. Darunter lugt die braune Kordhose hervor. Vom Trittbrett des Wagens erteilt er seine Anordnungen:

«Kompanie zwei, mir nach! Leutnant Sobko! Formieren Sie die übrigen Besatzungen. Zum Kraftwerk! Verbindung per Funk.»

Die Tür schlägt zu, und die ersten vier Wagen rasen den menschenleeren Prospekt entlang, aus der Stadt hinaus zum Atomkraftwerk.

Griz zündet sich eine Zigarette an, macht ein paar tiefe Züge und sagt zum Fahrer:

«Wenn ein Armer heiratet, ist die Nacht kurz. Das haben unsere Vorfahren weise gesagt.»

Der Fahrer sucht, über das Steuer gebeugt, mit den Augen die Straße ab. Er versteht nicht, was der Hauptmann meint, denkt nur – der ist nicht nervös, für den ist alles ein Spiel, wie eine Übung. Der hat eben so eine Natur. Als der Wagen die Chaussee erreicht, lehnt er sich zurück und antwortet:

«Das löschen wir im Handumdrehn, Hauptmann. Als das Öltanklager gebrannt hat, haben wir's mit 'nem Wasserteppich bedeckt! Hier spritzen wir mal kurz rüber, und fertig. Dann spielen wir unsre Partie zu Ende ...»

35

Schaukelnd fährt der Direktionswagen über Wurzeln und Erdhügel aus dem Dickicht. An der hinteren Stoßstange hat sich ein Wasserwacholderstrauch verfangen und schleift über die Erde. An den Zweigen schwellen schon die Knospen, und junge grüne Triebe sprießen. Bald wird der Wasserwacholder blühen.

«Oh, wer macht denn da zu deinen Ehren so ein Feuerwerk!» ruft die Frau des Chefingenieurs, als sie am Himmel die riesige Meduse bemerkt.

«Jurko! Ich hab meine Brille nicht mit. Was ist das? Hat sich der Halleysche Komet über unsere Wälder verirrt? Ich kann's nicht richtig sehen», sagt der Direktor sorglos, ohne den Blick vom Weg zu heben.

«Weiß der Teufel. Als wenn Jesus zum Himmel auffährt ...», kichert der Chefingenieur und preßt die Stirn an die Windschutzscheibe.

«Generalprobe. In einer Woche ist Ostern. Die alten Weiber im Hof sagen, am dritten Mai», mischt sich die Gattin des Direktors ins Gespräch ein.

«Wollen wir nicht am Kraftwerk vorbeifahren und sehen, was unsere Experimentatoren machen?» fragt der Direktor.

«Wir haben uns doch geeinigt! Heute kein Wort über die Arbeit. Zur Strafe wirst du morgen die Wohnung staubsaugen», erwidert seine Frau.

«Und extrinken?» erkundigt sich der Chefingenieur.

«Er kann statt dessen die Frauen küssen», läßt sich die Frau des Chefingenieurs vernehmen.

«Nein, wir fahren nicht ran, Freizeitkleidung, Alkoholgeruch – die Zeiten sind vorbei. Vor Redereien und anonymen Briefen kann man sich dann nicht mehr retten. Das riskieren wir lieber nicht. Wir rufen Goloborodko aus meiner Wohnung an. Wenn alles o. k. ist, begießen wir das Schaschlyk mit einem Glas Sekt und haun uns aufs Ohr.»

36

In den dunklen Fensterquadraten des Städtischen Krankenhauses flammt Licht auf. Schatten hasten in den Krankenzimmern hin und her. Pantoffeln huschen über Korridore und Treppen. Alle Telefone des Rettungsdienstes schrillen.

Aus dem Krankenhaustor rasen ein paar SMH-Wagen.

Der schlaksige Fahrer, dem die Spaßvögel die Beine zusammengebunden haben, fällt aus dem Fahrerhäuschen, zerreißt die Fesseln und schaltet den Motor seines Fahrzeugs an:

«Sonnabenddienst. Der reinste Hexenkessel.»

«Sie haben wenigstens geschlafen ...», beklagt sich eine junge Krankenschwester und klettert in den Wagen.

«Na und», erwidert eine ältere Ärztin müde und traurig. «Ich bin zwar eingeschlafen, aber ich hatte einen Traum, da sei Gott vor. Zwei Wochen hab ich noch bis zur Rente, und nun solche Havarie! Fahrt bloß schnell. Fahrt los!»

37 Sergej Netschiporenko rennt, ein zerlesenes Buch unterm Arm, durch den endlos langen Korridor zur Reaktorhalle. Ohne Mütze, die Ärmel des Schutzanzugs verrußt. Die Blitze der roten Havarielämpchen zucken über sein Gesicht, und auch seine Augen scheinen aufzuflammen und zu verlöschen wie bei einem Roboter.

«Holt die Strahlungsmeßleute, zum Donnerwetter! Strahlungsmeßler her! Ich hab Metallgeschmack auf der Zunge und Halsbrennen! Das ist das Ende! Die aktive Zone ist explodiert! Strahlungsmeßler!»

Die Sirenen heulen.

Über alle Treppen rennen Füße in weißen Stoffschuhen. Massive Türen klappen. Keuchend ringen die Menschen nach Luft. Gespenstisch flammen die Notsignallampen im Korridor auf.

Dmitro Paliwoda stemmt sich mit seiner schmächtigen Brust gegen die massiven eisernen Sicherheitsventile, die durch die Explosion aufgerissen sind und durch die zischend radioaktiver Dampf strömt. Dmitros Anzug ist naß, verschmutzt und an mehreren Stellen zerfetzt. Sein Gesicht ist aschfahl und gealtert wie das eines schwerkranken alten Mannes. Husten würgt ihn, er bekommt keine Luft, aber es gelingt ihm, die Ventile zu verschließen.

«Mit Goloborodko müßte man die Ventile zustopfen! Mit Goloborodko! Mit all diesen Hammelköpfen!»

Ein rußverschmierter, teerbespritzter junger Bursche kommt gerannt.

«Kein Mirowitsch! Kein Chodemtschuk! Netschiporenko ist nicht da!»

«Und Goloborodko?»

«Hat grade geantwortet . . . aus dem Bunker.»

«Den hol ich raus, diesen Schweinehund. Mach, daß du wegkommst! Du mußt weiterleben und Kinder machen! Melde nach Block eins und zwei: Umgehend – hörst du, umgehend – die Blöcke abschalten, sonst geht die ganze Stadt in die Luft! Der dritte wird schon stillgelegt. Los, hau endlich ab!»

«Und Sie?»

«Ich schalt nur noch die Hebel ab. Ich bleib am Leben, bis

ich Goloborodko und Pusatsch finde ...» Dmitro stößt den Burschen in den Korridor und rennt zur Energietafel im obersten Stockwerk.

Nach ein paar Treppenabsätzen bleibt Paliwoda kraftlos vor einem Mauerdurchbruch stehen, hinter dem man den zerstörten Reaktor sieht.

Auf ausziehbaren Leitern klettern die Feuerwehrleute in Schutzhelmen, die das unheilverkündende Rot der Graphitflamme widerspiegeln, an der Wand des von der Explosion zertrümmerten Blocks hoch. Durch das Prasseln des Feuers, durch das Zischen des Dampfes hört man die schon heiseren Stimmen der Feuerwehrleute.

«Los!»

«Zieh den Schlauch hoch!»

«Schieb die Enden zusammen!»

«Der heiße Teer läuft mir in den Kragen. Hier ist keine Strahlung, aber der Teer brennt, Sauerei! Feuer und Teer!»

«Wasser her! Oder hast du's nur in den Hosen? Dir werd ich's zeigen, wenn wir fertig sind!» Das ist die Stimme von Griz Mirowitsch, der bereits am obersten Rand der Reaktorwand angelangt ist.

Dmitro will den Feuerwehrleuten zurufen, daß sie nicht in den Schlund des Reaktors, hinein in die Strahlung klettern, daß sie dafür sorgen sollen, daß das Feuer nicht auf Block drei übergreift, aber nur ein schmerzhaftes Stöhnen kommt über seine Lippen. Er läßt sich auf den Treppenabsatz sinken. Aus seiner Brusttasche fällt ein glänzender Bleistift – das Strahlungsmeßgerät – und rollt die Stufen hinab.

Seine Hand ertastet den Wanddurchbruch, die Finger klammern sich an den schartigen Rand. Dmitro zieht sich mühsam hoch, er hustet, versucht durchzuatmen, denn in seiner Kehle steigt Brechreiz auf, aber das radioaktive Jod reizt die Schleimhaut noch mehr.

Durch den Mauerdurchbruch sieht er, daß der Deckel des Reaktors eingestürzt ist, die Uran-Graphit-Stäbe liegen frei, die Feuerwehrleute machen sich hoch oben am Rand der zertrümmerten Mauer zu schaffen, versuchen die Flamme zu löschen und richten den Wasserstrahl direkt in das Graphitfeuer.

«Leute! Das ist doch Selbstmord ...» Er nimmt seine letzte

Kraft zusammen, die Stimme gluckst in der Kehle und schrillt dünn und pfeifend: «Strahlung!... Wahnsinn! Haltet das Feuer vom dritten ab! Vom dritten!»

Einer auf den Trümmern des Reaktors hat seinen Ruf gehört. Ein Schatten bleibt stehen, und man vernimmt die Stimme von Griz:

«Mikola! Bruder, wo bist du? Mi-ko-la!» Der Ruf hallt dumpf an die Betonwände des Kraftwerks, steigt schließlich wie aus einem Steinsarg in die Freiheit, scheint weithin über die Stadt nach Gorodischtscha zu fliegen, so viel Bangigkeit und Schmerz klingt aus ihm.

Mühevoll klettert Dmitro die Treppe hinunter. Lange hängt er über dem Geländer, rutscht ab, schlägt auf die Treppenabsätze, steht wieder auf. Er muß sich erbrechen, die Kehle brennt, ihn schwindelt.

Er sucht Halt an der Wand und tastet sich bis zur Havarietelefonzelle, nimmt den Hörer von der Gabel, hängt kraftlos am dicken Draht, ohne den Hörer aus der Hand zu lassen.

«Hallo! Durchgeben! Der Deckel des Blocks... explodiert... eingestürzt. Auch die Rückwand... Auswurf... radioaktiver Dampf... Uran... Graphit... Gase... Die Strahlung in der Zone ist tödlich. Feuerwehrleute zurückholen... direkte Verstrahlung... Sucht Mirowitsch... Chodemtschuk... Goloborodko find ich selbst... Und wenn's im Jenseits ist...»

Der Hörer rutscht Dmitro aus den Händen, er bricht in der Telefonzelle zusammen.

Der Brechreiz läßt sich nicht länger bezwingen, Dmitros Hände färben sich schwarz, sein Gesicht ist erdfahl und apathisch. Nur die Augen scheinen noch zu leben, wenn die Havarielämpchen im Korridor blinken.

38

Olesja versucht Roman zu wecken, sie weiß nicht, ob er schläft oder nur so tut, er hat das Gesicht noch immer in den Wermut gedrückt.

«Roman, Roman! Steh auf! Was hast du? Mir zerspringt das Herz! Dort ist etwas passiert! Vater hat Schicht. Steh doch bloß auf, Roman! Wie kannst du schlafen, wo im Kraftwerk etwas passiert ist... mit Vater, mit der ganzen Schicht...»

«In der Armee hat uns der Sergeant nicht schlafen lassen, und jetzt störst du mich. Der Mann braucht *danach* Ruhe. Das erfordert die Physiologie. Eine Frau muß so was wissen und sich danach richten. Um so mehr, da sie Medizinerin ist...»

«Ich werd als Operationsschwester ausgebildet. Das hat man uns nicht beigebracht. Steh auf, steh auf, mein Soldat. Später kannst du mir alles beibringen, was du weißt und was du in der Kaserne gehört hast, aber jetzt steh auf. Wir müssen in die Stadt. Es ist spät. Ich fühl's – irgendwas ist mit Vater passiert! Was ist das bloß, mein Gott?» Sie dreht ihn auf den Rücken, streichelt sein Haar, sein Gesicht, küßt ihn, hebt Romans Kopf an und schüttelt ihn. «Ich flehe dich an: Wenn alles in Ordnung ist, wenn nichts im Kraftwerk passiert ist, fahren wir hierher zurück und bleiben bis zum Morgen, und ich mach alles, was du willst. Aber jetzt komm, Roman. Wir müssen fahren. Sonst sterb ich vor Angst!»

39

Der Direktor, der Chefingenieur und ihre Frauen sind in der Wohnung des Direktors. Pusatsch steht an der Couch und telefoniert. Jurko zieht die Hose an, die ihm die Direktorsfrau gereicht hat, doch es will ihm nicht gelingen, mit dem rechten Fuß ins Hosenbein zu rutschen.

«Gebt uns Sonnenblumenöl! Das nimmt den Geruch!»

Pusatsch schreit jemanden durchs Telefon an:

«Das kann nicht sein! Das darf nicht sein! Das stimmt nicht! Panikmacher! Die Untergrundstrahlung nur an mich melden! Bin gleich da! Der Chefingenieur ist bei mir. Wir fahren los. Schwindel! Da läßt sich einer bange machen. Bis ich komme, keine Meldungen rausgeben!»

Beide trinken hastig das Sonnenblumenöl direkt aus der Flasche und wischen sich das fettig glänzende Kinn ab.

«Wieder diese verdammte Arbeit...», murmelt die Direktorsfrau.

«Halt den Mund, dumme Gans! Wir hätten auch zu Haus feiern können, aber nein! Hinaus ins Grüne! Wenn es stimmt, was die sagen, dann werden wir endlich berühmt. Vielleicht sogar weltberühmt. Mit deinem Goloborodko, Jurko.»

«Warum mit meinem, warum nur mit meinem, Ossip?» erkundigt sich Jurko finster.

«Schließt die Fenster, geht nicht auf die Straße, laßt die Kinder nicht raus ... wenn das stimmt. Nehmt jeder eine Tablette jodhaltiges Kalium und gebt auch den Kindern ... Wenn das stimmt ... ich kann's noch nicht glauben!» Pusatsch nimmt noch einen Schluck Öl und zieht das Jackett an, das ihm seine Frau reicht.

«Und wie erfahren wir, was passiert ist? Wie? Wir haben doch Kinder!»

«Ich schrei von dort, wirst's schon hören. Spitz die Ohren!» erwidert Pusatsch und gibt damit zu verstehen, daß man ihn in Ruhe lassen soll.

40

Durch die Korridore der Reaktorhalle eilen Ärzte mit leeren Tragen. Im Laufschritt kommen ihnen andere entgegen, auf einer Tragbahre liegt ein tödlich Verstrahlter. Sein Schutzanzug ist versengt. Das Gesicht ist blutverschmiert und mit Brandwunden bedeckt. Die rissigen Lippen versuchen Worte zu formen.

Einer der Ärzte, die den Schwerverletzten tragen, ruft den Entgegenkommenden zu:

«Hinter dem zweiten Treppenabsatz am Telefon, schnell!»

41

Der unterirdische Bunker des Atomkraftwerks. An der niedrigen Betondecke haben sich nasse Flecke gebildet. In Stapeln liegt die saubere Schutzkleidung für die Atomtechniker bereit: weiß, schwarz, grau. Eine betagte Frau gibt sie an Männer und Frauen aus, die ins Atomkraftwerk gerufen wurden – Strahlungsmeßleute, Ingenieure, Operateure.

«Schreibt auf, Kinder, schreibt selber auf, was ihr nehmt, ich geb die Sachen ohne Anordnung aus. Nehmt, nehmt alles, aber schreibt es auf... Ich muß doch abrechnen. So ein Unheil...»

«Das, was jetzt geschehen ist, werden wir wohl lange abrechnen müssen. Da reicht kein Papier», erwidert ein junges Bürschchen mit Vollbart.

Männer und Frauen ziehen sich gleich hier im Raum um, hastig, ohne einander zu beachten.

In einem fernen, etwas kleineren Bunkerraum sitzt an einem Tisch mit mehreren Telefonapparaten Goloborodko mit weißem Atemschutzgerät und im neuen weißen Schutzanzug. Vor ihm steht, blaß und verwirrt, Netschiporenko.

«Geh und such Mikola. Komm mir ohne ihn nicht zurück, Schweinehund. Weshalb bist du vom Dienst weg gewesen? Wo ist mein Bruder Mikola? Was soll ich seiner Frau sagen, den Brüdern, der Mutter? Was soll ich ihnen sagen, du Deserteur?»

«Geben Sie mir einen Strahlungsmesser! Dort sind Hunderte Röntgen, Direktbestrahlung, Wassil Petrowitsch! Wollen Sie mich sinnlos in den Tod jagen? Ich bin erst siebenundzwanzig...»

«Nimm dir einen, wenn du willst, aber komm nicht ohne Mikola zurück!»

Das Telefon klingelt, Goloborodko nimmt den Hörer ab.

«Goloborodko am Apparat! Stellvertretender Chefingenieur. Ja. Als der Block abgeschaltet war, hat das Notkühlsystem versagt. Wärmeexplosion. Nein, das sind Erfindungen von Panikmachern. *Der technologische Auswurf in die Atmosphäre entspricht den Normen.* Was heißt hier Opfer? Direktor und Chefingenieur kommen gleich. Kein Grund zur Besorgnis. Das weiß ich nicht. Das gehört in ihren Kompetenzbereich. Sie sind schon unterwegs. Habe sie kommen lassen...»

42

In einer Ecke, hinter anderen Frauen, kleidet sich Natalka um. Netschiporenko erkennt sie sofort.

«Natalka Netschiporenko! Sie begleiten mich in den Turbinensaal. Anordnung von Goloborodko! Rasch!» befiehlt er und bindet sich ein neues Atemschutzgerät um.

«Ich habe kein Strahlungsmeßgerät», antwortet Natalka ruhig.

Die Frau, hinter deren Rücken sie sich umkleidet, sagt: «Das hat keiner. Jemand hat den Schlüssel vom Raum mit den Meßgeräten vom Brett genommen. Die Nachtwächterin sagt, Goloborodko, aber der behauptet, daß er ihn nicht gesehen hat. Das mußte ja so kommen.»

«Da brechen wir halt die Tür auf», sagt der Bärtige hitzig.

«Goloborodko wartet doch auf den Direktor und den Chefingenieur.»

Ein junges Mädchen im Sommerkleid kommt in den Bunker gelaufen. Ihr Gesicht ist verängstigt, der Lippenstift verschmiert, sie zittert am ganzen Körper.

«Was für einen furchtbaren Kranken der Rettungsdienst eben fortgeschafft hat! Völlig verbrannt. Die Sanitäter rennen wie wild mit den Tragbahren herum ... Ich geh nicht dorthin, ich hab Angst, ich kann kein Blut sehen.»

«Halt den Mund, dummes Ding! Wärst lieber Hausmeisterin geworden und nicht Strahlungsfachmann, solltest Kinokarten verkaufen oder schneidern. Aber nein, sie mußte ja zu den Strahlungsmeßleuten. Um die Chefs rumscharwenzeln, in der Arbeitszeit die Fingernägel maniküren und über die Männer quatschen!» sagt die Frau, hinter der sich Natalka umzieht, mit dröhnender Stimme, aber nicht bösartig.

Als Netschiporenko die Worte des Mädchens vernommen hat, läuft er zu Goloborodko.

«Mikola lebt! Er lebt, Wassil Petrowitsch, sie haben ihn ins Krankenhaus gebracht. Er lebt.»

«Hast du ihn selbst gesehen?»

«Mit eigenen Augen. Er hat schlimme Brandwunden. Aber er lebt. Die Sanitäter haben ihn gerade weggebracht. Er ist schon auf dem Weg ins Krankenhaus. Wissen Sie, wir werden die Tür zu den Strahlungsmeßgeräten aufbrechen, Wassil Petrowitsch ... Wir haben kein einziges Strahlungsmeßgerät.»

«Kümmere dich nicht um Sachen, die dich nichts angehen. Du hättest das Notkühlsystem ein paar Minuten früher anschalten sollen! Und ich sorg mich noch um eine Wohnung für ihn bei der Gewerkschaftsleitung.»

«Sie sind ja überhaupt nicht hier gewesen und hatten keine Anweisung hinterlassen ...»

«Ich war hier. Merk dir das ein für allemal! Ich hab im Arbeitszimmer des Chefingenieurs gesessen. Hättest darauf kommen und anrufen können, aber du mußtest ja deinen Krimi lesen, du Blödian!»

43

Der radioaktive Pilz über dem Atomkraftwerk breitet sich am Himmel aus und ist deshalb nicht recht wahrnehmbar, nur eine große schwere Wolke bewegt sich langsam nach Westen, nach Belorußland, von einem leisen Wind getrieben, den man auf der Erde kaum spürt.

In weitem Umkreis um das Kraftwerk brennen die durch die Explosion herausgeschleuderten Uranstücke wie helle Kerzen – im Gras, auf dem Beton, auf dem Asphalt, auf den Dächern der Gebäude, in den tiefen Radspuren der Laster. Dort gluckst und brodelt es. Mühselig kriechen krepierende Frösche heraus, können aber vor der Gefahr nicht mehr fliehen. Weder zum Kriechen noch zum Quaken reicht ihnen die Kraft.

Zum Platz vor dem Atomkraftwerk rasen Autobusse, SMH- und Feuerwehrwagen aus den Nachbarbezirken. Ein Feuerwehrwagen stößt beim Wenden gegen den Shiguli von Goloborodko, verbeult ihm den Kofferraum, hält aber nicht an, sondern jagt zum brennenden Reaktor.

Menschen rennen zur Anmeldung, springen über die glimmenden Uran- und Graphitstäbe. Wer von ihnen weiß schon, daß diese Stäbe den Tod verstrahlen? Sie sehen sie zum ersten Mal im Leben. Woher sollen sie es wissen? Einer stolpert darüber und rennt weiter.

Durch die Straßen flitzen Wagen: Milizwagen, SMH-Wagen, Dienstwagen, Privatwagen. Sie fahren chaotisch, allen Verkehrsvorschriften zuwider, bremsen scharf, lassen einen Fußgänger einsteigen, der durch die Straße rennt, und rasen weiter. In dieser nächtlichen Hektik spürt man den totalen Alarm, den Schatten des Unheils – in der Stadt ist etwas nicht Wiedergutzumachendes passiert, aber das wissen nur die, die der unerbittliche Ruf der Pflicht mobilisiert hat. Die übrige Stadt schläft; zuweilen blickt jemand verschlafen vom

Balkon oder aus einem Fenster, in einem Zimmer geht das Licht an und verlöscht: Wer rast bloß in solcher Herrgottsfrühe durch die Gegend?

44

Maria und Fjodor stehen in der offenen Tür ihres Hauses. Sie starren zur Stadt hinüber. Maria redet, als würde ihr Sohn alles verstehen.

«Sie haben's anscheinend schon gelöscht. Es glimmt noch. Ein Haus oder ein Heuschober brennt anders, Fjodor. Wahrscheinlich ist es Erdöl oder Gas. Ob Griz Dienst hat? Die Kleine, die zu Vaters Beerdigung mit war, ist ein hübsches Ding, nicht?»

Der Sohn blickt ihr ins Gesicht, weil er nicht alles verstanden hat. Sie wiederholt ihre Frage, und er nickt bejahend.

«Griz hat erzählt, wie er einmal eine Tankstelle gelöscht hat. Den Benzingeruch ist er lange nicht losgeworden, selbst Kölnischwasser hat nicht geholfen. Irgend etwas brennt da in der Stadt, aber es ist nicht mehr schlimm, Fjodor. Geb's Gott! Gerade zu dieser Stunde ist vor neun Tagen Vater von uns gegangen. Seine Seele ist noch in Gorodischtscha. Vielleicht steht er jetzt neben uns, hört, was wir reden, und kann nichts sagen. Ist stumm wie du.»

Fjodor bleibt in der Tür stehen, die Mutter geht ins Zimmer, zündet eine Kerze an und stellt sie auf den Tisch in ein Glas mit Weizenkörnern.

Puschok, der weiße Hund, schlüpft zwischen Fjodors Beinen hindurch ins Haus. Es ist, als flüchte er vor etwas, als suche er Schutz. Maria erblickt ihn im Flur, nimmt einen Wurstzipfel aus dem Kühlschrank und wirft ihn auf den Boden. Aber der Hund beschnuppert ihn nur, wedelt mit dem Schwanz und blickt ihr ergeben in die Augen. Als wollte er sagen: Jag mich bloß nicht hinaus.

Die Kerze brennt nicht nur zum Gedenken an den Vater, sondern auch an Mikola und die anderen. Maria hat sie entzündet, möge sie brennen. Es ist das einzige Licht in dieser Nacht in Gorodischtscha.

«Geh zu Bett, Fjodor. Ich kann noch nicht schlafen. Das

Kopfkissen ist mir hart wie Stein. Im Jenseits werde ich neben Vater von all den Jahren ausruhen. Geh schlafen, Fjodor, morgen ist ein schwerer Tag. Schlaf, ich find schon eine Beschäftigung. So eine Nacht macht einen alt, aber davor habe ich keine Angst. Hauptsache, ich muß noch nicht sterben.»

45

Das Motorrad mit Roman und Olesja rast auf die Brücke am Eisenbahndamm zu. Von dort erblickt man die nächtliche Stadt, die Straßen, durch die jetzt die Autos mit eingeschalteten Scheinwerfern flitzen, und das Atomkraftwerk jenseits des Flusses. Über dem Reaktor steht fast unbeweglich die bläulichrote Flammenzunge. SMH-Wagen mit heulenden Martinshörnern und Blinklichtern, Autobusse und Personenwagen sausen zum Kraftwerk.

Als Olesja das sieht, ruft sie Roman ins Ohr:

«Fahr zum Werk! Nach rechts, Roman! Hol alles raus aus dem Motor! Schnell, schnell, ich werd verrückt . . .»

Der Wind reißt ihm die Worte vom Mund, als er antwortet:

«Ich hör nichts! Ich hab doch den Helm auf! Ich höre nichts!»

Sie umklammert mit ihren schmalen zitternden Händen seine Schultern, schüttelt ihn aus Leibeskräften, weist ihm mit der Hand die Richtung, und Roman wendet das Motorrad zum Kraftwerk.

Olesja rennt in den Bunker. Unter den Männern in weißen Schutzanzügen sucht sie ihren Vater. Und findet ihn nicht.

«Was rennst du hier rum, Kind? Wer soll uns die Enkel gebären, wenn nicht ihr?» Bekümmert schüttelt die betagte Frau, die die Schutzanzüge verteilt, den Kopf.

«Mein Vater, Mikola Mirowitsch, lebt er?» fragt Olesja atemlos.

«Frag Goloborodko, Kleine. Der weiß alles. Sogar, wo der Schlüssel vom Raum mit den Strahlungsmeßgeräten ist . . .»

Olesja steht vor dem stellvertretenden Chefingenieur. Er erkennt sie, er hat sie in Gorodischtscha und auch schon in der Stadt gesehen. Sie kennt ihn ebenfalls, er stammt ja von dort.

Verdattert starrt Goloborodko sie an: Wahrscheinlich hat sie gesehen, wie er ihr Haus verlassen hat. Eine hübsche Geschichte! Und wenn Mikola nun ein Unglück ... Ach, im unpassendsten Augenblick hat er dieser Verführung nachgegeben. Ob das Mädchen was weiß?

«Onkel Wassil, sagen Sie mir, wo ist mein Vater?»

«Er lebt, Mikola Mirowitsch lebt. Hat sich ein bißchen die Hände verbrannt, ist schon im Krankenhaus. Bis zu deiner Hochzeit ist alles heil, und eine Wohnung besorgen wir dir auch ... sozusagen für meine Nichte.»

«Ich habe Mutter extra gebeten, sich nicht einzumischen ... Machen Sie sich keine Sorgen um mich ... Sie haben selber Kinder ...»

Olesja eilt zum Ausgang.

46

Odarka erwacht und springt rasch aus dem Bett. Sie blickt auf die Uhr: kurz nach drei. Sie hat also nicht verschlafen. Dann zieht sie die verrutschten Bettdecken von Ruslan und Lida zurecht, wäscht sich, hängt sich die Wattejacke um die Schulter und zieht die hohen Gummistiefel an. Mit dem Besen und einer großen Müllschippe in der Hand tritt sie aus dem Haus, wickelt den Schlauch ab, öffnet den Wasserhahn und beginnt mit ihrer Hausmeisterarbeit.

Das gleichmäßige Rascheln ihres Besens hört man im ganzen Viertel, doch es stört keinen, wirkt eher beruhigend: Schlaft nur, gute Menschen, schlaft, ich mache derweilen meine Arbeit. Ich mache sie gern bei Nacht, damit alles sauber ist, wenn ihr das Haus verlaßt. Ich fege nachts den Hof, denn morgens erwachen Mann und Kinder, und ich muß sie versorgen.

47

Roman bremst vor dem Krankenhaus. Olesja springt ab, stolpert, der rote Sturzhelm fällt ihr vom Kopf und rollt in die Straßenmitte. Im letzten Moment macht ein Milizwagen, der mit großer Geschwindigkeit angejagt kommt, einen Bogen um ihn.

«Ich bring dem Hauptmann rasch das Motorrad zurück. Vielleicht braucht er's dringend. Ich komme gleich wieder her und such dich bei deinem Vater.»

Aber Olesja hört ihn nicht mehr, sie läuft bereits über den Hof, wo viele Krankenwagen stehen, zur Treppe des Krankenhauses.

Roman fährt in die Straßenmitte, ergreift Olesjas Helm, gibt Gas und atmet erleichtert auf: Endlich ist er allein, der Motor heult, und keiner schreit ihm was ins Ohr. Freiheit! Die Liebe hat er hinter sich ... Im Wald ...

«Freiheit!» jubelt Roman noch einmal.

48

Im Arbeitszimmer des Direktors brennt kein Licht, aber es brennt der Block, und allmählich graut der Morgen. Pusatsch hat alle Hörer von den Telefonen abgenommen, die auf seinem Schreibtisch stehen, um Goloborodko und Netschiporenko anzuhören – alle Welt ruft ununterbrochen an, aber was soll er antworten, wenn er mit den Schuldigen nicht gesprochen hat?

Unterwegs zum Kraftwerk wurde ihm klar, daß der Reaktordeckel explodiert sein mußte, aber er konnte es noch immer nicht glauben und hoffte auf ein Wunder. Seit seiner Studentenzeit hatte man ihm weisgemacht, die sowjetischen Reaktoren seien ungefährlich, ihre Verkleidung sei zuverlässig, der Havarieschutz funktioniere immer. Wer das anzuzweifeln wagte, wäre als Provokateur abgestempelt worden. Der Alkohol stimmt Pusatsch optimistisch, trübt seinen Blick für die Realitäten, und selbst als er die Trümmer des Reaktors sieht, zweifelt er, daß passiert ist, was keiner jemals vorausgesehen hat. Nein, irgendwo hätte das vielleicht passieren können, aber nicht bei *ihm,* nicht hier und nicht heute. Ob er mit Wirkung von gestern Urlaub nehmen soll?

Der weiße Mullschutz verdeckt Wassils Lippen und Nase, in der Dämmerung scheint es, als sei sein Mund mit Alabaster verklebt.

«Hast du etwas gesagt, Wassil?» Pusatsch preßt jedes Wort aus sich heraus.

«Alles verlief nach Plan. Wir hatten Schichtwechsel. Paliwoda machte die Ablösung, Netschiporenko hatte nichts zu bemängeln, er las seinen Kriminalroman ...» Wassil zieht den Mullschutz vom Gesicht, weil seine Stimme zu sehr dröhnt und ihm das Atmen schwerfällt. «Wo Paliwoda war, weiß ich nicht ... Ich hab am Pult gesessen und noch einmal mein Experiment durchdacht. Sergej hat sich wohl festgelesen oder ist eingeschlafen, und da ...»

«Sie waren nicht da, Wassil Petrowitsch! Ich habe zu Ihnen durchgerufen. Sie waren nicht an Ihrem Platz! Bilden Sie sich nicht ein, Sie haben einen Dummen gefunden und können alles auf mich schieben! Ich hab Sie gesucht, als die Temperatur rapide anstieg. Hab Sie überall gesucht. Und hab die Zeit verloren, die gerade gefehlt hat, um das Notkühlsystem einzuschalten. Sie waren nicht da!» ruft Netschiporenko und zieht sich in eine Ecke des Arbeitszimmers zurück.

«Sei doch wenigstens einmal ein Mann, elende Memme!» sagt Goloborodko tonlos und zieht wieder den Atemschutz vor den Mund. Dabei vergißt er völlig, daß die Zigarette zwischen seinen Fingern glimmt.

Der Chefingenieur geht stumm im Arbeitszimmer auf und ab, seine wirren Gedanken kreisen ununterbrochen um eine einzige Überlegung, die ihn beruhigt: Ich bin völlig unschuldig, wir haben einen Direktor, der die Entscheidung traf, wir haben Goloborodko, der die ganze Suppe eingebrockt hat, wir haben Netschiporenko, der im kritischen Augenblick den Kopf verloren hat. Gut, daß ich meine Unterschrift nicht unter Goloborodkos Vorschlag gesetzt habe. Ich habe mich rausgehalten. Pusatsch windet sich raus, der fährt zum Minister, nutzt seine Verbindungen, und die Schuldigen werden bestraft. Der Chefingenieur atmet erleichtert auf. Jetzt befaßt er sich mit seinem körperlichen Wohlbefinden, ihm ist übel, wahrscheinlich vom Sonnenblumenöl, er hat auch zu viel Schaschlyk gegessen.

«Schweigt bloß, ihr führt euch ja alle auf wie keifende Marktweiber! Wie sieht es mit der Radioaktivität aus? In den Räumen des Blocks? Im Verwaltungsgebäude? Rund um das Kraftwerk?» fragt er und sieht Netschiporenko an.

«Das gehört in Goloborodkos Kompetenzbereich», erwidert Netschiporenko bissig.

«Ich wollte keine Panik machen. Hier ist der Schlüssel zum Strahlungsmeßgeräteraum ... Ich habe auf Sie gewartet, Ossip Kusmitsch und Juri Kondratowitsch. Wir fangen sofort mit den Messungen an. Ich wollte nicht ohne Sie, nicht selbstherrlich handeln.» Wassil legt den Schlüssel auf den Schreibtisch.

«Die Gründe für die Havarie untersuchen wir später oder ... andere, ohne uns. Jetzt müssen wir uns retten, das heißt die Menschen hier. Jurko, schick eine Gruppe Strahlungsmeßleute in den Block. Die zweite auf das befallene Gelände. Alle Ergebnisse mir persönlich melden. Ausschließlich mir!»

«Und die Stadt, Ossip Kusmitsch, was wird mit der Stadt? In drei Stunden erwacht sie, und die Kinder gehen in die Schule», sagt Netschiporenko vorsichtig.

«Daran hätten Sie denken sollen, als Sie am Pult saßen.»

«Wir werden auch in der Stadt messen. Jetzt läßt sich sowieso nichts mehr verschweigen. Wir machen landesweit von uns reden. Und wenn sie im Ausland was mitkriegen, werden wir weltberühmt. Wieso haben wir uns bloß auf Goloborodkos Abenteuer eingelassen! Was soll ich nach oben melden? Was?» stöhnt Pusatsch verzweifelt.

Das Telefon schrillt. «Ja, Pusatsch am Apparat. Leider sehr ernst, ich will ehrlich sein, der Block ist explodiert. Mit Auswurf in die Atmosphäre. In Kiew und in Minsk registriert? Im Ministerium rufe ich selbst an. In einer halben Stunde kann ich Meldung erstatten. Verstehe, verstehe, aber wir waren auf die Abschaltung des Blocks vorbereitet und nicht auf eine Havarie. Mängel am Projekt, das Fehlen einer zweiten Abschirmung. Nein, nein, nach vorläufigen Angaben ist die Stadt absolut sauber. Evakuierung steht überhaupt nicht zur Debatte! Die Erde ist groß, der Wind treibt die Wolke auseinander, und den Reaktor schütten wir mit Sand zu. Nein, nein, das sind Übertreibungen. Sie brauchen wirklich nicht zu kommen, es läuft alles. Ich melde es selbst. Unsere Leute halten sich sehr tapfer. Nein, warten Sie mit den Schlußfolgerungen. Was glauben Sie, was in der Stadt los ist, wenn die Kinder nicht in die Schule gehen ... Ja, aber vergessen Sie nicht, daß ich noch vor ein paar Stunden ein Musterkraftwerk geleitet habe. Mein Kollektiv hält durch.»

Pusatsch wirft den Hörer auf die Gabel. Zum ersten Mal macht ihn die Größe seines Arbeitszimmers betroffen. Eine Fliege brummt zwischen den Glasscheiben wie ein schwerer Bomber.

49

In der Aufnahme des Städtischen Krankenhauses herrscht beängstigendes Gedränge. Stöhnen, Füßescharren, Ärzte und Krankenschwestern eilen hin und her. Hier ist man wie in allen Kliniken der Welt an menschliche Leiden gewöhnt. Aber was heute im Krankenhaus vor sich geht – das gehört in eine andere Zeit und in eine andere Wirklichkeit, die unvermutet ihr Antlitz gezeigt hat. Davor graut den Ärzten, und deshalb verlieren viele die Fassung. Die meisten der Eingelieferten haben keine Wunden, es fließt kein Blut, keiner ruft nach Hilfe, nur stumme, trostlose Hoffnungslosigkeit, unendliche Müdigkeit und furchtbare Gleichgültigkeit, die das Herz erstarren läßt. Weshalb altern diese jungen Burschen buchstäblich vor aller Augen? Weshalb kämpfen diese scheinbar kräftigen Männer nicht um ihr Leben? Weshalb spricht aus ihren Augen weder Schmerz noch Wehmut, noch Hoffnung, sondern nur eine allesverzeihende Ruhe und Gleichgültigkeit der Welt gegenüber, wie man sie gewöhnlich bei alten Menschen trifft? Was ist mit ihnen geschehen? In welcher Galaxis haben sie geweilt, um in einem kurzen Augenblick all ihren Lebenshunger zu stillen und ihre Zukunft zu durchleben? Welche Ärzte sollen sie behandeln: Chirurgen oder Psychiater, Therapeuten oder Anästhesisten? Welche Krankheit quält sie? Wie kann man ihnen helfen?

Gleich muß der Chefarzt, Wolodja Masljuk, kommen. Vielleicht weiß er Rat. Sollte das etwa die Strahlenkrankheit sein? Die, von der sie in Vorlesungen gehört hatten, der aber Gott sei Dank noch keiner begegnet war? Es passierte natürlich, daß einige Atomtechniker am Reaktor vorzeitig ihre Norm abbekommen hatten, doch dann wurden sie sofort in eine Spezialklinik nach Moskau geschickt.

Der Korridor ist schon mit Kranken überfüllt, doch immer

neue werden gebracht. Die einen gehen selbst, schwankend, stützen sich mit den Händen an der Wand, andere werden von gerade entlassenen, nicht ausgeheilten Alkoholikern gestützt, es gibt aber auch Verletzte, die von Sanitätern auf Tragen hereingeschleppt werden.

In der Aufnahme sind alle Stühle und Pritschen besetzt. Einige Strahlenkranke stehen an der Wand, andere liegen auf Tragen oder Matratzen auf dem Fußboden. Fast alle haben erdfahle, schweißnasse Gesichter.

Einige besonders schwer Betroffene erbrechen dauernd. Sie schaffen es nicht mehr bis zu der großen Schüssel, sie erbrechen direkt auf den Fußboden und blicken schuldbewußt die hin und her hastenden Ärzte an.

Bei Dmitro Paliwoda läßt für einen Augenblick der Brechreiz und die allgemeine Übelkeit nach, und er lächelt einem jungen Mädchen im weißen Kittel fragend zu, aber sein Lächeln wirkt künstlich, wie aufgeklebt, als lächle ein Wahnsinniger. Das Mädchen schlägt die Hände vors Gesicht, und ein dumpfes, kehliges Schluchzen schüttelt ihren Körper. Langsam gleitet sie zu Boden, doch keiner beachtet sie.

Dmitros starres Lächeln löst sich allmählich, und sein Gesicht belebt sich unvermittelt. Er steht auf, hebt das bewußtlose Mädchen auf, setzt sie auf seinen Stuhl und geht in den Korridor. Vielleicht hat ihn die Krankheit verschont, vielleicht war das Ganze nur ein kurzer Schock, den er überwunden hat?

Der Chefarzt streift im Gehen den Kittel über.

«Alle Präparate für Blutspülungen vorbereiten! Die Kranken in die freien narkologischen Krankenzimmer! Ich fordere Fachleute aus Moskau an. Jodhaltige Tabletten für das gesamte medizinische Personal!»

Mitten in das Stöhnen, in die rasselnden Atemzüge, in das Füßescharren und Telefongeklingel, in das Klappen der Türen ertönt plötzlich, unnatürlich und falsch, ein munteres Lied. Dmitro hat es angestimmt.

Seine Stimme versagt genauso unerwartet, es hört sich an, als ob aus einem schmalen Spalt zischend Dampf abgelassen wird. Dmitro geht den Korridor entlang zum Ausgang und singt weiter.

«Haltet ihn! Das ist Euphorie! Eingebildetes Wohlbefinden

bei der Strahlenkrankheit!» ruft der Chefarzt und stürzt hinter Dmitro her.

Das schneidige Lied wirkt in seiner Sinnlosigkeit auf die Ärzte schlimmer als das Stöhnen Sterbender, als ein Flehen um Hilfe.

Dmitro stolpert, Masljuk faßt ihn im letzten Moment unter den Armen.

Ein junges Mädchen in Jeans und in einem weißen Wollpullover voll frischer Grasflecken eilt herbei und hilft Dmitro in das nächste Krankenzimmer zu führen.

«Nimm eine Tablette, zieh dir den Kittel an», befiehlt Masljuk, ohne Olesja anzuschauen, «und hol jemanden von der Intensivstation!»

Neue Kranke werden gebracht. Ein Mann und ein altes Weiblein schleppen einen Feuerwehrmann mit leichenblassem, starrem Gesicht und weitgeöffneten Augen, die auf einen Punkt gerichtet sind. Olesja starrt ihn an: Nein, nicht Vater.

Ein hagerer, schlaksiger Arzt von der Intensivstation kommt eilig in das Krankenzimmer, in das sie Dmitro gebracht haben. Die junge Krankenschwester, die wieder das Bewußtsein verloren hat, wird hinausgetragen.

«Geh weg, Kind, geh, für uns Alte ist sowieso alles egal», sagt eine Pflegerin zu Olesja.

«Ich suche meinen Vater. Mein Vater ist hier.»

«Wie willst du ihn hier finden? In diesem Irrenhaus? Manche sind so entstellt, daß man nicht weiß, wer das mal war. Zieh einen Kittel an, sonst werfen sie dich raus. Aber besser wär's, wenn du gingest.»

Wieder wird ein Kranker gebracht. Zwei junge Burschen tragen ihn, der eine schwankt und hätte beinahe die Trage fallen gelassen. Olesja und die Pflegerin eilen ihm zu Hilfe. Der Kranke hat grobe Stiefel an, seine Kordhose ist teerbespritzt, unter der angesengten Uniformjacke ist das weiße Hemd hervorgerutscht. Der junge Bursche, den sie abgelöst haben, lehnt sich an die Wand, er erbricht.

Vor Olesjas Augen schaukelt ein großer teerbeschmierter Stiefel. Er strahlt noch Wärme aus, riecht nach Gummi. Wenn sie nur die Trage nicht fallen läßt! Wenn ihr nur die Hände nicht versagen!

Sie nimmt allen Mut zusammen und blickt in sein Gesicht.

Volle, sinnliche Lippen ... Zusammengewachsene Augenbrauen über der Nasenwurzel ... Eine scharfe Falte ... Spitzes Kinn mit Grübchen ... Die widerspenstigen schwarzen Locken kleben an der Stirn ... Schmale, kaum merklich gebogene Nase ...

Onkel Griz!

Griz öffnet die Augen, als hätte er ihren Blick gespürt. Hat er sie erkannt?

Wenn nur die Kraft zum Tragen reicht! Noch ein paar Schritte!

«Ich bin bei dir, Onkel Griz! Vater ist auch hier!»

«Die Kleidungsstücke der Verstrahlten unbedingt in Pakete packen! Sonst sind wir morgen früh alle hin! Kranke, die gehen können, entlassen! Warum nimmt keiner jodhaltiges Kalium ein? Her mit allen Vorräten! Setzen Sie sich ans Telefon, wir brauchen welches aus den Nachbarbezirken!» ruft Masljuk in den Korridor und verschwindet in einem Krankenzimmer.

Olesja glaubt, Onkel Griz lächelt ihr schwach zu und bewegt die Lippen.

50

Ein Aprikosenzweig in einem Wasserglas. Ein erschrockener Spatz, der unbemerkt durch das Fenster der Fernmeldestelle des Atomkraftwerks hereingeflogen ist.

Die blasse Telefonistin mit zerzaustem Haar hat gerade die Fernmeldestelle an die Reserve-Akkus angeschlossen. Der Sprechweg ist außer Betrieb. Die Telefone schrillen. Im Raum ist die Stimme des Direktors zu hören, der jemanden anbrüllt:

«Ich sag doch, nur keine Panik! Veranlassen Sie, daß die Anschlüsse gesperrt werden, sonst weiß das ganze Land in einer Stunde Bescheid. Kein Linienbus darf aus der Stadt. Riegeln Sie alle Ausfahrtstraßen ab! Ein aus der Kontrolle geratener Reaktor ist halb so schlimm, aber eine Stadt, die außer Kontrolle gerät ... Sie sind schließlich der Vertreter der Staatsmacht. Sie tragen die Verantwortung für Panik! Wir schütten den Reaktor mit Sand zu. Die Untergrundradioaktivität in der Stadt ist normal, keine Evakuierung! Bis zu den Feiertagen löschen wir alles und gehen zur Maidemonstration!

Sie sind verantwortlich für die Stadt, ich trage nur die Verantwortung für das Kraftwerk. Mischen Sie sich also nicht in meine Kompetenzen!»

Der Spatz schlägt matt mit den Flügelchen, flattert auf den Fußboden und hockt stumm mit gesenktem Köpfchen und aufgesperrtem Schnabel in einer Ecke.

Der Kopf der Telefonistin sinkt auf den Tisch, ihre Haare fallen auf die Tischplatte. Das Glas mit dem Aprikosenzweig kippt um, und das Wasser rinnt über die Wange der Frau. Sie hat das Bewußtsein verloren.

Gestern ist ihre Schwester aus Odessa in die Stadt der Energetiker gezogen. Drei Jahre lang hat Lusja auf sie eingeredet: der Fluß, Pilze, Wälder, saubere Luft, Kiew in unmittelbarer Nähe, ein billiger Bauernmarkt, statt einer Einzimmerwohnung in einem Altbau eine moderne Zweizimmerwohnung und ein paar tausend Rubel obendrein, und wir werden zusammen leben. Gestern nun ist die Schwester mit dem Kind angekommen, sie schläft die erste Nacht in der neuen Wohnung, im Sommer wollen sie Mutters Wirtschaft im Dorf verkaufen und die alte Frau zu sich in die Stadt nehmen. So viele Pläne haben sie gemacht, und nun ... Wenn die Schwester aufwacht, wird sie sie verfluchen. Zurücktauschen geht nun nicht mehr.

Jemand ruft dröhnend ins Mikrofon, aber die Telefonistin hört es nicht.

«Lusja! Lusja! Gib an die Anmeldung durch: Für die Ärzte! In der Elektroabteilung sind noch zwei Kranke! Wo steckst du bloß, verdammt! Bist du taub? Mir ist auch schlecht ...»

51

Odarka sprengt gründlich ihren Hof. Mit einem Finger drückt sie die Schlauchöffnung zusammen, damit der dünne Wasserstrahl jedes Staubkorn fortspült. Von der Anstrengung läuft der Finger dunkelblau an und wird fühllos. Wie oft hat sie Stepan schon gebeten: Mach mir eine kleine Metallspitze, aber er findet nie Zeit. Sie spült die Bretter des Sandkastens und die Schaukel mit den hölzernen Pferdchen ab, sie sprengt Sträucher und Blumenrabatten.

Seit neun Tagen ist Vater nun tot, es scheint eine Ewigkeit her zu sein. Das Leben geht weiter. Sie muß den Hof in Ordnung bringen, für die Kinder und Stepan das Frühstück bereiten und zur Mutter fahren, das sind ihre Aufgaben für diesen Tag. Ein gefegter Hof, saubere und satte Kinder, der nüchterne Stepan, der gedeckte Tisch zum Gedenken an den Vater, die ganze Familie einträchtig versammelt – das ist Glück, reales, konkretes Glück. Vater kommt sowieso nicht mehr zurück.

Andere Freuden kennt Odarka nicht. Sie hat Pflichten, und die muß sie erfüllen. Das ist ihre größte Freude. Auch die Stadt gefällt ihr, weil sie eine konkrete Arbeit hat. Sie erwacht und weiß, daß sie den Hof saubermachen muß, sie braucht nicht auf den Auftrag des Brigadiers zu warten, sie nimmt ganz einfach den Besen.

Jetzt muß sie noch den Bürgersteig fegen, dann ist sie fertig. Woher kommt nur dieses Kratzen in ihrer Kehle? Dabei kann sie nicht einmal abhusten, und im Mund dieser komische Eisengeschmack. Wenn sie bloß keine Grippe bekommt an Vaters Gedenktag!

Sie hüstelt und schließt den obersten Knopf der Wattejacke. So ein warmer Morgen, und sie hat sich erkältet. Ach, ich fahre nach Gorodischtscha, trinke heißen Tee, und keiner merkt was von meiner Erkältung. Stepan wartet ja nur darauf ... Der haut sofort zu seinen Kumpels ab.

52

Die ersten Angler radeln zur Anlegestelle. Sie haben die Angelruten an die Fahrradrahmen gebunden, die dünnen Spitzen wippen unter dem Lenkrad. Der Himmel ist bewölkt und regenverhangen, das bedeutet, daß man die Angelei eigentlich vergessen kann, trotzdem möchte man nach dem langen Winter die frische Luft genießen und am Wasser sitzen – selbst wenn man am Ende mit leeren Händen heimkommt. Gestern abend war es so sternenklar, und nun hat sich der Himmel bezogen ...

Ein Kutter legt an der Anlegestelle an, und Bauern mit Säken, Körben und verschnürten Koffern steigen aus. Der Motor verstummt, die Wellen glätten sich. Duft von Lauch, frischen Gurken und Hausmacherwurst hängt in der Luft. In Erwartung des sonnabendlichen Markttreibens und regen Handels sind die Bauern gesprächig, geschäftig und erregt. Frische Radieschen, Treibhausgurken und -tomaten, frisches Fleisch vom Schwein und vom Kalb werden ihnen die Städter vor den Feiertagen mit Handkuß abnehmen.

«Dies Jahr sind die Radieschen holzig.»

«Ihr nehmt zu viel Chemie. Düngt lieber mit Mist, mit richtigem Mist, seid nicht so faul.«

«Mein Nachbar spritzt seine Tomaten. Ein richtiger Chirurg. Der läßt die Spritze überhaupt nicht mehr aus den Händen. In zwei Tagen sind sie rot und prall.»

«Wissenschaft im Dienst des Lebensmittelprogramms. Wann haben wir früher im April reife Tomaten gegessen?»

«Ißt du sie jetzt vielleicht? Du verkaufst doch sowieso alles. Höchstens die angefaulten, die schneidest du fürs Kind auf.»

«Meine Kleine ißt lieber Mandarinen. Für die muß ich Mandarinen besorgen. Und der Älteste will ein japanisches Tonbandgerät. Wenn sie Mandarinen und Tonbandgerät wollen, müssen sie eben auf Tomaten verzichten.»

«Mein Sohn wollte mich mit dem Wagen abholen, nun ist er nicht gekommen. Der Bus auch nicht. Wie soll ich bloß das Kalb zum Markt schaffen?» klagt ein altes Mütterchen im knisternden Nylonanorak.

«Sie hätten's nicht schlachten sollen, dann wär's selbst zum Markt gelaufen . . .» Verächtlich kichert ein Mann und schultert einen riesigen Koffer. «Sie haben's mit dem Autokauf für Ihren Sohn zu eilig gehabt, nun kommt er zu spät. Ich hab wahrscheinlich schon ausverkauft, wenn er Sie abholen kommt . . . Mit dem Auto, da waren Sie voreilig, liebe Frau . . .»

53

Atemlos stürzt Natalka in das Vorzimmer des Direktors. Sie zieht den Atemschutz vom Gesicht, er behindert sie. Der schwarze Schutzanzug ist feucht und klebt am Körper.

Pusatsch schreit durchs Telefon:

«Macht, was ich euch sage! Die Tabletten liegen im Schubfach in meinem Tisch, laß die Kinder nicht auf die Straße! Schließ die Fenster. Jurko und ich leben, aber wir haben zu tun. Schluß!»

Natalka will das Strahlungsmeßgerät vom Hals nehmen, aber der mürbe Riemen ist an mehreren Stellen geknotet und deshalb zu kurz, er läßt sich nicht abstreifen. Sie ist bleich, die hellen Haare, die unter der schwarzen Mütze hervorlugen, kleben in dem verschwitzten Gesicht, der Lippenstift ist verschmiert, die Augenlider sind gerötet und geschwollen. Unwillkürlich rutscht Pusatsch tiefer in seinen Ledersessel und rückt den Telefonhörer auf dem Apparat zurecht. Für alle Fälle.

«Ich habe in drei Wohngebieten gemessen. Nur in dreien, aber das reicht! Selbst dieses alte Meßgerät, das längst zum Schrott gehört, schreit: Mit der Evakuierung muß umgehend begonnen werden! Sofort! An der Brücke und an der Ausfahrt nach Kiew schlägt das Gerät überhaupt aus. Vier Messerinnen sind nach Hause gelaufen, um ihre Verwandten zu warnen. Wir müssen die Bevölkerung über den Stadtfunk anweisen, keinesfalls auf die Straße zu gehen, und mit der Evakuierung beginnen! Die Leute haben für alles Verständnis, wenn Sie ihnen nur die Wahrheit sagen. Sprechen Sie selbst, das ist der einzige Ausweg aus so einer Situation. Warum haben Sie die Stadt gesperrt? Das ist ein Verbrechen! Zwanzigtausend Kinder werden Ihnen das niemals verzeihen! Jahrzehnte später werden sie Sie verfluchen! Sagen Sie, sind unter den Feuerwehrleuten Schwerverstrahlte?»

«Wer hat denn Schuld, daß diese Strohköpfe die Mauer hochgeklettert sind, direkt in die offene Strahlung? Wir leben ja nicht im Steinzeitalter. Sie sind schließlich nicht in einen Pferdestall gekommen oder aufs Feld, um das Getreide vor einer Feuersbrunst zu retten . . .»

«Und wer sind Sie, Direktor eines Atomkraftwerks oder einer Ziegelbrennerei? Ach was, selbst dieser Posten wäre für Sie noch zu hoch», sagt Natalka schon an der Schwelle und klappert mit ihren Absätzen die Treppe hinab.

Das Strahlungsmeßgerät schlägt ihr gegen die Brust, dumpfer Schmerz zieht durch ihren Körper, immer wieder entgleitet der Fühler ihren Händen, aber sie packt ihn fester und läuft weiter. Sie springt in einen SMH-Kleinbus, bevor die Ärzte ihr die Tür vor der Nase zuschlagen können. Kein Sitzplatz ist frei, und ein hagerer kleiner Mann, den ununterbrochen Husten schüttelt, nimmt sie schweigend auf seine Knie.

54

Griz trägt einen verwaschenen Krankenhauspyjama, der ihm viel zu klein ist und aus dem seine langen Arme und Beine ragen. Er sitzt auf einer schmalen Pritsche in der Aufnahme. Einer jungen Krankenschwester führt er vor, wie kurz ihm Ärmel und Hosenbeine sind, er versucht zu lächeln, aber sein Gesicht verzieht sich nur schmerzhaft, ein neuer Brechanfall quält ihn, und Olesja hält ihm im letzten Moment einen Zellophanbeutel hin.

«Ihr Name?» fragt die Krankenschwester.

«Und wie heißt du, schönes Kind? So eine Blume ist in unserer Stadt erblüht! Liebt dich schon jemand? Kann er überhaupt lieben? Jetzt gibt es doch nur Handwerker, Saisonarbeiter, Konsumenten und Stümper.»

Olesja knöpft ihrem Onkel den Schlafanzug zu, zupft die Ärmel zurecht, krempelt sie bis über die Ellbogen hoch und wischt ihm behutsam den Schweiß von der Stirn.

«Mirowitsch, Grigori Iwanowitsch Mirowitsch heißt er. Jahrgang einundfünfzig. Feuerwehrhauptmann. Ledig.»

«Hauptmann, aber im Rang eines Majors. Major also, muß nur noch die Schulterstücke wechseln. Wo hast du je einen Major gesehen, der ein frischgebackener Bräutigam ist und noch kein einziges Mal verheiratet war, schönes Kind? Schreib mich noch nicht ab. Ich bin zärtlich und weich wie der Flaum der Pusteblume . . .»

Unerträglich dieser Wortschwall von Griz im Stöhnen der Kranken, im Umherhasten der Ärzte, im Rufen und Weinen unter den Fenstern des Krankenhauses.

Er will noch etwas sagen, da überkommt ihn schon wieder dieses Würgen. Olesja will nach dem Beutel greifen, die Hände gehorchen ihr nicht, sie verpaßt den Moment.

«Euphorie! Im Anfangsstadium. An den Tropf! Schnell, schnell, sonst werden wir mit ihm nicht mehr fertig!» ordnet eine Ärztin mit grobem, männlichem Gesicht und dunklem Flaum auf der Oberlippe an.

«Ich gehe nirgendwohin. So ein schönes Kind, und Sie wollen mich fortschaffen . . .» Griz versucht, Verliebtheit auf sein Gesicht zu zaubern, doch es wird nur eine starre, traurige Grimasse.

55

Im Verwaltungsgebäude, wo die örtliche Staatsmacht ihren Sitz hat, ist die Tür weit aufgerissen. Aus den Fenstern wölkt Zigarettenrauch, selbst im bläulichen Dunst der Morgenröte sieht man ihn.

«Alle staatlichen Verkehrsmittel ohne Gutscheine auftanken! Bürokratische Formalitäten werden heute als Sabotage klassifiziert! Ich habe keine Zeit, Ihnen länger zuzuhören! Handeln Sie! Ich unterschreibe alles! Wir sehen uns, wenn . . . wir am Leben bleiben. Tanken Sie die Wagen auf!»

«Die Sanitätshelfer sollen mit Tabletten durch die Wohnungen gehen? Macht das keine Panik? Nein, ich muß mich mit dem Chef beraten. Jetzt hat er zu tun, ein General aus Moskau ist bei ihm. Du nimmst's auf deine Kappe? Dann hab ich mit dir nicht gesprochen, du hast mich nicht angerufen . . .»

«Ich weiß nicht. Diese Frage entscheide nicht ich. Die Kommission nimmt bald die Arbeit auf, der stellvertretende Minister für Energiewesen aus Moskau ist schon da.»

«Verkaufen Sie! Bringen Sie alle Mangelwaren auf den Ladentisch, verkaufen Sie im Park Schaschlyk, Bier und Eis. Das ist eine Anweisung des Chefs. Jetzt haben wir keine Zeit für Rundschreiben, wir handeln nach mündlichen Anweisungen. Also bitte!»

«Wie ist die Untergrundradioaktivität in der Stadt? Das sind leere Worte, Ossip Kusmitsch, der General fordert genaue Angaben über alle Stadtbezirke. Begreifen Sie, was das bedeutet? Sie haben nicht genügend Strahlungsmeßleute? Vor einer Woche habe ich Sie gebeten, einen Mann einzustellen, da hatten Sie keine freie Planstelle. Jetzt dürfte wohl auch der Direktorenposten frei sein. Der General kommt zu Ihnen ins Kraftwerk. Ein Regiment der Kernstrahlungsaufklärung ist bereits bei Iwangorod. Das interessiert mich nicht, Ossip Kusmitsch. Das können Sie alles schriftlich an die zuständigen Stellen melden.»

«Sperren Sie die Straße nach Belorußland! Die Milizeinheiten treffen bereits ein. Sie wissen doch, wer die ersten sind, die abhauen. Den Unflat wirbelt der Sturm immer als erstes auf.»

«Wie viele sind eingeliefert? Hundertsieben? Paliwoda? Auf der Intensivstation gestorben? Wolodja, die Moskauer Ärzte sind schon abgeflogen. Halte dich. Lewtschenko ist hier, der scharwenzelt um die Leitung rum, dafür stört er bei euch nicht. Laß Einlieferungslisten aushängen, sonst stürmen dir Verwandte und Ehefrauen das Krankenhaus. Halt durch, Kumpel ...»

«Wenn wenigstens jemand einen Tee machen würde, mir ist die Kehle schon völlig ausgetrocknet. Reich mal eine Zigarette rüber, obwohl ich vor einem Jahr damit aufgehört hab.»

«Na und, steht Ihnen an der Stirn geschrieben, daß Sie aus dem Ministerium sind? Ich hab trotzdem keinen Wagen. Entschuldigen Sie. Ich hab keinen Wagen, ich hab ihn dem General gegeben.»

«Wir brauchen Zeit, um uns darüber klarzuwerden, was geschehen ist. Pusatsch schiebt einfach alles von sich. Das hat sich ja jahrelang angesammelt, jetzt haben wir den kritischen Punkt erreicht. Wir sind alle schuld. Weil wir geschwiegen haben, weil wir dachten, daß sich das Atom unseren Beschlüssen und Verordnungen fügt wie ein gehorsamer kleiner Beamter, der alle Aufträge ausführt ...»

«Ach, hör doch auf. Wir müssen handeln. Handeln und nicht philosophieren, Sergej!»

«Wir haben zu lange gehandelt, ohne zu denken, Michailo.»

«Die Hubschrauber sind gekommen! Aber wer soll den Sand verladen? Wer? Schön. Meinetwegen die Bauarbeiter. Am Strand liegt Sand genug. Woher Säcke nehmen? Nähen! Aus dem Stoff, auf den du Losungen schreiben wolltest. Die sind jetzt sowieso überflüssig! Ich hab drei kleine Kinder, meine Eltern sind über die Feiertage zu Besuch bei uns, und ich weiß nicht einmal, wann ich nach Hause komme ...»

«Na ja, das war zu erwarten. Heute gilt das als Desertion. Übernimm du die Verantwortung!»

«Die Feuerwehrleute haben geschafft, daß das Feuer nicht auf Block drei übergreifen konnte. Block vier ist nicht unter Kontrolle zu kriegen. Auswurf in die Atmosphäre! Leider war keiner darauf vorbereitet.»

Eine Wagenkolonne mit Soldaten und Milizionären fährt auf den Platz, das Dröhnen der Motoren übertönt die Stimmen im Verwaltungsgebäude, aus dem ein General der Miliz in offener Uniformjacke, mit schief sitzender Feldmütze kommt.

56

Odarkas Stepan kämpft sich lange und mühevoll durch den dichten Nebel, er klammert sich mit den Augen an den grünen Lampenschirm an der Decke, an den Schrank mit den Gläsern, an Odarkas Stickarbeit an der Wand und bleibt schließlich am Nachttisch mit dem Becher Kwaß hängen: Er ist zu Hause, Teufel noch mal!

Er krächzt, stöhnt, kratzt sich den Bauch.

Irgendwohin wollt mich das Weib doch mitschleppen... Setzt sich neben einen und stößt einen andauernd mit dem Ellbogen an: Trink nicht so viel! Nein, mit mir nicht! Außerdem mach ich heute Feierabendarbeit – der Chef fährt auf die Datsche und nimmt mich mit. Im Kofferraum klirren Flaschen, Geldscheine knistern in der Tasche, das Leben hat wieder Sinn... Mit dem Weib hab ich natürlich Glück. Die erste war wie eine Dauerheizung! Wurde erst ruhig, wenn man den Hebel ausschaltete. Odarka ist wie eine Kerze. Wenn man sie ein bißchen anpustet, verlöscht sie gleich, nur ein Rauchfähnchen bleibt zurück. Was will sie auch, hat ein Zuhause, Kinder und einen Mann, der nicht auf den Kopf gefallen ist...

Er trinkt den Kwaß und kleidet sich an.

Verstohlen blickt er sich um und schiebt hastig, als habe er sich in ein fremdes Haus geschlichen, sein Tischlerwerkzeug in den grünen Beutel der Schutzmaske. Dann schaut er aus dem Fenster: Sie hat schon den Hof gesprengt und rollt den Schlauch auf. Mach, daß du rauskommst, Stepan, sonst schnappt die Falle zu, Teufel noch mal... Er muß raus, sonst ist es vorbei mit Verdienst und Schwarzarbeit.

Er geht ein Stockwerk höher und lauscht, wartet ab, bis die

Frau in der Wohnung verschwindet. Ihrem Vater ist jetzt sowieso alles einerlei, der ist tot, auf unsereinen aber warten die Lebenden ...

Odarka blickt noch einmal über den gefegten und gesprengten Hof.

Mit überhöhter Geschwindigkeit jagt ein Kleinbus in den Hof. Aus dem Hauseingang kommt ein Mann gerannt, streift sich im Laufen fahrig das Jackett über. Es ist irgendein Chef, Odarka weiß nicht, was für einer, aber ein Chef ist er, denn jeden Morgen holt ihn ein Dienstwagen ab.

Sie fängt Gesprächsfetzen zwischen dem Fahrer und dem Mann auf:

«... furchtbare Havarie ... Evakuierung vorbereiten ... Todesfälle ... Alle, die laufen können, sind entlassen, trotzdem reichen die Krankenbetten nicht ...»

Der Kleinbus verpufft Abgase und rast vom Hof. Odarka rennt ins Haus.

Kurz danach läuft Stepan hinaus, schleicht sich an der Hausmauer entlang, um nicht aus dem Fenster bemerkt zu werden. Er überquert die Straße und verschwindet zwischen den Häusern.

57

Die Aufnahme im Krankenhaus. Draußen graut der Morgen. Immer weniger Kranke werden eingeliefert. Fahrer und Ärzte sind völlig erschöpft.

Olesja, im schmutzigen Kittel, wischt mit einem großen Lappen das Erbrochene auf. (Das gefällt Euch nicht, ist Euch zu naturalistisch? Ich weiß, Ihr seid Ästhetiker, ich bin selbst so einer, aber die Ärzte, die das durchgemacht haben, sagen alle: Wir sind bis zu den Knöcheln durch Erbrochenes gewatet, und das war schlimmer als Blut, weil es den «weißen Tod» in sich trug. Sollen wir das also genierlich verschweigen? Nein. Dazu ist das Zimmer zu klein!)

Olesja arbeitet sorgfältig, sie spült den Lappen in einer großen Schüssel aus und wischt den Fußboden, bemüht, die Füße in den Krankenhausschuhen und den Stoffschuhen, wie man sie im Atomkraftwerk trägt, nicht zu berühren. Der Schweiß rinnt ihr in die Augen. Sie schließt sie, und durch ihr müdes Hirn tanzen für einen Augenblick Bilder der Erinnerung:

Die dichten Kronen der Kiefern unter dem nächtlichen Sternenhimmel ... Der verschlafene Fluß, in dem ein großer Fisch springt ... Großmutter Marias Augen am Fenster ... Ein Büschel Wermut neigt sich über Olesjas Gesicht, Romans Hand schiebt es beiseite, er will sie küssen, aber ein Halm entgleitet seinen Fingern und hindert ihn daran ... Der müde Vater steht in seiner teerverschmierten Kleidung schuldbewußt in der Wohnungstür, wartet auf Mutters Schimpfkanonade und lächelt ...

«Wo steckt bloß dieser Leletschenko? Wollte nur eine Zigarette rauchen. Ich hab ihn gehen lassen, weil er nicht so viel abgekriegt hat. Ruft ihn her ...»

Ein junger Bursche wird in den Raum geführt. Er will sich losreißen, aber zwei riesengroße Mediziner halten ihn mit eisernem Griff.

Die Ärztin prallt zurück, als sie in ihm einen Fahrer von der Schnellen Medizinischen Hilfe erkennt: Die Augen sind vom Wahnsinn gezeichnet, Angst und Aggressivität haben sein Gesicht entstellt.

Einer der Ärzte, der den Fahrer hält, sagt:

«Galina Alexandrowna! Valeri kommt nach dem Nervenschock nicht zu sich. Wir haben ihn mit Müh und Not in den Gängen im Kraftwerk gekriegt. Geben Sie ihm eine Beruhigungsspritze.»

«Wer hätte das gedacht ... So ein ruhiger Kerl. Der wurde nie wach, wenn man rasch mit dem Rettungswagen weg mußte ... Aber heute steht ja alles kopf ... Da kann man selber verrückt werden.»

Eine Krankenschwester stürzt herein:

«Leletschenko ist zum Kraftwerk abgehauen! Ich hab selbst gesehen, wie er in einen Wagen gesprungen ist. Hat gebrüllt, daß er irgendein Ventil nicht geschlossen hat. He, Valeri! Was ist mit dir?»

Aber der Kranke blickt sie nicht einmal an, er versucht sich von den Ärzten loszureißen und beißt um sich.

Olesja wischt mit verzweifelter Beharrlichkeit den Fußboden, fährt mit dem Lappen um die Füße herum.

Hinter den Fenstern die angsterfüllten Augen der Frauen: Vielleicht ist meiner hier? ... So viele Augen ... Augen ... Augen ... Angsterfüllt, sie fürchten, daß man ihnen die Hoffnung nimmt ...

58

Roman wollte tatsächlich Griz das Motorrad zurückbringen, aber er hat sich in der Stadt verirrt. Alle Häuser und Höfe gleichen sich. Durch die Straßen rasen Autos mit eingeschalteten Scheinwerfern, als hätte keiner je etwas von Verkehrsregeln gehört. Sie fahren auf der Gegenseite, auf den Bürgersteigen, und Roman scheint, daß sie ihn jagen wie einen Hasen, der in das Kreuzlicht der Scheinwerfer geraten ist. Schließlich gelangt er auf eine breite Straße und rast los.

Zuweilen ist ihm, als spüre er Olesjas heißen Atem im Nakken, als kralle sie ihre Hände in seine Schultern, als würden sie beide jetzt gleich der Falle entrinnen und endlich Freiheit, Liebe und Sicherheit spüren.

An der Brücke vor der Stadtausfahrt hat ein Milizkommando Dienst, vor dem heruntergelassenen Schlagbaum stehen viele Wagen. Die Fahrer reden auf die Milizionäre ein und versuchen, ihnen zu erklären, daß sie dringende Aufträge haben, aber die weisen ihnen nur mit ihren Verkehrsstäben den Weg: Zurück!

Ein Milizionär bemerkt den Motorradfahrer und stellt sich ihm rasch in den Weg: Dieser motorisierte Bengel kann einem unterm erhobenen Arm durchflitzen.

Roman sieht von weitem, daß er erwartet wird, jetzt überfällt ihn echte Angst – alle machen Jagd auf ihn, die Falle ist zugeschnappt!

Bremsen quietschen, es riecht nach verbranntem Gummi. Roman wendet dicht vor dem Milizionär und rast zurück.

Ein Autofahrer, den der Posten nicht passieren läßt, will es woanders versuchen und macht kurzerhand schimpfend kehrt. Roman schaut sich immer wieder um. Jetzt ist es klar: Sie sind hinter ihm her. Er hat keine Fahrerlaubnis, keine Papiere bei sich, hat nur zwei klebrige Erbsen in der Tasche, die ihm ein

Kasache geschenkt hat, bei dem er seine Zivilkleidung ließ, weil die Entlassung aus dem Militärdienst bevorstand und er nicht wie alle in Uniform nach Hause fahren wollte. Der Kasache überredete Roman, ihm die Lederjacke zu verkaufen, bewirtete ihn, gab ihm einen nagelneuen Hundertrubelschein und steckte ihm die zwei Erbsen zu: «Das Leben ist die Hölle. Und dies ist das Paradies! Ich schenke dir zwei Fahrkarten ins Paradies . . .» Wenn sie ihn nun einholen und die Dinger in der Tasche finden?

Er hört, wie der zweite Sturzhelm herunterfällt und dumpf über die Betonplatten poltert. Mochten sie ihn sich nehmen, sein Kopf sitzt fest! Kopf und Motor! Soll er die Erbsen wegwerfen oder schlucken? Hölle oder Paradies?

59

Wenn wir ein Telefon hätten, wüßte ich längst Bescheid. Mikola hätte angerufen, oder ich hätte ihn angerufen und wäre beruhigt.

Ludmilla hat kaum geschlafen. Ihr gingen alle möglichen dummen Gedanken durch den Kopf. Das Gewissen quälte sie und auch die Angst: Wenn nun Wassil schwatzen würde? Warum hat sie das nur zugelassen – gleich von der Schwelle ins Bett? Was hat sie erreicht, was hat sie davon gehabt? Welche Probleme gelöst? Er hat ihr etwas versprochen, um sie loszuwerden . . . Weder Zärtlichkeit noch Wärme, noch die langersehnte Leidenschaft . . . Als ob das nicht mit ihr passiert wäre, als ob sie zufällig fremde Intimitäten beobachtet hätte. Nein, das ist wirklich nicht mit ihr passiert. Nicht mit mir! Wie ich war, so bin ich geblieben. Wenn Mikola kommt, fahren wir nach Gorodischtscha, und alles ist vergessen, Vergangenheit. Und damit basta.

Als Ludmilla sich etwas beruhigt hat, macht sie das Frühstück für Tarassik.

Er ißt unlustig, nur weil Mutter es wünscht und damit sie nicht schimpft. Er zupft mit der Gabel aus dem großen Spiegelei vor ihm auf dem Teller kleine Häppchen, und es wird eine Blume mit gelber Mitte . . . Doch Mutter bemerkt es nicht, sie näht einen Knopf an seine Schuljacke.

«Bitte Marta Kirillowna, daß sie dich heute nach der vierten Stunde gehen läßt, sag ihr, wir fahren alle zu Großvaters Totengedenkfeier, und komm rasch nach Haus. Male nicht auf dem Asphalt herum! Du hast soviel auf dem Kerbholz, daß du von Vater sicher bald mal was abkriegst.»

«Vor Vater hab ich keine Angst ... Wo ist Olesja, Mutter?»

«In der Fachschule.»

«Ich hab ihr gestern eine Zeichnung aufs Kopfkissen gelegt, die liegt noch immer dort.»

«Das geht dich nichts an. Sie hat bei mir auf der Couch geschlafen. Los jetzt, ab in die Schule, sonst kommst du zu spät ...»

60

Alexander Mirowitsch wird von einem kleinen Sonnenstrahl geweckt, der sich auf dem Goldenen Stern am Aufschlag des dunkelgrauen Jacketts über der Stuhllehne spiegelt. Kindheitserinnerungen sind doch etwas Schönes! Wenn er gestern abend nicht so viel Kaffee getrunken hätte ... Der Sonnenstrahl ist wie Mutters Hand im Morgengrauen, warm und zärtlich ... Wieder sieht er sich als barfüßigen Halbwüchsigen im kalten Tau ... Mawra – jede Kuh hieß zu Hause so – zupft das Gras, schlägt faul mit dem Schwanz um sich und stampft mit den Hufen. Da endlich läßt sie warme Fladen ins Gras fallen, und er stellt sich mit den bloßen Füßen hinein ...

Er hat sich gestern abend gerade im rechten Moment dieser Geschichte erinnert! Hat gefürchtet, daß das Akademiemitglied und seine Frau ihn nicht verstehen und höflich schweigen werden, aber er hat ins Schwarze getroffen und den Jubilar gerührt. Jetzt wird er sich bei jeder Begegnung daran erinnern, diesen Zug hat er: Kann einen Menschen für eine Kleinigkeit liebgewinnen oder hassen.

Er hört, wie Olga und ihre Tochter Iwanka nach dem Frühstück das Geschirr in der Küche abräumen, wie der Schwiegersohn nach dem Autoschlüssel sucht, wie hinter ihnen die Tür ins Schloß fällt, dann dringt der Duft von gut geröstetem brasilianischem Kaffee durch den Türspalt in das Arbeitszimmer. Er kann noch etwas liegenbleiben ...

Alexander schließt die Augen und dreht den Kopf so, daß der kleine Sonnenstrahl ihm den Nasenrücken wärmt. Wieder stellt er sich jenen barfüßigen Jungen vor. So liegen und an nichts anderes denken... Nur ist um vierzehn Uhr Kollegiumssitzung im Ministerium, über die Umgestaltung des Arbeitsstils im Energiewesen ... Der Wald rauscht ... Mawra... Der neue Minister wird alles auf seinen Vorgänger abschieben, und alle werden zustimmend nicken, wie die Pferde an einem heißen Tag um die Mittagszeit... Die ersten Bremsen stechen Mawra, sie wehrt sie mit klatschenden Schwanzschlägen ab... Wie das Trillern der Nachtigall klingt es, als das kleine japanische Telefon läutet. Diese Nummer ist nur der Direktion und der Hauptabteilung Atomenergie im Ministerium bekannt. Wenn sie doch die Kollegiumssitzung absagen würden! Er würde in den Vorortzug steigen, auf die Datsche fahren, durch den Frühlingswald schlendern... Das Telefon zirpt weiter. Sollten sie die Kollegiumssitzung wirklich absagen? Er streckt die Hand aus.

«Am Apparat. Ja... Mirowitsch! Heute ist der sechsundzwanzigste April und nicht der erste. Mit Ihrem Scherz, noch dazu einem so dummen, kommen Sie etwas zu spät! Pawel Grigorjewitsch, das ist unmöglich! Das ist Lüge! Oder eine bewußte Diversion! Ich komme sofort!»

61

Fjodor geht durch den Wald und schleppt einen roten Gasballon auf der Schulter. Ausgerechnet heute mußte das passieren: Morgens verlöschte die Flamme unter dem Topf mit Sülze und Kraut. Mutter wartete, daß das Kraut garte, dabei war der Kochtopf bereits kalt.

Er nahm heimlich eine Halbliterflasche Wodka aus der Kiste, die sie vor der Beerdigung besorgt hatten, schulterte den leeren Ballon, schleppte ihn zum Fluß, band das Boot los und ruderte zum anderen Ufer. Der Fahrer, der mit dem Lastwagen die Gasballons in die Dörfer bringt, sah die Flasche, begriff sofort, daß dieser stumme Bursche aus Gorodischtscha keinem etwas ausquatschen konnte, und verkaufte ihm bereitwillig einen neuen Ballon.

Fjodor ist müde. Die unbequeme Last reibt die Schulter und drückt, aber er geht vorsichtig weiter über die Wurzeln. Vor sich sieht er bereits den Friedhof von Gorodischtscha und die alte verlassene Hütte, die sich schon viele Datschenbewohner angesehen haben, um sie zu kaufen, doch alle schrecken die Gräber und Kreuze direkt gegenüber, man sieht sie sogar aus dem Fenster. Die Füchse sind da anders, die überwintern hier schon das dritte Jahr.

In der Stadt hat irgend etwas gebrannt. Sicher haben sie das Feuer schon gelöscht. Da leben so viele Menschen, die sind wahrscheinlich herbeigelaufen und haben alles mit Wasser begossen. Bestimmt ist auch Griz mit seinen Jungs dabeigewesen. Ich muß ein wenig verschnaufen, ich kann nicht mehr. Die Schulter ist schon ganz wund ...

Maria geht hinaus, um Mawra zu melken, aber das Euter der Kuh ist hart und schmerzt offensichtlich, denn das Vieh senkt unzufrieden die Hörner und läßt die alte Frau nicht an sich heran.

«Es ist doch noch zu früh, Mawruscha, weshalb hast du's so eilig? Trag's noch ein wenig, bis anständiges Gras wächst, jetzt gibt's nur Brennesseln und Wermut. Ich geb dir gleich was Warmes zu saufen, wart, bis Fjodor das Gas bringt ...»

Die Milch ist dick, als hätte sie im Ofen gestanden, an den Wänden des Melkeimers setzt sich Sahne ab.

«Sei nicht so geizig, Mawruscha, 's ist doch für die Kinder, die kommen heute, sollen wenigstens richtige Milch trinken, nicht immer die dünne Brühe aus dem Laden ...»

Mit Müh und Not füllt sich der Melkeimer zur Hälfte. Maria kommt mit dem Melkschemel aus dem Stall. Der junge weiße Hund schmiegt sich an sie, jault, blickt zu ihr auf, als suche er Schutz vor einem unsichtbaren Hundejäger mit Gewehr. Maria versetzt ihm einen derben Fußtritt, aber er umschmeichelt sie weiter.

«Laß das, Faulpelz! Könntest wenigstens Spatzen auf den Beeten jagen, bevor sie die ganze Saat herauspicken. Wir haben dir zuviel Wurst gegeben, nun bist du faul und obendrein feige. Laß nur, bald kommen die Enkelkinder. Ich geb dir keine Milch, kannst heute drauf verzichten, brauchst gar nicht so zu betteln.»

Die Schulkinder haben sich an der Straßenkreuzung auf dem Platz von Gorodischtscha eingefunden. Eine eigene Schule gibt es in Gorodischtscha nicht mehr. Die Kinder fahren oder laufen ins Nachbardorf nach der Wissenschaft. Wie sie hinkommen, das ist ihre Sache: Der Brigadier, der an Gedächtnisschwund leidet, vergißt sie ständig. Die Kinder aus Gorodischtscha werden nicht einmal mehr ausgeschimpft, wenn sie zu spät zum Unterricht kommen. Ein Lastwagen mit Kunstdünger nähert sich. Die Kinder umringen ihn, klettern hastig auf den Wagen, die älteren ziehen die jüngeren an den Händen hoch, die zappeln wie kleine Frösche mit den Beinen in der Luft. Sie setzen sich, und der Laster fährt an.

Maria hat die Hühner aus dem Hühnerstall gelassen und klopft für sie Maiskörner aus den Kolben. Dabei läßt sie keine Minute den Blick von der Straße: Der Autobus aus der Stadt muß jeden Moment kommen.

62

Im Park dreht sich das Riesenrad. Langsam, ruckend, als würde es mit der Hand angetrieben. Drei Mädchen sitzen, jedes für sich allein, in einer Gondel.

Ein mit bunten Bändern geschmückter Wagen, auf dessen Kühler mit dem Rücken zur Windschutzscheibe eine Puppe sitzt, hält an. Braut und Bräutigam steigen aus.

Der Fotograf, der die Ehrentafel mitgestaltet hat, schiebt sich ebenfalls aus dem Wagen. Er stellt das Objektiv auf die Brautleute ein, die Braut nimmt Haltung an und hakt den Bräutigam unter. Sie legen Blumen am Grabmal der im Krieg gefallenen Soldaten nieder.

Nächste Haltestelle: Palast für Eheschließungen.

Ein Wagen sprengt die Straßen der Stadt. Der Wasserstrahl trifft ein Plakat, das zur Teilnahme am heutigen Geländelauf auffordert. In zwei ungleichmäßigen Rinnsalen läuft die Farbe übers Papier.

Natalka rollt einen alten Autoreifen unter ein Fenster, um ins Krankenzimmer blicken zu können.

Sie scheint allem, was in dieser Nacht geschehen ist, entrückt. Es war so seltsam und rätselhaft wie das Schicksal selbst, und sie ist nur ein Staubkörnchen, das der Wind mutwillig vor sich hertreibt. Hier in der Stadt hat sie nur Griz. Ihm ist ein Unglück zugestoßen. Drum will sie jetzt nur eins: ihn sehen, um sich davon zu überzeugen, daß er da ist. Jetzt lebt sie einzig, um in Erfahrung zu bringen: Es gibt ihn – in all dem Durcheinander, in Wahnsinn und Leid. Sie muß ihn sehen, danach wird sie an sich denken. Griz lebt – das ist ihr Halt, ihre Rettung, der Sinn ihres Lebens. Solange sie ihn nicht sieht, ist sie zu keiner Tat fähig. Lebt sie selber nicht.

Die Glastüren des Kaufhauses «Energetiker» öffnen sich. Die Kundinnen strömen hinein.

«Monatsende, vielleicht bringen sie ein paar anständige Sachen in den Verkauf . . .»

«Ich hab gehört, sie haben Damenschuhe gekriegt, haben den Plan nicht erfüllt . . .»

«Wenn wenigstens Quartals- oder Jahresende wäre . . .»

«Unseren Schuhproduzenten müßte man die Finger einzeln brechen.»

«Im Kraftwerk soll ein Rohr geplatzt sein, einige Operateure haben sie mit starken Verbrennungen ins Krankenhaus geschafft.»

«Für die werden das schöne Feiertage. Gott steh ihnen bei.»

«Wo sind eigentlich die Waren, die sie uns immer im Fernsehen zeigen? Die tragen sicher die Sprecher . . .»

«Versuch mal, mit dem Wirtschaftsgeld auszukommen, wenn du alles nimmst, was der Handel rausbringt. Im Sommer kaufst du einen Wintermantel und im Winter Sandalen.»

«Wenn im Kraftwerk ernsthaft was passiert ist, könnten sie wenigstens Mangelwaren verkaufen. Die verderben doch sowieso . . .»

«Sie verkaufen Herrenhemden mit Schulterstücken für den Sommer!»

«Na, ich bin geschieden, jetzt hab ich halb soviel Sorgen. Versuch mal, was für einen Mann zu kaufen. Seit zwei Monaten bin ich frei wie der Fisch im Wasser und der Vogel am Himmel . . .»

«Nicht so eilig, Gutste, was wirst du in zwei Jahren sagen? . . .»

«Stimmt. Die Männer haben gegen die Deutschen gekämpft und nehmen jetzt die ganze Strahlung auf sich. Was sind wir ohne sie? Schlangestehn ist halb so schlimm . . .»

«Wenn bei uns im Land alles so weitergeht, wie es angefangen hat, dann wird endlich Ordnung geschafft. Dann kommen auch wir an die Reihe.»

«Ob wir das noch erleben?»

«Es gibt keinen anderen Ausweg, Kind . . .»

63

Ein paar Hubschrauber tauchen am Himmel auf und landen am städtischen Strand, Wind und Sand aufwirbelnd. Sie fliegen so tief, daß man die Gesichter der Piloten mit den Atemgeräten erkennen kann – die erinnern an die Nüstern von Flußpferden. Wer sie sieht, wendet sich unwillkürlich ab. Die Kindergärtnerin treibt die Kleinen vom Spielplatz rasch ins Haus zurück.

Nach einigen Minuten steigen die Hubschrauber wieder in den Himmel auf, die Motoren dröhnen. Sie heben an langen Trossen riesige Schleppnetze in die Luft, die mit großen, dikken Säcken vollgestopft sind. Einige Säcke platzen, und goldener Flußsand rieselt auf die Stadt. Die Netze schaukeln mit ihrer Fracht. Die Menschen auf den Straßen suchen in den Hauseingängen Zuflucht. Ein Netz wäre beinahe am Riesenrad hängengeblieben, es streift die oberste Gondel, der Bucklige flüchtet sich rasch in sein Häuschen.

An der Biertonne und dem großen Mangal, auf dem Schaschlyk gegrillt wird, geht es lebhaft zu. Stepan, der gierig drei Biergläser nacheinander hinunterschüttet, holt tief Luft, steckt sich eine Zigarette an und läßt sich nicht weit von der Tonne auf einer leeren Parkbank nieder. Über dem vollen Bierglas kreist eine Wespe, er vertreibt sie mit einer Handbewegung und bläst ihr eine dicke Tabakwolke nach.

Aus einem Schleppnetz am Hubschrauber fällt mit dumpfem Laut ein Sack dem Mann dicht vor die Füße, der sich als letzter in der Schlange nach Bier angestellt hat.

«He! Dir ist was aus der Tasche gefallen! Was Großes. Etwa die Geldbörse?» ruft ein rothaariger Bursche und wischt sich den Bierschaum von den Lippen.

«Die haben einen Sack Zärten abgeworfen. Mach dich man drüber her», gibt ein alter Mann zurück und beißt ins Schaschlyk.

64

Tarassiks Lehrerin ist nicht zum Unterricht gekommen. Erst denken alle, sie verspätet sich, lärmen und machen Unfug. Zweimal blickt der Direktor zur Klassentür herein, die Kinder verstummen, setzen sich auf ihre Plätze, doch es kommt keine Vertretung, und so vertreiben sie sich weiter mit Raufereien die Zeit.

Marta Kirillowna bleibt aus. Nach der Pause kommt Tolja aus der zehnten Klasse zu ihnen. Er ist der Kapitän der Basketball-Schülermannschaft, die Schüler in der Unterstufe fürchten ihn mehr als die Lehrer. Tolja nennt die Schulstunde Zivilverteidigung, bringt in einem grünen Beutel eine Schutzmaske mit und zeigt ihnen, wie man die Gummimaske mit dem Rüssel und den Glasaugen über das Gesicht zieht. Zuerst führt er es an sich selbst vor, und alle lachen. Jeder muß an die Tafel kommen und zeigen, wie er die Schutzmaske aufsetzt, jedesmal wird gelacht, aber Tolja geht zwischen den Schulbänken auf und ab, die Kinder verbeißen sich das Lachen und halten sich den Mund zu. Alle sind zufrieden – das ist vielleicht eine lustige Schulstunde, solchen Lehrer könnten sie ruhig bis zu den großen Ferien behalten!

Nach der zweiten Pause darf die Klasse nach Hause gehen, jeder bekommt zuvor noch eine Tablette «gegen Grippe», aber nur die vier Bestschüler nehmen sie ein, sie ist sehr bitter. Die anderen bewerfen sich mit diesen abscheulichen Pillen, gut, daß weder eine Lehrerin noch Tolja in der Nähe sind.

Tarassik hat in der Schule nichts gemalt, doch als er schon fast zu Hause ist, kann er sich nicht beherrschen und verbraucht alle bunten Kreidereste. Auf dem Asphalt bleiben seine Malereien zurück: Kinder in Schutzmasken mit Rüsseln, wie kleine Elefanten . . .

Eilig läuft er heim, sie wollen ja zu Großvater fahren.

65

«Griz ist nicht da. Ich bin zur Feuerwehr gelaufen, aber dort sind nur welche aus Kiew und aus den Nachbarbezirken. Die wissen nichts.» Odarka wendet den Blick ab, weil sie Ludmilla jetzt angelogen hat: Ein Feuerwehrmann hat ihr nämlich gesagt, daß alle, die als erste zum Feuerlöschen eingesetzt worden sind, schon im Krankenhaus liegen.

«Was soll nur mit uns werden? Was soll werden, wenn das alles stimmt?» stöhnt Ludmilla.

«Wir haben wenigstens ein bißchen vom Leben gehabt. Hatten Freude und Schmerz. Aber die Kinder, die Kinder ... Was wird aus denen? Was erwartet die? Wie sollen wir sie retten? Wo sie verstecken? Ich hab von einem unsrer Chefs gehört, daß die ganze Stadt evakuiert werden soll.»

«Wer braucht schon Waisenkinder? Für alle finden sich nicht solche Stiefmütter, wie du eine bist. Und wir selbst – wir haben gerade angefangen zu leben, sind ein bißchen auf den Geschmack gekommen.» Ludmilla verstummt.

«Mutter, nun komm doch schon zu Großvater und Puschok», bettelt Ruslan.

«Ja, Kinder, wir fahren gleich, Großmutter macht sich sicher schon Sorgen», erwidert Odarka und freut sich im stillen, daß sie Mutter ist und der Schwägerin wegen der «Stiefmutter» nicht zu zürnen braucht. «Ludmilla, lauf ins Krankenhaus, man sagt, es wurden viele eingeliefert, sie haben keine freien Betten mehr, sogar die Wöchnerinnen wurden entlassen ...»

«Olesja ist mit Roman unterwegs. Wahrscheinlich sind sie schon bei Großmutter. Roman paßt auf sie auf, da mache ich mir keine Sorgen. Odarka, wart auf Tarassik und zieht los, ich geh am Krankenhaus vorbei und dann in die Kaufhalle, dort wissen sie alles.»

«Ich geh mit den Kindern geradewegs durch den Wald, ich kenn den Weg. Wir umgehen diese verfluchte Strahlung. Hat dir Mikola nicht erzählt, was das ist und was man dagegen macht?»

«Alexander weiß mehr, er hat bloß nie drüber geredet. Wenn unsere Direktorin heute in die Kaufhalle kommt, erfahre ich alles.»

«Wenn sie wenigstens etwas über den Stadtfunk sagen würden. Was wir machen sollen, wie wir uns schützen können. Wo wir doch mit den Kindern zu Hause sitzen ... Dann gäbe es weniger Gerüchte, keine Redereien und nicht soviel Angst. Es läßt sich doch sowieso nicht verbergen ...»

«Odarka, du warst und bleibst ein Dorfweib. Bevor sie das machen, müssen sie erst in Kiew anrufen und um Erlaubnis fragen, und die in Kiew müssen beraten, ob man über *so etwas* im Rundfunk sprechen darf. Dort überlegen sie, ob's Sinn hat, die Leute aufzuregen, und außerdem sickert's dann gleich ins Ausland durch. Das ist Politik, Odarka, und wo es um Politik geht, muß man alles abwägen, das ist was andres als den Hof kehren.»

«Geh mal bei Goloborodkos vorbei, vielleicht sagt Wassil die Wahrheit. Ist immerhin einer aus unserem Dorf und so was wie ein Verwandter ...»

«Wenn mein Mikola bloß am Leben ist, und wenn er ein Krüppel ist! Wer braucht mich denn sonst? ...» sagt Ludmilla unerwartet kläglich. Es ist bereits Mittag, Mikola aber ist noch immer nicht zurück. Und keine Menschenseele weit und breit außer dieser Dorfstrunze, die glücklich ist, weil sie zwei fremde Kinder aufziehen kann und einen gestandenen Säufer zum Mann hat. Wassil ist auch gut, hätte wenigstens vorbeikommen und Bescheid sagen können ... Na ja, aus den Augen, aus dem Sinn ...

«Wenn bloß unser Mikola lebt, wenn er bloß lebt ... Meiner ist so schlimm, und trotzdem tut er mir leid. Ist seit dem frühen Morgen verschwunden, vielleicht haben sie ihn auch dorthin geholt ...»

66

Mühsam bahnen sich die Autobusse durch die Menge auf dem Hof des Krankenhauses einen Weg. Die Fahrer hupen, lehnen sich hinaus, reden auf die Menschen ein, schimpfen.

Der Asphalt ist in der Hitze aufgeweicht, die Frauen mit Absatzschuhen gehen barfuß. Unkenntnis, Gerüchte, Gemunkel haben auch die hierhergetrieben, deren Angehörige nach der Havarie zur Arbeit geholt wurden oder die morgens ahnungslos zur Schicht gefahren sind.

Die Krankenhaustür öffnet sich. Die Menge summt aufgeregt, kommt in Bewegung, ein Kind wird hin und her gestoßen und hockt plötzlich unmittelbar vor den Rädern eines Autobusses. Die Mutter schreit hysterisch.

Der unrasierte Chefarzt steht apathisch in der Tür. Vielleicht wollte er etwas sagen oder die Leute um etwas bitten, doch ein Hustenanfall überkommt ihn, er winkt müde ab und verschwindet wieder im Krankenhaus.

Natalka hat sich zur Krankenhaustreppe durchgearbeitet. Vor ihr steht ein alter Mann mit Holzbein; immer wieder tritt er ihr auf den Fuß, aber sie spürt nicht den Schmerz. Dauernd pufft sie jemand in den Rücken, aber auch der ist fühllos geworden.

«Frauen! Liebe Frauen! Laßt mich durch, mein Mann . . .»

«Schrei mir nicht so in die Ohren! Ich hab dort meinen Sohn. Den einzigen! Ich will ihm wenigstens ein Wort sagen! Er hört mich, hört mich ganz gewiß . . .»

«Sie dürfen nicht so dicht an sie heran! Und noch dazu mit einem Kind. Die sind doch alle verstrahlt!»

Die Kranken, die sich noch bewegen können, schwanken einer nach dem anderen durch den schmalen Gang, den die Menschen bilden. Sie sehen apathisch aus, gehen wie blind, gleichgültig für alles, aber sie gehen, weil es die Ärzte so angeordnet haben.

«Viktor! Ich habe dir einen neuen Anzug gekauft!»

Ein junger Bursche mit schwerem glasigem Blick, den eine Pflegerin stützt, verhält für einen Augenblick den Schritt und scheint etwas schmerzhaft Bekanntes, längst Vergessenes zu vernehmen. Doch er erinnert sich nicht. Den Blick gesenkt, geht er weiter. Eine junge Frau mit fleckigem Gesicht, offenbar seine Frau, sucht sich aus Leibeskräften durch die Menge zu drängen, um den Mann noch einmal beim Einsteigen in den Autobus zu sehen. Doch es gelingt ihr nicht: Sie kann sich nicht mit den Ellbogen den Weg bahnen, sie hat die Hände schützend über den hohen schweren Leib gelegt.

Natalka sieht Griz noch nicht, sie steht da, ungeduldig, wie auf glühenden Kohlen: Jetzt! Jetzt! Gleich muß er kommen! Er muß! Und wird sie erkennen!

Da!

Zwei Leute stützen Griz. Das zerzauste Haar hängt ihm wirr in die Augen. In dem zu knappen gestreiften Pyjama wirkt er besonders grauenerregend. Als er im Hof so viele Frauen erblickt, bleibt er stehen und befreit sich aus den Griffen der Pfleger: Was wollt ihr, ich kann selber gehen ... Ein gequältes Lächeln entstellt sein fahles Gesicht.

«Großer Gott, gibt es in unserer Stadt wirklich so viele schöne Frauen? Herrlich wie Rosen! Das hab ich nicht gewußt, komm in solchen Lumpen raus ...»

Natalka schreit wild auf, hört jedoch die eigene Stimme nicht, keiner hört sie, denn der Schrei erstirbt ihr in der Kehle.

Die Pfleger stützen Griz, müde fällt er in sich zusammen und schleppt sich mit tiefgesenktem Kopf weiter. Plötzlich schaut er sich um und erblickt Natalka.

«Wir haben es trotzdem gelöscht. Haben den dritten Reaktor vorm Feuer geschützt. Hörst du, Natalka? Ich bin gesund! Die Strohköpfe wollen das nicht begreifen. Ich komm bald zurück. Alexanders Olga läßt mich nach Hause. Behüte unseren Kleinen ...»

Nun werden die aus dem Krankenhaus getragen, die nicht mehr gehen können, die Pfleger schieben die anderen behutsam vor sich her. Natalka versucht, sich durch die Menge zu drängen, Griz' Gesicht entschwindet, dieses so vertraute, so furchtbar fremde Gesicht ...

Sie helfen ihm aufs Trittbrett des Autobusses, er zögert, schaut sich jedoch nicht um. Nur seine Schultern sacken ab, und der Krankenhauspyjama scheint ihm jetzt sogar zu groß zu sein. Die Sanitäter halten ihn, er steigt in den Bus mit den verhängten Fenstern.

So ein vertrautes, so ein furchtbar apathisches Gesicht. Was hat diese verfluchte Nacht bloß aus ihm gemacht? Warum habe ich nichts geahnt, warum hat nicht alles in mir geschrien: Das sind die letzten Minuten! Ein einziger Augenblick, und wir sind andere Menschen, anders auf ewig!

«Tolja! Andrejewitsch! Elvira holt nur das Kind. Sie kommt gleich wieder! Bewege die Lippen, dann weiß ich, daß du mich hörst, Elvira war immerzu hier!»

«Ignatenko! Wasja! Was soll ich Galja im Dorf sagen?»

«Sag, daß wir gestern eine Wohnung bekommen haben! Sie soll die Einweisung am Montag im Stadtsowjet abholen. Und einziehen ... Ohne ... mi ...»

«Wir schicken nur die schwersten Fälle nach Moskau in eine Spezialklinik! Die übrigen bleiben hier! Behindern Sie nicht unsere Arbeit, gehen Sie zur Seite», bittet der Chefarzt, als der letzte Kranke hinausgetragen wird, aber seine Stimme ist nur wie ein Raunen über den Köpfen. Sie geht unter in der Menge, im Stöhnen, in den Seufzern, im allgemeinen Tumult.

«Pawlik! Ich verzeihe dir alles! Ich dumme Gans, ich war an allem schuld!»

«Habt ihr Leletschenko gesehen? Was ist mit ihm? Sagt die Wahrheit! Ich bin auf alles gefaßt ...»

«Ich bringe nur die Kinder zu Mutter und fliege sofort zu dir nach Moskau!»

«Was hast du bloß gemacht? Morgen hat unsere Tanja Hochzeit!»

Eine Frau mit einem Kind auf dem Arm hat sich durch die Menge zu ihrem Mann gedrängt. Er liegt auf einer Tragbahre, im letzten Augenblick versperrt ihr ein Arzt den Weg.

«Zurück! Denken Sie an das Kind! Er ist doch verstrahlt! Geben Sie dem Kind sofort ein Glas Milch, drei Tropfen Jod, und verlassen Sie das Haus nicht mehr!»

Krankenschwestern schleppen große Pakete mit Medikamenten, Mappen mit den Krankengeschichten, den Ergebnissen der ersten Untersuchungen und den Diagnosen. Olesja hat einen großen Beutel mit Medikamenten geschultert. Sie kommt als letzte. Hände zerren den Beutel in den Bus. Im letzten Augenblick springt sie auf, als sich die Türen schon schließen. Ihr Fuß ist eingeklemmt. Wortlos schiebt sie mit den Händen die eine Türhälfte auf, man sieht ihr weißes Häubchen über den Vorhängen im Bus.

Die Fahrer schalten die Scheinwerfer ein. Jetzt erst bemerken alle, daß es dunkel geworden ist.

Die Frauen drängen sich um den Bus, ein paar von Qual und Leid gezeichnete Gesichter blicken aus den Fenstern. Stumpfe Blicke, geraunte Worte, schwaches Winken.

Ludmilla stößt rücksichtslos alle mit den Ellbogen beiseite und stürzt zum Bus. Sie ist im Kaufhaus gewesen und hat dort Dinge erfahren, die sie sofort zum Krankenhaus trieben. Sie hat ihre Schuhe und das Kopftuch unterwegs verloren. Sie würde bis in die Hölle vordringen, nur um sich Gewißheit zu holen, daß Mikola lebt.

Ein Milizwagen mit Blaulicht bahnt den Autobussen langsam den Weg, die Motoren heulen. Allmählich weichen die Menschen zurück, schützend halten sie im grellen Scheinwerferlicht die Hände vor die Augen.

Ludmilla dringt zu den Bussen vor, sie trommelt mit beiden Fäusten an die Fenster:

«Mikola! Mikola! Geh zu Olga! Sie hilft dir!»

Über dem Vorhang taucht Olesjas erschöpftes Gesicht auf. Als sie die Mutter sieht, läßt sie das Fenster ein bißchen herab und preßt die Lippen an den schmalen Spalt.

«Vater ist nicht hier. Weder hier noch im Krankenhaus. Suche ihn, such ihn im Kraftwerk!»

«Und du, wohin fährst du?»

«Such ihn im Kraftwerk! Hier ist Onkel Griz . . .»

«Steig aus! Was machst du?»

«Ich fahre bis Borispol mit, Onkel Griz . . . Such Vater, such ihn!»

Ludmilla läuft hinter dem Autobus her, aber sie hört nicht mehr die Worte der Tochter, prallt mit einer alten Frau zusammen, beide fallen hin. Jemand hilft ihnen beim Aufstehen, aber die Wagenkolonne hat bereits den Hof des Krankenhauses verlassen. Voran fährt ein Milizwagen, die Busse legen Geschwindigkeit zu und rasen davon in Richtung Kiew.

Der Hof des Krankenhauses leert sich. Langsam gehen die Menschen auseinander, einige drängen sich an der Treppe, wo die Listen derer ausgehängt werden sollen, die von der Havarie betroffen worden sind.

67

Der Traktorist Archip kommt von der Viehfarm. Das Silofutter, das er für die Kuh gestohlen hat, fällt vom Wagen, der Schmutz, der an den Rädern des Traktors klebt, spritzt hoch.

Fjodor gibt ihm ein Zeichen – er soll anhalten, aber Archip tut, als sehe er ihn nicht. Fjodor läuft hinter dem Anhänger her, holt ihn jedoch erst ein, als der Traktorist vor seinem Anwesen hält. Fjodor bittet ihn (selbst ein Kind hätte die Gesten verstanden): Komm, bring mich mit deinem Motorrad wenigstens bis zur Landstraße, dort warten meine Brüder und die Schwester. Aber Archip versteht nicht. Fjodor bittet noch einmal. Langsam. Dann schreibt er mit dem Finger in den Sand: «Nur bis zur Landstraße.»

«Jetzt versteht man kaum die Normalen, da hängt sich dieser Taubstumme noch wie eine Klette an einen . . .» Fjodor liest die Worte von Archips Lippen ab, mit denen der die erloschene Zigarette hält.

Maria ist in den Keller hinabgestiegen, um eingelegte Tomaten zu holen. Sie rutscht auf den Stufen aus, kann sich jedoch im letzten Moment mit der Hand an der Wand halten.

«Iwan, wie oft hab ich dich gebeten, den Keller zu zementieren. Nun bist du drüber gestorben, hast immer keine Zeit gehabt . . .»

Sie beugt sich in der Dunkelheit über das Faß mit den Tomaten. Sie nimmt nur welche, die weder weich noch geplatzt sind. Von der Salztunke brennt der Riß am Finger, und das Kreuz schmerzt, wenn sie sich aufrichtet, um die Tomaten in den Topf zu legen. Da regt sich etwas zu ihren Füßen.

«Was rennst du heute bloß überall rum, Hundevieh? Was ist?»

Ihre Augen haben sich an die Dunkelheit gewöhnt, und sie erkennt zu ihren Füßen ein schwarzes Knäuel.

«Ach, Iwan, deine Seele ist es, die mir nachkommt. Hab ich mich etwa gegen dich versündigt?»

Maria empfindet weder Angst noch Freude oder Abscheu für dieses seltsame Geschöpf, das sich da auf dem Boden bewegt. Behutsam nimmt sie es auf den Arm – es ist glitschig, behaart, atmet und zuckt ängstlich –, wickelt es in den Rocksaum und trägt es hinauf.

«Willst dein Haus besuchen oder mich holen, Iwan? Hast es ja so eilig damit. Als du jung warst, hast du mich oft ganz vergessen, jetzt kannst du nicht einmal neun Tage warten.»

Sie schaltet das Licht nicht an, in der Stube ist es dämmrig, die Wanduhr tickt, im Radio auf der Veranda wird über die Aussaat in der Ukraine berichtet.

Maria setzt das Tierchen auf den Fußboden.

«Hast im Keller gefroren, Iwan? Wärm dich auf. Der Tisch ist gedeckt, greif zu. Die Kinder haben uns vergessen. Nicht einmal Odarka ist gekommen. Es ist überhaupt kein Bus aus der Stadt gekommen. Müssen also warten. Das ist nun einmal das Schicksal der Alten: warten. Auf den Besuch der Kinder und auf unseren Tod.»

Sie schließt die Tür zur großen Stube und geht zurück in den Keller, um den Topf mit den eingelegten Tomaten zu holen.

68

Vor dem Haus, in dem Mikolas Wohnung liegt, hält ein Shiguli mit eingedrücktem Kofferraum. Goloborodko schaltet das Licht ab und wartet schweigend, bis das elektrische Feuerzeug glimmt. Dann zündet er sich eine Zigarette an und sagt zu Netschiporenko, der neben ihm sitzt:

«Geh, nun geh schon! Du begibst dich ja nicht in die verseuchte Zone, sondern in die Wohnung deines Untergebenen. Des ehemaligen ...»

«Das ist noch schlimmer, Wassil Petrowitsch ...»

«Geh man, Chef. Und sag die Wahrheit. Jetzt können wir nicht mehr lügen. Selbst in Moskau wissen sie: Zwei Mann sind umgekommen, Mirowitsch und Paliwoda. Geh!» Goloborodko stößt Netschiporenko fast aus dem Wagen.

«Und wenn sie fragt, wer mich geschickt hat?»

«Die Regierungskommission. Pusatsch. Mich hast du nicht gesehen.»

Unlustig steigt Netschiporenko aus. Lange steht er rauchend an der Hausecke, zertritt dann den Zigarettenstummel, wischt sorgfältig mit der Schuhsohle darüber und betritt zögernd das Haus.

69

Die ersten Kilometer sind die Kinder brav hinter Odarka hergelaufen und haben sie sogar überholt, dann begann Lida zu jammern, sie hat sich den Fuß wund gelaufen. Odarka trägt die Kleine huckepack. Dann bleiben Tarassik und Ruslan zurück. Jetzt beginnt der graue Waldweg, auf dem hier und da das junge Grün sprießt. Odarka rinnt der Schweiß in die Augen und macht sie blind. Müdigkeit und Angst überkommen sie: Bloß nicht hinfallen, bloß nicht die Nacht im Wald verbringen! Sie bettet die schläfrige Lida unter einen Baum und geht zurück, den Jungen entgegen. Ihr tun alle Knochen weh, sie will nur eins: sich ausstrecken und die Augen schließen. Sie lehnt sich mit dem Rücken an einen Kiefernstamm, verschnauft und geht weiter.

Sie reißt das große Umschlagtuch in zwei Hälften, knüpft es zu einem Beutel, setzt Tarassik und Ruslan hinein, schultert ihn und nimmt Lida auf den Arm. Odarka kommt in der Dunkelheit vom Weg ab und verirrt sich. Sie will schon Laub sammeln und mit den Kindern im Wald übernachten, da kommt sie auf eine Lichtung, die vor kurzem kahl geschlagen wurde. Im Mondschein leuchten hell die Baumstümpfe, frische Äste liegen herum, und Holzstöße warten auf den Abtransport.

Odarka setzt die Kinder ab, verschnauft, blickt sich aufmerksam um und erkennt allmählich die Gegend. Sie ist im Kreis um Gorodischtscha herumgelaufen, hätte sich am Fluß orientieren müssen; wenn sie sich nicht verirrt hätte, wäre sie bereits zu Hause ... Sie geht über die Lichtung. Zwischen dem aufgestapelten Holz erblickt sie ein mit Stämmen beladenes Fuhrwerk. Das Hinterrad ist kaputt, eine Speiche gebrochen. Sie lädt das Holz ab, setzt die Kinder aufs Fuhrwerk, spannt sich davor und zieht den Wagen den ausgefahrenen Waldweg entlang ... Irgendwohin wird er schon führen ...

Die Uhr in Marias Haus zeigt Mitternacht.

Maria sitzt am Fenster. Sie hat die Gardine zurückgeschoben und starrt zum Hoftor. Der kleine Maulwurf regt sich in der Ecke unter der Wattejacke. Der Keller ist nicht zementiert, da ist das Tier aus seinem Loch gekrochen. Morgen wird ihn Maria zurücktragen.

Einige Altersgefährten von Iwan waren gekommen, um seiner zu gedenken, sie blieben nicht lange, in der Stadt soll ein Unglück geschehen sein. Ihre eigenen Kinder sind auch nicht gekommen. So gedachten sie des verstorbenen Freundes, seufzten und gingen heim.

Endlich erkennt Odarka den Weg, und gleich ist ihr, als würde das Fuhrwerk leichter fahren. Sie kommt an einer alten Korndarre vorbei. Das Dach ist längst verfallen. Jetzt lagern sie hier Kunstdünger. Nun ist es nicht mehr weit, nun sind sie fast daheim.

Das Fuhrwerk rollt hangabwärts, Odarka braucht nur die Deichseln zu halten. Plötzlich fällt ihr ein: Hinter dem Hang beginnt ein neuer Anstieg, ein steiler Sandhang, und dann kommen schon die ersten Häuser von Gorodischtscha. Odarka stellt sich diesen Hang vor, sieht ihn lebhaft vor sich, jede Unebenheit, jede verwitterte Wurzel.

Sie bremst das Fuhrwerk nicht mehr, holt tief Luft und läuft, so schnell sie kann, um den Hang im Anlauf zu nehmen. Sie rennt, die Deichseln zwischen Oberarm und Körper gepreßt, das zerbrochene Rad schlingert, das Fuhrwerk knarrt, Lida schreit im Schlaf.

Sie sind über die Senke hinweg und lassen den alten Brunnen mit dem beschädigten Brunnenschwengel hinter sich. Nicht anhalten! Bloß nicht anhalten! Dann komm ich nicht mehr vom Fleck!

Maria sitzt am Tisch vor der brennenden Kerze, mit dem Gesicht zur offenen Tür. Auf ihren Knien schlummert der kleine Maulwurf, sie streichelt ihn und starrt mit Augen, die nichts wahrnehmen, in die Flamme.

Fjodor geht im Hof auf und ab, bleibt lange aus, dann hört man seinen Husten und die langsamen schweren Schritte unter dem Fenster. Maria überlegt: Heute ist Palmsonntag, die Frauen tragen Weidenkätzchen nach Iwangorod. Im vergangenen Jahr wollten sie mich mitnehmen, aber Iwan ließ mich nicht fort, er hatte damals starke Schmerzen. Morgen beginnt die Osterwoche. Die Augen schließen ... und nicht mehr aufwachen ... Dann finden sich die Kinder noch einmal ein. Dann kommt auch Alexander ...

Atemlos jagt Puschok in den Flur, seine rote Zunge hängt ihm aus der Schnauze, er jault, kratzt, blickt sich um zur Treppe, schlägt mit dem Schwanz gegen die offene Tür. Im Hof sind Fjodors schlurfende Schritte zu hören und noch andere, leichte, fremde.

Fjodor tritt mit einer Tasche ein. Im Flur steht ein junges

Mädchen. Herrgott, als hätte man sie vom Kreuz abgenommen! Das gelbe Tüchlein ist ihr in den Nacken gerutscht, die Haare sind zerzaust, ein trockenes Zweiglein hat sich in ihnen verfangen. Ihre Strümpfe sind zerrissen ... Die Lederjacke von Griz. Griz!

«Tritt ein, Kind! Sag, wie du heißt, und tritt ein. Setz dich an den Tisch. Gedenke unseres Vaters. Ruhe dich aus und dann ... erzähle.»

Jetzt läßt sich schon der ebene Weg erkennen. Noch ein paar Meter, und das Fuhrwerk wird leichter rollen. Es duftet bereits nach dem heimatlichen Gorodischtscha, der Wald lichtet sich. Die Hände sind geschwollen und eiskalt. Bloß die Deichseln nicht loslassen! Die Kinder liegen im Fuhrwerk!

Odarka spürt, wie die Deichseln nach unten drücken, gleich entgleiten sie ihren Händen, und die verschlafenen Kinder ...

Sie stürzt auf die Knie, im letzten Moment kann sie sich mit ungelenken Fingern an einer Kiefernwurzel festklammern, mit der anderen Hand stemmt sie sich gegen das Fuhrwerk. Wenn sie es jetzt losläßt, rollt es davon, dann kann sie es nicht mehr einholen.

Sie muß die Vorderachse drehen, dann kommt das Fuhrwerk zum Stehen. Das ist die Rettung. Wie oft ist sie über diese Wurzeln gegangen ...

So rettet mich doch in dieser verfluchten Nacht! Nicht mich, meine Kinder.

Maria schiebt den kleinen Maulwurf wieder unter die Wattejacke auf dem Fußboden und richtet mit den Fingern die Kerzenflamme:

«Schenk uns ein, Fjodor. Den bitteren Rest. Schenk uns den Bittersten ein.»

Natalka setzt sich an den Tisch. Da fällt ihr Blick auf das Foto von Griz an der Wand. Er blickt sie so offen an, verwegen und ironisch, er hat die Mütze in den Nacken geschoben und den Arm um eine Palme an der Meeresküste gelegt. Wie siehst du hier aus, Griz!

Was soll sie der Mutter sagen? Was?

Gespannt beobachtet Fjodor Natalka und die Mutter, er will sich kein Wort, keinen Blick, keine Geste entgehen lassen.

Er weiß: Mutter hat erraten, daß es Griz' Mädchen ist. Auch er hat sie wiedererkannt, als er sie hinter dem Friedhof traf. Sie erschrak nicht einmal vor ihm, sondern folgte ihm gehorsam und überließ ihm ihre Tasche.

«Für Vaters Seelenruhe», sagt Maria und hebt das Gläschen. Ihre Hand zittert, Maria ärgert sich darüber und über ihre schwere Arbeit. «Für wessen Seelenruhe noch, mein Kind?» Sie blickt Natalka so durchdringend an, daß die sofort weiß: Sie darf nicht lügen, diese Frau weiß alles, vielleicht sogar mehr als ich.

«Für Mikolas . . .», haucht sie, und ein trockener Husten erschüttert ihren Körper. «Griz lebt! Sie haben ihn nach Moskau zur Behandlung gebracht. Er hat mit mir gesprochen, er läßt Sie grüßen. Er wird leben! Aber Mikola ist nicht mehr. Wir haben ihn den ganzen Tag gesucht, nicht einmal seinen Körper haben wir gefunden. Er ist am Reaktor geblieben. Dort ist etwas passiert, etwas Schreckliches, die ganze Stadt wird evakuiert, alle Dörfer und auch Gorodischtscha . . .» Natalka kann sich nicht länger beherrschen, sie bricht in Schluchzen aus. Sie weint nicht laut, weint wie schuldbewußt, kindlich, doch davon klingt dieses Weinen noch schlimmer.

Fjodor hat alles verstanden, sein Kopf fällt auf den Tisch, die Schultern beben, so daß das Geschirr auf dem Tisch klirrt und das aufgeschnittene Brot vom Teller rutscht. Der Wodka rinnt aus seinem umgestoßenen Glas auf den Boden.

In der Nähe des Geflügelhofs knallen mitten in der Nacht zwei Schüsse, das Echo fliegt in die offene Tür und hallt noch lange nach im Haus von Maria.

Das Ticken der Wanduhr wird plötzlich lauter, es klingt, als würden Nägel in einen Sargdeckel geschlagen, hastig, um es rascher hinter sich zu bringen.

Maria sinkt in sich zusammen, sie wirkt klein, wie ein Kind.

Der Maulwurf kriecht aus der Wattejacke an der Wand entlang zur Tür.

Maria starrt zu den Fotos. Die Gesichter der Söhne, des Manns, der Tochter, der Schwiegertöchter, der Enkel verschwimmen vor ihren Augen, sie weiß nicht recht, ob sie lächeln oder ernst blicken, sie kann sie nicht mehr unterscheiden – so sehr gleichen sie einander, so vertraut sind sie ihr.

Die Gesichter verschwimmen, verschwinden, um wieder aus

dem Nichts aufzutauchen: Iwan, Mikola, Alexander, Odarka, Griz, die Enkel. Maria hört ihre Stimmen in der beklemmenden Stille der Stube.

Sie steht auf, und die Stimmen verstummen.

«Gedenke ihrer, Kind, gedenke Iwans und Mikolas.»

Wieder peitschen zwei Schüsse, näher jetzt, irgendwo am Dorfrand.

«Kannst auch meiner gedenken. Kannst es schon ... Ich gräme mich nicht drum ...»

70

«Du kriegst nicht einmal ein Grab, Mikola ... Wohin soll ich kommen, wo um dich weinen? Wie soll ich glauben, daß du nicht mehr bist? Dreimal hat der Tod dich verschont – bist nicht ertrunken als Kind, bist als junger Mann nicht unters Auto gekommen, bist nicht auf dem Atomkraftwerk verbrannt, bei der Dampfexplosion vor fünf Jahren. Dabei war es kein einfacher Dampf. Hast gesagt, daß der Tod dich nun nicht mehr holt, daß du ihm entkommen bist. Wie kann man nur so sterben, Mikola! So früh und so schrecklich ...», murmelt Maria, und Natalka erzittert bei ihren Worten. Sie hat erwartet, daß die Mutter aufschreien würde, war darauf vorbereitet, sie zu beruhigen, aber Maria spricht, als würde Mikola bei ihnen am Tisch sitzen. «Wir wollten heute Kartoffeln setzen ... Da hat nun der ältere Bruder für den jüngeren den Tod erfunden. Weshalb muß ich das noch erleben? Habt ihr Menschen zu wenig zu leiden – an Krebs, Cholera, Wodka, Bosheit und Feindschaft? Nun habt ihr noch diese Radioaktivität erfunden. Ihr bringt euch selbst unter die Erde. Wir haben so einen schweren Krieg durchgemacht, aber das Geschlecht der Mirowitschs hat überlebt. Mit Verstand sollten wir leben, doch der Unverstand herrscht. Wie sieht es aus, dieses Unglück, Natalka?»

«Das ist es ja, es ist nicht zu sehen. Man sieht es nicht, man spürt es nicht. Man fühlt es erst, wenn es zu spät ist. Es ist unsichtbar wie das Schicksal.»

«Keine Erde, keine Familie, keine Gräber ... Weshalb lebe ich, wer braucht mich noch auf dieser Welt? Meinen Alexander werden sie wohl einsperren. Wegen Mikola, wegen Griz, wegen all der anderen», sagt Maria, und ihr Gesicht verzieht sich vor Schmerz. Wenn sie jetzt sterben könnte! In diesem Augenblick! Fjodor und Natalka würden sie beerdigen. Ihre letzte Freude – ich komme in die Heimaterde neben meinen Iwan. Und mit der Leichenfeier würde es keine Scherereien geben, sie hat alles selbst vorbereitet.

Fjodor hat gleich begriffen, daß Mikola nicht mehr lebt, daß es Griz sehr schlecht geht, daß in der Stadt ein großes Unglück geschehen ist, und er wünscht sich plötzlich, leidenschaftlich schreien zu können, damit seine Stimme in ganz Gorodischtscha zu hören ist. Er hat niemals einen menschlichen Schrei gehört, er hat nur gesehen: Wenn jemand schreit, greift es allen ans Herz, aber dem Schreienden wird leichter. Er geht aus dem Haus, bleibt im fahlen Mondschein des heraufziehenden Morgens stehen, der die Erde in milchiges Licht taucht, öffnet den Mund weit und schaut hoch.

Fjodor schreit auf zum graubedeckten Himmel, weil er seinen Bruder Mikola verloren hat, den Bruder, der ihn am besten verstanden, der immer Geduld mit ihm gehabt und der ihn geliebt hat. Vater war gestorben wie ein Baum, der keine Kraft mehr hat, um zu blühen und Früchte zu tragen. Mikola aber war auf den Tod nicht vorbereitet, er wollte nicht sterben. Wäre Fjodor doch statt seiner umgekommen! Besser, es hätte mich getroffen, Mikola. Du würdest allen erzählen, wie ich gewesen bin, wie gern ich dich hatte, wie ich mich ins eiskalte Wasser gestürzt habe, als sich eine Eisscholle gelöst hatte und du von der Strömung abgetrieben wurdest. Du hättest es nicht zugelassen, daß man mich in Gorodischtscha vergißt . . .

Ihm wird nicht leichter ums Herz. Wenn er doch schreien könnte, nur für einen einzigen Augenblick, um sofort wieder zu verstummen. Für ewige Zeiten!

Fjodor weiß, daß ihm jetzt nur harte Arbeit helfen kann. Neben dem Schuppen türmen sich Baumstümpfe. Im vergangenen Sommer hat er mit Mikola im Wald einen ganzen Wagen voll gerodet, und die Forstwirtschaft hat ihm nicht nur das Holz gegeben, sondern auch die Arbeit bezahlt. Sie hatten sich Geld verdient und Brennholz nach Hause gebracht. Fjodor hat ein paar Mal versucht, die Baumstümpfe zu zerhacken, doch immer war die Axt abgeprallt wie von einem Autoreifen.

Er holt die Axt, die eisernen Keile mit den schartigen Rändern und einen schweren Hammer aus dem Schuppen. Dann zerrt er den ersten Baumstumpf hinter sich her, wirft die Wattejacke ab und hackt verzweifelt Holz. Die Schläge hallen durch den Wald hinterm Friedhof, aber Fjodor hört es nicht. Sein Körper zittert vor Anstrengung, doch auf dem grauen Baumstumpf hinterlassen die Axthiebe lediglich kaum sichtbare Schrammen. Da packt ihn blinde Wut, und jedes Mal, wenn er die Axt hebt, ausholt und mit wilder Kraft zuschlägt, denkt er bei sich: für Mikola!

Atemlos kommt Puschok angerannt, das Fell voll Kletten, und bellt Fjodor heiser an, doch der hört ihn nicht. Der Hund läuft ein Stückchen weiter, damit der Taube ihn sieht, kreist um den Baumstumpf und wirft sich vor Fjodors Füße. Aha, ich soll mitkommen? Na los, gehen wir.

71

Als das Flugzeug mit den sechsundzwanzig Strahlenkranken langsam auf die Startbahn rollt, aufheult und ins nächtliche Dunkel aufsteigt, spürt Olesja, wie ihre Knie zittern und der Boden unter ihren Füßen schwankt. Sie denkt, nun ist das Schlimmste vorbei, und erschrickt sofort bei diesem Gedanken. Nein, das Schlimmste steht noch bevor – Onkel Griz, den anderen Strahlenkranken, allen, die in der Stadt zurückgeblieben sind. Auch ihr. Sie haben alles besessen und alles verloren.

In diesen vierundzwanzig Stunden ist sie in der Hölle gewesen. Ihr scheint, daß sie jetzt mehr über das Leben weiß als die erfahrensten Menschen. Sie hat mit eigenen Augen die dem Untergang Geweihten gesehen, hat ihre Stimmen, ihr Stöhnen gehört und ihnen hartnäckig vorgelogen, daß alles vorübergehen wird und daß sie leben werden.

«Wo ist die schriftliche Anweisung des Generals, daß er sein Flugzeug zur Verfügung stellt?» fragte ein Offizier mit verschlafener, gleichgültiger Stimme – das erschütterte Olesja am meisten – durch das spaltbreit geöffnete Tor zum Flugfeld. Und ging fort, ohne überhaupt zuzuhören, was Jurko Jessaulenko, der stellvertretende Vorsitzende des Stadtsowjets, der für den Transport der Kranken verantwortlich war, antwortete. Jurko schäumte vor Wut, trommelte mit den Fäusten an das eiserne Tor, schimpfte unflätig und drohte mit allen Vorgesetzten. Die Kranken, die laufen konnten, stiegen aus dem Bus, sie mußten sich erbrechen, einer versuchte zweimal davonzulaufen, und Olesja holte ihn ein, packte ihn an den Beinen, stürzte zusammen mit ihm hin und preßte ihn an die Erde, bis die anderen ihr zu Hilfe kamen ...

Als die Kranken endlich verladen waren, hörte Olesja, wie der Offizier knurrte:

«Solche Technik – für den Müll! Die bekotzen das ganze Generalsflugzeug und verseuchen es mit ihrer Radioaktivität.»

Ein älterer Mann im schwarzen Overall, mit groben, aus Zeltplane genähten Handschuhen, der gerade mit der Durchsicht des Flugzeugs fertig war, stellte sich vor den Offizier und schlug ihm wortlos die Faust ins Gesicht. Der rannte los, um sich irgendwo zu beschweren.

... Die Fahrer rasen mit ihren Bussen davon in den Nachbarbezirk, zu den Feuerwehren, um die Wagen zu waschen. Olesja, die Ärztin und die zwei Krankenschwestern fühlen sich wie von aller Welt verlassen. Sie wollen am Büfett ein paar Piroggen kaufen, doch sie haben kein Geld bei sich. Der Mann im schwarzen Overall gesellt sich zu ihnen und entschuldigt sich für den Offizier; sie bitten ihn um etwas Brot. Er bringt eine Dose Corned beef und einen Laib Schwarzbrot. Die Ärztin holt ein Fläschchen Spiritus vor. Alle trinken. Nur Olesja kann nicht, sie muß husten, fällt wie tot in die Blumenrabatte vor dem Flughafengebäude und schläft sofort ein.

Die anderen wecken sie. Die frischgewaschenen Busse stehen da. Jurko Jessaulenko ist bis auf die Haut naß.

«Die Feuerwehrleute hatten ein altes Strahlungsmeßgerät und haben mir's angehalten, das Ding ist vielleicht ausgeschlagen. Da haben sie mich gleich unter einen dicken Wasserstrahl gestellt. Die Klamotten sind pitschnaß, hat aber nicht geholfen, das Gerät schlägt trotzdem aus.»

Kiew schläft, sie fahren rasch durch, dann aber geht es los: Autostaus, wartende Buskolonnen, Verkehrsunfälle, Fahrer suchen eine Lücke, um durchzukommen, und sitzen nur noch ärger fest. Ein gepanzertes Militärfahrzeug schiebt einen beschädigten Shiguli in den Straßengraben. Metall knirscht, der Wagen überschlägt sich ein paarmal und bleibt unter einem Baum liegen.

Im Bus ist es kalt und feucht. Alle quält Husten. Die Ärztin und die Krankenschwestern sind eingeschlafen, sie haben sich an die Fensterscheiben gelehnt und erwachen nur in den Kurven und wenn der Fahrer schimpft. Immer wieder schickt er Jurko hinaus, damit der der Verkehrsmiliz seinen Dienstausweis unter die Nase hält. Aber das ist jetzt sowieso sinnlos.

Olesja weiß bereits, daß es zwei Todesfälle gibt, daß die Stadt verseucht ist, daß alle Einwohner evakuiert werden, daß die Gerüchte über die Havarie bis nach Kiew gedrungen sind, daß die Menschen noch nicht begreifen, welche furchtbare Gefahr die Radioaktivität in sich birgt ... Wenn sie nur Roman und ihre Angehörigen finden würde, sich bei Großmutter verbergen und abwarten könnte. Vater und Roman würden sie schützen, sie sind Männer, die Natur hat ihnen die Kraft dafür gegeben. Sie glaubt noch daran, daß man sich vor diesem Unheil im Haus oder im Wald, im Keller oder einfach hinter dem Rücken eines starken Mannes verstecken kann. Noch glaubt sie es ...

Sie versucht sich an die Waldwiese am Fluß, an den Wermut, an die Kiefernzweige über ihrem Kopf und an den ungeduldigen Roman zu erinnern. Dann fühlt sie sich wieder mutterseelenallein. Sie hätte nicht nachgeben sollen, hätte es nicht tun dürfen, so ohne Sinn und Verstand, die Stunde war schlecht gewählt, und es ist alles nicht so gewesen, wie sie es sich vorgestellt hatte. Diese Nacht war nicht zur Liebe geschaffen, es war eine Nacht des Unheils und des Verderbs, eine Nacht ohne Erinnerung und ohne Hoffnung.

Der Morgen graut, aber es ist ein gequältes, müdes Morgengrauen, obwohl der Frühling so zeitig hereingebrochen ist, daß in den Dörfern schon die Beete bestellt, die Häuser frisch verputzt, die Höfe gefegt und die Stämme der Obstbäume in den Gärten gekalkt sind – ein Fest fürs Auge; man müßte weit wegfahren, irgendwohin, an Romans Schulter gelehnt, und diese Welt betrachten dürfen ... Auf der Straße heulen Motoren, Tausende Wagen walzen den grauen Asphalt glatt, Olesja kommt es vor, als würde sich die Erde unter der Last dieses sich fortbewegenden Eisens biegen. In den mit Zeltplane bespannten Lastwagen sitzen niedergeschlagen junge Soldaten – wie viele Scherze haben sie ihr früher zugerufen, wenn so ein Wagen durch die Stadt fuhr, jetzt aber schweigen sie –, Milizionäre und Feuerwehrleute mit Schutzhelmen. Alle fahren dorthin.

Jurkos Dienstausweis beeindruckt überhaupt keinen mehr, ihre Busse kriechen langsam in der Wagenkolonne vorwärts. Jurko raucht ununterbrochen. Olesja wird schlecht vom Tabakqualm, aber sie scheut sich, es zu sagen: Dort in der Stadt ist seine Frau zurückgeblieben, sie hat vor einer Woche entbunden, in den letzten vierundzwanzig Stunden konnte er sie nicht einmal anrufen. Mag er rauchen, wenn ihm davon leichter wird.

Vielleicht sind unsere Leute schon alle in Gorodischtscha und warten auf mich? Vielleicht steige ich an der Kreuzung einfach aus und gehe zu Fuß ins Dorf? Aber Roman kennt den Weg nicht, und ich muß ja auch Vater finden. Ich bin doch jetzt Ehefrau und muß meinen Mann suchen.

Nein, ich fahre mit allen in die Stadt, sonst wachen die Frauen auf und denken, ich bin weggelaufen. Ich muß mit ihnen weiterarbeiten. Wenn wir am Leben bleiben ... Wenn Menschen in dieser Stadt leben werden ...

Hinter Iwangorod, wo die Ortschaften beginnen, die ihr vertraut sind, wo hinter einem Hang die alte Straße aus Gorodischtscha in die Chaussee mündet, steht die Wagenkolonne besonders lange. Der Fahrer öffnet die Tür, und Jurko läuft nach vorn, um zu erfahren, was passiert ist. Rechts säumt die Chaussee ein frühlingshafter Wald, das Gras spießt auf seinen grünen Trieben die trockenen Blätter vom Vorjahr auf. An den Birkenstämmen sind die Wunden von den Einschnitten, aus denen der Birkensaft abgezogen wird, schon vernarbt. Verzweifelt schreien die Vögel. Die Männer verrichten ihre Notdurft direkt an den Rädern der Autos, sie bedenken nicht, daß hier auch Frauen sind. Olesja wird verlegen und geht in den Wald. Das Laub vom Vorjahr raschelt, es riecht herb nach Fäulnis, nach Leben und nach Sterben.

Olesja läßt sich vor Müdigkeit und Schwäche, vielleicht von einer minutenlangen Freude, von überschäumendem Lebensgefühl rücklings ins grüne Gras, ins alte Laub fallen. Sie breitet die Arme weit aus und erinnert in ihrem schmutzigen

Krankenhauskittel an ein weißes Kreuz mitten im Wald. Ihre Finger verkrallen sich in der Erde. Aus einer Birke fliegen Spatzen auf, der Morgentau tropft kühl auf Olesjas Haut und rinnt über ihren Hals. Sie seufzt schwer und bricht plötzlich in lautes Schluchzen aus. Sie zittert am ganzen Körper, die Seele krümmt sich vor Schmerz. Mag sie sich ausweinen, vielleicht hilft ihr das.

72

Die Buskolonne kriecht langsam wie eine Natter im Frühling auf die Brücke, füllt Straßen, Höfe und Plätze, die Autos bleiben vor den Hauseingängen stehen, wo bereits Milizionäre und Mitarbeiter der Wohnungsverwaltungen mit den Einwohnerlisten warten. Vor einer Stunde meldete sich endlich der Stadtfunk, und die betont muntere Stimme der Sprecherin teilte mit, daß im Atomkraftwerk eine Havarie gewesen sei und daß die gesamte Bevölkerung evakuiert werde. Alle sollten sich in ihren Wohnungen aufhalten, Proviant für drei Tage einpacken und warten, bis sie zum Ausgang gerufen werden, wo die Autobusse stehen. Nach einer Weile wiederholte die Sprecherin die Meldung noch einmal, doch diesmal klang ihre Stimme natürlicher und erregter.

Die Kinder steigen in die Busse ein: mit Puppen, Spielzeugpistolen, mit einer Katze im Arm, mit einem Vogelbauer, in dem ein Kanarienvogel sitzt, mit der Schulmappe auf dem Rücken, mit weißen Mäusen in einem Einweckglas. Ein Junge trägt ein neues japanisches Tonbandgerät.

Alte und Behinderte werden aus den Häusern geführt. Die Abschnittsbevollmächtigten schreiben Listen und machen Vermerke im Hausbuch.

«Ich hab den Wasserhahn nicht abgedreht, da wurden schon die Türen versiegelt.»

«So was, ausgerechnet vor dem Lohntag, hab keine Kopeke im Haus.»

«Endlich! Wir haben die ganze Nacht nicht geschlafen. Es hätte schon abends losgehen müssen . . .»

«Man sagt, der Beschluß sei *oben* gefaßt worden. Unsre Stadtväter haben immer noch gedacht, daß sie was verheimlichen können. Haben sich vor aller Welt mit Ruhm bekleckert, diese Bürokraten, diese Hohlköpfe.»

«Was soll bloß nach den drei Tagen aus uns werden?»

«Sollen sich die da oben doch Gedanken machen, bei denen es früher nicht dazu gereicht hat.»

«Ach, das bringt nichts Gutes, nein, nein, ich spür's!»

«Mutter, hör bloß mit deiner Litanei auf. Es ist so schon alles schlimm genug ...»

«Wohin bringen sie uns?»

«Es heißt, in die Dörfer in den Nachbarkreisen.»

«Dort wartet man grade auf uns, die haben die Tische für uns schon gedeckt ... Feiner Besuch das ...»

«Na und, wir helfen ihnen bei der Gartenarbeit. Mittagessen und Übernachtung verdienen wir uns allemal ...»

«Und wenn es länger dauert als drei Tage? Wir haben den Hund in der Wohnung gelassen.»

«Im Nachbarhaus hat einer seine gelähmte Schwester zurückgelassen.»

«So ist das Leben. Schleppst alles ran, Klamotten, Teppiche, Möbel. Rennst dir die Hacken ab, um alles stehen- und liegenzulassen. Als hätten wir umsonst gelebt ...»

«Was nehmen wir mit? Das Herz. Und unsere Kinder! Wenn wir wenigstens die rauskriegen!»

Als letzte verläßt Ludmilla das Haus. Sie ist wie zur Beerdigung des Schwiegervaters gekleidet, sieht verweint und verhärmt aus und trägt eine große Sporttasche über der Schulter.

Im Bus wird sofort geflüstert:

«... als erster am Reaktor verbrannt ...»

«Dem schieben sie die ganze Schuld zu, ihr werdet sehen!»

«Bei solchen Sachen bleiben immer die am Leben, die wirklich schuld sind ...»

«Und alles wird auf die Toten abgewälzt.»

«Nein, das war der beste Operateur, hat überall im Präsidium gesessen, und sein Foto hing an der Ehrentafel ...»

«Witwe, mit zwei Kindern ...»

«Die Frau eines Helden ...»

Die letzten Worte hört Ludmilla beim Einsteigen. Ein älterer Mann macht ihr seinen Platz am Eingang frei.

Der Bus fährt aus dem Hof und ordnet sich in die lange Kolonne ein. Unter tausend traurigen Gesichtern ein fröhliches: das Gesicht von Odarkas betrunkenem Mann Stepan. Er sitzt am Fenster, auf den Knien hält er in einem schmutzigen Netz zwei Flaschen Bier und brabbelt vor sich hin:

«Ihr geht alle drauf! Aber ich hab vierhundert Gramm Antiradioaktiv eingenommen, ich bin ein Heiliger! Auch den Kindern muß man davon geben. Mit dem Nuckel . . .»

An den Busfenstern tauchen bekannte Gesichter auf – die Frau, die im Atomkraftwerk die Schutzkleidung verteilt hat, der bucklige Wärter vom Riesenrad, Braut und Bräutigam, die gestern Hochzeit gefeiert haben, und die Telefonistin, die das Bewußtsein verloren hatte. Ludmilla mit ihrem schwarzen Stirnband.

73

Maria hat den jungen Maulwurf in seine Kellerhöhle gesetzt. Er wollte nicht fort. Hat sich an ihre Hände gewöhnt. Sie mußte das Loch mit dem großen Stein verschließen, mit dem sie gewöhnlich das Sauerkraut in der Tonne beschwert.

Fjodor hat das Fuhrwerk gebracht, auf dem Odarka mit den Kindern lag. Der Wagen steht jetzt im Hof, seine Deichsel ist gegen das Tor gelehnt. Die Kinder spielen im Garten hinterm Haus, wo Natalka unter einem Zuber Feuer gemacht hat.

«Waschen Sie die Kinder, Mutter, und werfen Sie alle Kleider fort. Besser, sie sind in Lumpen gehüllt, das hier muß weg.»

«Aber es sind so schöne neue Sachen.»

«Jetzt ist so vieles wertlos geworden. Alles, nur das Leben nicht und nicht das Gewissen.»

Natalka betrachtete lange das Foto von Griz und ging fort, nachdem sie sich zuvor nach dem Weg ins Nachbardorf erkundigt hatte. Vielleicht würde sie dort einen Wagen finden, der sie nach Iwangorod mitnimmt. Dort wohnt eine Verwandte. Sie wollte sie nur kurz besuchen und gleich zurückkommen. Warum nur hat sie beim Abschied beinahe geweint? Ist sie so gefühlvoll? Sie hatte es eilig zu ihrer Verwandten. Sagte noch, daß sie sich nicht sorgen sollten, wenn sie dort übernachtet. Fjodor wollte sie mit dem Fahrrad hinbringen, aber sie lehnte es ab.

Odarka ist noch nicht erwacht. Fjodor hatte sie ins Haus getragen und behutsam aufs Sofa in der Veranda gebettet. Sie zitterte am ganzen Körper und redete wie im Fieber: «Stepan! Hilf mir den Müll wegtragen!», «Schlaf nicht, Lida! Schlaf nicht, ich kaufe dir auch Eis», «Halte dich an der Wurzel fest! An der Wurzel halt dich fest! Meinetwegen mit den Zähnen, aber halt dich fest! Leg dich vors Rad, sonst rollt es los!», «Gehen Sie weiter! Gehen Sie weiter, hier ist alles verseucht!» Mochte sie sich ausschlafen, die Angst und die Erschöpfung würden vergehen, und wenn sie erwacht, erinnert sie sich an nichts mehr. Das ist immer so, ich weiß das. Gut, daß sie die Kinder in Sicherheit gebracht hat. Wenn diese verfluchte Radioaktivität aus ihrem Körper entweicht, steht Odarka wieder auf.

Fjodor hackt Holz. Er weiß, wie man sich helfen kann. Durch Arbeit. Je schwerer sie ist, desto schneller wird man gesund. Er hat schon die Hälfte der Baumstümpfe zerhackt. Die Axt scheint in seinen Händen förmlich zu glühen. Gleich wird dir leichter, Fjodor. Hack weiter, das tut dir gut.

Mikola, ich werde zu diesem dreimal verfluchten Reaktor gehen wie zu deinem Grab. Am Totengedenktag will ich dir gefärbte Eier und Konfekt bringen, in die Knie sinken, mit der Stirn die Erde berühren und mit dir sprechen ... Weshalb haben sie dir bloß so einen großen und schweren Sarg gemacht? War das etwa deine Seele, die da aus der Erde zu mir kam? Und du, Griz, wenn du auch dieses Mädchen verläßt, wenn du Natalka unglücklich machst, dann kommst du mir nicht mehr ins Haus, ich reiß dir deine Zigeunerhaare einzeln aus, wirst sehen, du alter Schürzenjäger. Ich glaub, sie bekommt ein Kind von dir. Sie sagt nichts, aber ich hab's bemerkt – ihr ist immerzu übel.

74

Der Wind fegt Blankorezepte, Mullfetzen, leere Medikamenteschachteln über den Hof, Krankenhauspantoffeln liegen herum, und Watte ist auf dem Asphalt festgetreten.

Eben ist noch eine Gruppe Strahlenkranker, die besonders

dringende ärztliche Hilfe brauchen, nach Moskau abtransportiert worden, die anderen kommen in die Kreiskrankenhäuser. Ein paar Männer, medizinisches Personal, tragen Säcke mit Medikamenten und Kisten mit Instrumenten, alles, was greifbar ist, zu den Kleinbussen. Nicht aus Gewohnheit sind sie langsam in ihren Bewegungen, sondern weil sie zwei Nächte lang nicht mehr geschlafen haben. Wohin sollten sie jetzt auch eilen? Krankenhaus und Stadt sind verödet. Durch die Krankenzimmer bläst der Wind, und die Wände scheinen menschliches Leid auszustrahlen.

«Vergessen Sie das Siegel nicht, Wladimir Alexandrowitsch. Ohne Siegel sind wir keine Heilanstalt, sondern ein Zigeunerlager ...»

«Und die Spritreste aus der Apotheke, obwohl ... Die Säufer schlagen sowieso alle Fenster ein. Die brauchen was für den Durst ...»

Die Ärztin mit dem männlichen Gesicht stürzt heraus:

«Und Paliwoda? Paliwoda liegt in der Leichenhalle! Wer soll ihn beerdigen? Wir können ihn doch nicht hier lassen. Seine Frau hat angerufen, sie kommt gleich. In der Tischlerei steht ein Sarg, Wladimir Alexandrowitsch.»

«Rufen Sie Pusatsch im Stab an. Er soll einen Wagen stellen. Einen Wagen und ein paar Leute. Sagen Sie, daß wir keine Kraft mehr haben. Nicht um den Sarg zu tragen, nicht um eine Grube auszuheben ... Ich jedenfalls bin dazu nicht mehr fähig.»

Vom Fluß, vom versumpften Schilfufer zieht Nebel über die Stadt. Die Frösche quaken, und das hallt in den leeren Häusern wider; die Nachtzüge fahren am Bahnhof durch.

Der Bus mit dem medizinischen Personal verläßt als letzter die Stadt. Ein alter Schäferhund mit kahlen Flecken an den Flanken rennt, so schnell er kann, mit hängender Zunge hinterdrein.

Zum ersten Mal seit vielen Jahren bemerkt der Chefarzt Wolodja Masljuk die Inschrift an der Stadtausfahrt: «Glückliche Reise!» Sein Gesicht verfinstert sich, er lehnt die Wange an die kalte Glasscheibe und schließt die Augen. Er überlegt, ob es wirklich stimmt, daß der Chef des medizinischen Dienstes im Atomkraftwerk, sein Chef, heute in einem Krankenhauswagen Möbel nach Belorußland geschafft hat. Zweimal hat er sich im Krankenhaus blicken lassen, hat im Arbeitszimmer gesessen und ist wieder verschwunden. Vielleicht stimmen die Gerüchte ...

Der Schäferhund bleibt immer weiter hinter dem Bus zurück.

75

Dichte Nacht liegt über Gorodischtscha. In allen Häusern, in denen Menschen leben, sind die Fenster erleuchtet. Tot und dunkel sind allein die Fenster der verlassenen Hütte am Friedhof, in der sich die Füchse eingenistet haben.

Odarka hat die Kinder gebadet. Nackt liegen sie jetzt auf dem Ofen. Maria hat in der Truhe Hosen und Hemdchen ihrer eigenen Söhne und ein Kleid von Odarka gefunden. Schweigend dreht Odarka das ratternde Rad der alten Singer-Nähmaschine, sie kürzt die Sachen für die Kinder und macht sie enger. Maria sitzt unter den Familienfotos und schaut zu, wie die Kerze im Glas mit Weizenkörnern abbrennt.

Fjodor schöpft eimerweise Wasser aus dem Brunnen, gießt es in die Tonne, in leere Gläser, in den Zuber, in Schüsseln und Töpfe. Alles Geschirr, das er findet, füllt er mit Wasser. Er blickt in den Brunnen, als müßte von dort sein Lieblingsbruder Mikola aufsteigen. Er beugt sich über die Brunneneinfassung und raunt stumm etwas in die feuchte Tiefe, doch von dort kommt keine Antwort. Fjodor zieht noch einen Eimer Wasser aus dem Brunnen, verschließt ihn dann, spannt ein Stück Zellophan und einen alten Lappen über die Brunneneinfassung und vernagelt alles. Laut dröhnen seine Hammerschläge durch Gorodischtscha, und Maria zuckt jedesmal zusammen. Wieder dieser kalte Laut, als würde man hastig einen Sarg zunageln.

Vor dem Hof hält ein altes Vehikel mit Beiwagen, aus dem noch immer die aufgerollten, ungeklebten Plakate ragen. Der Brigadier springt ab, stößt mit einem Fußtritt das Hoftor auf und betritt die hell erleuchtete Veranda. Staubige grobe Stiefel, dunkelblauer Sturzhelm und lederne Fliegerjacke.

«Ich hab ganz vergessen, daß Sie Iwans, meines Vorgängers, gedenken ...»

«Und unseres Sohnes ... Mikola ...», erwidert Maria.

«Dann stimmt es also, was sie in unserer Brigade erzählen. Es heißt, Mikola hat nicht auf den richtigen Knopf gedrückt, und da ist der Reaktor explodiert ...»

«Jetzt wird viel erzählt, Brigadier. Aber man muß Wahrheit von Lüge unterscheiden können. Red lieber nicht so viel, Brigadier. Doch da du nun einmal gekommen bist, setz dich und gedenke der beiden ...»

«Jetzt ist nicht die Zeit und die Stunde, um herumzusitzen. Ich nehm nur einen Schluck, heute nacht gibt's viel Arbeit.» Und ohne den Sturzhelm abzunehmen, leert er ein Gläschen und lutscht vorsichtig an einer sauren Gurke, um nicht den schmerzenden Zahn zu reizen. Odarka hält den nackten Ruslan auf dem Arm und zieht ihm eine geänderte Hose an. Sie steht unter der alten Ikone, auf der eine andere Frau ebenfalls einen nackten Knaben auf dem Arm hält.

«Also, wir haben den Befehl bekommen: Rückzug! Ins Landesinnere! In den Nachbarkreis. Aber organisiert. Wir ziehen uns brigadeweise, dorfweise, mit den Rindern zurück. Kleinvieh lassen wir dem Feind, der Radioaktivität. Die breitet sich aus und kennt keine Grenzen. Jetzt mal hergehört, das ist eine Anweisung: Die gemolkene und gefütterte Kuh wird morgen in den Pferdestall neben dem Viehhof getrieben. Am Halsband muß ein Täfelchen mit Adresse und Namen des Besitzers befestigt sein. Für die Menschen stehen zwei Busse zur Verfügung. Alle fahren. Mitgenommen werden nur Lebensmittel. Für drei, vier, fünf, sechs Tage. Ausweis und Geld, wenn ihr welches im Haus habt. Panikmacher werden bestraft. Zweihundert Rubel Strafe für Panik.»

Er gießt sich noch ein Gläschen ein, trinkt, riecht am Brot, um den kranken Zahn nicht zu reizen, und geht. An der Tür fügt er hinzu:

«Wir lassen tausendachthundertfünfunddreißig Hühner zurück. Legehennen. Wer bucht sie mir ab? Wer?»

Auf dem Friedhof von Gorodischtscha steht ein Lastwagen, in der Finsternis glühen die Pünktchen brennender Zigaretten. Neben dem Grab vom alten Mirowitsch ist ein frischer Hügel aufgeschüttet. Zwei Männer haben es in der Dunkelheit ausgehoben.

«Verzeih, Dmitro, daß wir dich so ...»

«Und die Schreiberseelen finden später kein Ende: Die Abschiedssalven sind verklungen ... Dabei haben wir die Grube nur bis Kniehöhe ausgehoben ...»

«Ach, Dmitro, Dmitro, heute wollten wir das Fundament für deine kleine Datsche legen. Hatten uns noch gestritten, ob wir sie unterkellern oder nicht. Du hattest Angst, daß sie im Frühling, wenn das Hochwasser kommt, überflutet wird. Sie wird es bestimmt, Dmitro, jetzt ganz bestimmt. Ich war im Unrecht ...»

«Wir müßten wenigstens Sofja bis Iwangorod bringen. Wie soll sie sonst mit zwei Kindern weiterkommen?»

«Nein, ich bleibe hier. Fahrt allein. Ich bleibe. Im Dorf brennt noch Licht, ich übernachte bei Mirowitschs und gehe morgen zum Grab», sagt Sofja Paliwoda und preßt ihre zwei kleinen Kinder an sich.

Fjodor steht wie ein Gespenst vor dem zugenagelten Brunnen. Er hält den letzten Eimer mit Wasser in der Hand und blickt auf die dunkle Straße, auf der das Unheil aus der Stadt kommen soll oder, wie sie alle sagen, schon gekommen ist. Sein scharfes Auge unterscheidet in der Finsternis eine Gestalt mit zwei hängenden Schwingen, die über die Erde schleifen. Vielleicht ist es das Unheil? Endlich sieht er: Zwei Kinder führen eine Frau im schwarzen Kleid, mit schwarzem Kopftuch heran. Sie trinken das Wasser, das er ihnen reicht, und folgen ihm, es scheint sie nicht einmal zu verwundern, daß er taubstumm ist.

Puschok bellt im Flur, verstummt jedoch sofort und legt sich auf die Wattejacke, auf der in der vergangenen Nacht der kleine Maulwurf gelegen hat.

«Natalka ist zurück ...», sagt Maria, ohne sich zu regen. Sie sitzt wie versteinert am Tisch.

Auf der Schwelle steht eine verweinte Frau mit zwei Kindern – einem Knaben und einem Mädchen. Maria weiß: Sie kommen von dort ...

«Setz dich und iß. Unheil hin, Unheil her, aber essen müssen wir.»

76 Im stillen kleinen Iwangorod weiß man inzwischen alles. Durch die Straßen sind Hunderte Busse mit den Evakuierten gefahren, die Straßendecke bebt noch immer von den schweren Lastkraftwagen und den Raupenschleppern, die mit eingeschalteten Scheinwerfern zum Atomkraftwerk fahren. Im Kulturhaus hat der Stab seinen Sitz, der die Evakuierten unterbringt, Verwandten und Freunden hilft, einander wiederzufinden. Im kleinen Hotel übernachten Minister und Generale, die Mitarbeiter des Parteikomitees schlafen ein paar Stunden in den Sesseln ihrer Arbeitszimmer.

In dem alten Krankenhaus geht es hektisch zu wie auf einem Bahnhof. Ein Mädchen in Schulkleidung fragt die Leute, die bei einer Strahlungsmeßingenieurin Schlange stehen:

«Wo kann man hier Blut spenden? Ich habe Gruppe eins. Sagen Sie rasch, sonst holt Vater mich zurück . . .»

In einem langen, schmalen Korridor sitzen Frauen dicht aneinander gedrängt. Die Stühle reichen nicht aus, einige stehen an der Tür und blicken nervös auf die Uhr über der Tafel «Frauenarzt».

«Mein Mann hat sich so sehr ein zweites Kind gewünscht. Aber wer wußte das? Wer konnte das ahnen?»

«Wenn ich bloß gesund bleibe. Ich krieg noch Kinder . . .»

«Nein, auf keinen Fall es behalten. Wenn ein Krüppel geboren wird, wohin dann mit ihm? Lieber gleich jetzt, bevor ich es gesehen, bevor ich es geboren hab, solange es selbst noch nichts fühlt . . .»

«Ich hab mich auch entschlossen. Hauptsache, der schmächtige Doktor kippt nicht um. Der hält sich doch kaum noch auf den Beinen. Und wir sind so viele. Hat nicht jemand wenigstens einen Apfel für ihn zur Stärkung?»

«Ich hab ein Täfelchen Schokolade. Mein Sohn hat nur einmal abgebissen. Ich hab sie hier gekauft, sie ist nicht verseucht.»

«Mir macht das nichts. Für mich ist eine Abtreibung wie eine Blutprobe aus dem Finger.»

«Hab keine Angst, Kind, das ist, als wenn dich eine Wespe sticht», sagt eine dicke Frau zu Natalka. «Wenn du selbst am Block gewesen bist, gibt's gar nichts zu überlegen, da mußt du's tun! Ich hab den halben Tag nach Importhemden für meinen Mann Schlange gestanden und hab auch Bedenken. Du kriegst noch Kinder, keine Angst.»

«Schweigt doch endlich! Von eurem Geschwätz platzt einem ja der Kopf!»

«Wenn man redet, ist's weniger schlimm. Da drinnen ist sowieso alles egal, aber hier draußen, wenn man wartet, hat man doch Angst.»

«Da ist nun bloß der Block explodiert. Was ist, wenn eine Bombe abgeworfen wird?»

Die Tür des Arztzimmers öffnet sich. Auf der Schwelle steht ein kleiner, hagerer Mann. Die Krankenschwester wischt ihm den Schweiß von der Stirn. Müde sagt er:

«Eure Männer kriegen den Zucker, und ich, der arme Krassizki, muß die Sträflingsarbeit machen.» Er versucht zu lächeln.

«Dann essen Sie wenigstens die Schokolade hier . . .», sagt die redselige Dicke und reicht dem Arzt über Natalka hinweg das angebissene Täfelchen.

77

In Gorodischtscha heulen die Motoren von Lastkraftwagen und Bussen, das Echo hallt über Wälder und Haine, die Räder bleiben im Sand stecken, das Vieh brüllt. Aufgeschreckt gackern die Hühner. Besitzer fangen sie ein und schlachten sie ab. Schweine grunzen.

Die zugenagelten Brunnen blicken wie blind in die Unendlichkeit des Himmels.

Auf dem Zaun von Marias Hof sitzen fünf Kinder – Tarassik, Ruslan und Lida und die zwei Kinder von Paliwoda, Dmitrik und Nina. Sie sind merkwürdig gekleidet. Es sind die hastig nach Augenmaß geänderten Sachen der Erwachsenen.

Fjodor striegelt Mawra im Stall und drückt seine Wange an ihr warmes Fell: Du bist genauso stumm wie ich, Mawra, und verstehst auch alles. Sprich mit mir.

Gestern nach dem Mittagessen ist Olesja nach Gorodischtscha gekommen. Sie hat nichts erzählt, sank nur auf das Sofa unter der alten Ikone und schlief ein.

Maria schiebt den Brotteig, den sie selbst angerührt hat, in großen schwarzen Formen in den Ofen. Odarka hilft ihr.

«Schaffen wir's, Mutter? Sonst müssen wir alles stehen- und liegenlassen.»

«Fahrt nur, Kinder. Fahrt weg von dem Unglück. Ich bleib hier mit Mawra, mit den Hühnern, mit Puschok und dem kleinen Maulwurf. Wovor soll ich alte Frau mich noch fürchten? Wer auf Gott vertraut, hat wohl gebaut.»

«Was redest du da, Mutter! Wenn du so was sagst, fahre ich auch nicht weg. Du hast doch gehört: Sie bringen Mawra dorthin, wo wir hinfahren. Ein paar Dutzend Privatkühe und dreihundert Kolchoskühe. Wer läßt so etwas zurück? Sie bringen sie ganz bestimmt. Man sagt, Pawlucha bleibt hier, um das Vieh zu evakuieren. Ich werd ihm eine Flasche bringen, damit er ein Auge auf Mawra hat.»

«Und wenn sie anfängt zu kalben?»

«Hast selbst gesagt, daß es noch zwei Wochen dauert.»

«Ich fahre auch nicht, wenn Sie hier bleiben, Tante Maria», sagt Sofja Paliwoda, die das Essen in einen Korb packt. «Meine Eltern leben bei Poltawa, aber ich bleibe bei Ihnen.»

«Ich kann doch nicht alles einfach stehen- und liegenlassen! Für wen? Als im Krieg die Deutschen kamen, war das schrecklich: Sie haben alles verbrannt, die Leute gehängt und erschossen, aber die Erde blieb uns. Erde, Wasser, Luft und Wald haben uns geschützt. Zweimal hab ich mich vor den Streifen gerettet. Weshalb soll ich jetzt flüchten, wenn das Unglück nicht zu sehen und nicht zu hören ist? Ich bestelle den Garten, gedenke am neunten Tag Mikolas und nach vierzig Tagen Iwans ... Hier peitschen keine Schüsse und explodieren keine Bomben, die Gärten blühen, der Fluß führt Hochwasser – was soll ich da flüchten? Siebzig Jahre habe ich auf dieser Erde gelebt, und nun, am Ende meines Lebens, soll ich alles verlassen? Wohin treibt diese Welt? Was soll daraus noch werden?»

Der Traktorist Archip hat seine beiden Schweine abgeschlachtet. Er hat sie mit der Lötlampe abgesengt und weidet sie nun aus. Sein Sohn, der noch in die Schule geht, und seine Frau, deren Gummischürze mit Schweineblut vollgespritzt ist, helfen ihm. Alle drei sind schwarz vom Ruß der Lötlampe, vollgeschmiert mit Fett und Blut. Sie hasten hin und her, schärfen die Messer und stellen Trog, Schüsseln und Töpfe für Fleisch und Speck bereit.

«Macht schon, Teufel noch mal, sonst fahre ich ohne euch ab. Wenn wir den dunkelblauen Shiguli schon hätten, könnten wir jetzt fahren, wohin wir wollen. Nun müssen wir die Hälfte an die Hunde verfüttern ...»

«Du hättest nicht gleich beide Tiere schlachten sollen. Das eine wäre im Stall schon nicht krepiert, ich hätte ihm Futter hingestellt ... Wohin sollen wir jetzt mit all dem schönen frischen Fleisch? Wer kauft uns das ab und für wieviel?»

«Hör auf zu jammern! Mir zerreißt es schon so das Herz. Wenn wir Fleisch und Speck haben, gehn wir nicht unter. Denkst du, die warten *überall* auf uns? Die rennen weg vor uns wie vor Aussätzigen. Wir verkaufen etwas an die Evakuierten, legen das Geld auf die Kante, vielleicht kriegen Flüchtlinge Autos ohne Voranmeldung ...»

Der Brigadier betritt mit einigen Milizionären Marias Hof.

«Tante Maria, wie lange ziehen Sie es noch hin? Die Radioaktivität steht schon am Dorfrand! Treiben Sie die Kuh zum Viehhof! Odarka, bring deine Kinder zum Bus, wir fahren in den Nachbarkreis, mit dem wir im Wettbewerb stehen. In diesem Jahr laufen die uns sicher den Rang ab. Eins, zwei, Abfahrt!» stößt der Brigadier hervor.

«Bring die Kinder fort, Sofja! Und du, Odarka, zieh das Brot aus dem Ofen. Fjodor, schließ das Haus ab, streu den Hühnern Futter hin, stell die Vogelscheuche auf, damit die Krähen nicht alle Beete aufscharren. Fegt aus, damit wir in ein sauberes Haus zurückkehren. Ich treibe Mawra fort. Und du, Brigadier, kommandier hier nicht rum! Wir verlassen nicht einen Eisenbahnwaggon, sondern unser Haus, in dem wir unser Lebtag gelebt haben, und unsere Heimaterde. Was bin ich ohne sie? Solchen Schwätzern wie dir ist alles einerlei. Eins, zwei, und ab durch die Mitte.»

«Sind Ihre Söhne vielleicht besser? Sind doch alle abgehauen, außer dem Taubstummen. Haben ein leichtes Leben und Komfort in der Stadt gesucht ...»

«Laß meine Kinder aus dem Spiel, es sind keine Heiligen, aber sie sind rechtschaffen.»

«Iwan hat früher auch rumkommandiert. Bis heute erinnern sich alle im Dorf daran . . .»

«Das weiß ich besser als du, bloß jetzt liegt er auf dem Friedhof. Er hat auskommandiert, du aber kommst gerade erst auf den Geschmack. Geh und ruf die Nachbarn.»

An den Bussen herrscht ein Heidenlärm. Alle schreien durcheinander, die Fahrer hupen. Nur die Schulkinder sind eingestiegen und haben sich gesetzt – das ist die Jugend von Gorodischtscha. Und der taubstumme Fjodor.

«Nicht so eilig, vielleicht widerrufen sie alles, und wenn dann ein Bote aus der Stadt kommt, sind wir nicht mehr da.»

«Regt die Leute nicht auf! Euch Alten ist's egal, aber wir Jungen wollen weiterleben», schimpft die Frau vom Traktoristen Archip und schleppt einen Sack in den Bus.

«Was haben wir euch denn getan? Lebt doch und kriegt Kinder. Wir lassen alles zurück, nehmen nichts mit . . . Du aber hast einen ganzen Sack voll eingepackt.»

«Und was wollt ihr dort essen?» fragt Archips Frau böse. «Denkt ihr, wir fahren zur Kur?»

«Heute ist zweiter Osterfeiertag. Morgen würde das ganze Dorf zum Friedhof gehen und der Toten gedenken. Nun müssen sie allein zurückbleiben.»

«Heute abend kommt meine Tochter mit den Kindern in Urlaub, aus Archangelsk. Und unser Haus ist versiegelt . . .»

«Wir haben Gorodischtscha verschlampen lassen, damit die Stadt lebt. Haben ihr unsere Kinder geschenkt, und jetzt stellt sich heraus, daß die Stadt keine Perspektive hat. Seit einer Woche ist sie verseucht.»

Atemlos kommt der Brigadier:

«Genossen! Wir machen keine Abschiedsveranstaltung! Los geht's. Während ihr untergebracht werdet, kommt das Vieh nach. Die Milizionäre bewachen eure Häuser wie ihr Augenlicht. Vorwärts! In die Busse!»

Maria legt Mawra die Arme um den Hals, drückt das Gesicht in ihr Fell und führt sie in die Hürde auf den Viehhof:

«Spreiz auf dem Wagen die Beine, damit du unterwegs nicht so durchgeschüttelt wirst. Ich hol dich als erste ab. Leg dich bloß nicht hin, dann stampfen sie dich tot . . .»

Odarka verteilt im Bus das selbstgebackene Brot:

«Nehmt, nehmt nur! Noch ganz warm! Mutter hat es zum Abschied gebacken und sagt, wir sollen es verteilen.»

Fjodor hilft der Mutter beim Einsteigen. Der Motor des neuen hellblauen Tourist-Autobusses läuft schon.

Tarassik zeichnet etwas auf die staubige Glasscheibe.

Olesja beobachtet traurig durchs Fenster, wie der Wind die Blüten von den Apfelbäumen reißt und sie mit dem Sand zum Friedhof treibt. Apfelblüten und Sandstaub schlagen gegen das Fenster, hinter dem man ihr trauriges Antlitz sieht.

Der Bus fährt an, seine Räder holpern über knorriges Wurzelwerk. Hinter dem Bus steigt eine Staubwolke auf, und die Apfelblüten wirbeln durch die Luft.

Der Friedhof mit den zwei frischen Grabhügeln gleitet vorbei. Die verblichene Aufschrift «Gorodischtscha».

78

Auf der Hauptstraße der Kreisstadt, die außerhalb der Zone liegt, drängen sich Fußgänger mit besorgten Gesichtern. Die meisten tragen Schutzanzüge mit Strahlungsmeßgeräten, haben Rote-Kreuz-Kistchen bei sich, Schutzmasken am Gürtel und Schulterstücke der Miliz.

An Häusern und Bäumen, an den Fenstern der Post kleben Ankündigungen:

«Stab des Jupiter-Werks: Klasse 7a, Schule Nr. 1».

«Der Kolchos ‹Otschisna›, Bezirk Welikobogatschansk bei Poltawa, nimmt Familien auf. Ständiger Wohnsitz garantiert. Haus, Garten, eine Kuh und Möbel werden zur Verfügung gestellt. Die Kolchosleitung.»

«Mutter! Ich bin hier, Uliza Schewtschenko, 12. Lusja Lopatjuk.»

«Wer keinen Ausweis hat, erhält an der Kinokasse eine Bescheinigung. Geöffnet rund um die Uhr.»

«Staatliche Unterstützungen für die Evakuierten werden von den Wohnungsverwaltungen ausgezahlt. In der Internatsschule».

«Wer einen Ring verloren hat, wende sich an die Buchhandlung».

Eine Menschenschlange an der Kasse für staatliche Unterstützung. Frauen mit Kindern, Männer, Greise und Greisinnen.

79

Vor Marias Haus jault Puschok dünn und durchdringend, er legt seine ganze Hundesehnsucht und Hoffnungslosigkeit in diese Laute. Die schweren Viehtransportautos drücken die Wurzelstöcke in die Erde, der Saft spritzt. Das Vieh auf den Wagen brüllt. Langsam verschwindet die Wagenkolonne im Wald.

Pawlucha und Miron, die sich freiwillig bereit erklärt hatten, in Gorodischtscha zu bleiben und das Vieh zu verladen, setzen sich auf ein verlassenes Fuhrwerk an der Hürde mit den Privatkühen und holen eine Flasche vor. Pawlucha setzt sie an, Miron nimmt die Zigaretten aus der Schachtel, schenkt sich ein und trinkt aus diesem seltsamen Gefäß.

«Nimm ruhig mehr! Bei Mirowitschs steht von der Leichenfeier noch fast eine ganze Kiste. Du hast doch allen Grund zum Trinken, hast einen Enkel gekriegt.»

«Hör auf! Da ist sowieso alles versiegelt, und die Milizionäre treiben sich überall rum. Es schickt sich ja eigentlich auch nicht... Ich weiß, wo meine Alte was vergraben hat. Jetzt können wir's in Ruhe rausholen...»

In diesem Moment schrecken die Privatkühe in der Hürde auf. Sie stürzen zu Pawlucha und Miron, die Männer fuchteln mit Armen und Mützen und scheuchen das Vieh zurück. Die Herde stürzt in die andere Richtung, die angefaulten Pfosten und der Zaun stürzen ein, und das Vieh rennt nach allen Seiten auseinander.

«Pawlucha! Wir kommen ins Kittchen!» schreit Miron und versucht, den Rindern den Weg abzuschneiden.

Die meisten Hoftore sind mit Draht verschlossen, zugenagelt oder verriegelt, und die Kühe, die in ihre Ställe zurück wollen, stehen am Tor.

Miron und Pawlucha treiben das Vieh zurück auf die Weide. Mawra ist die erste. Die Hürde ist zerstört, wo sollen sie das Vieh bewachen?

«Ich hab eine Idee! Auf dem Friedhof, der ist eingezäunt!»

ruft Pawlucha. Sie treiben das Vieh auf den Friedhof von Gorodischtscha und schließen erleichtert das Friedhofstor. Mawra beschnüffelt die zwei frischen Grabhügel.

80

Ludmilla Mirowitsch sitzt in der öffentlichen Sprechstunde vor Jurko Jessaulenko, dem stellvertretenden Vorsitzenden des evakuierten Stadtsowjets.

«Was soll ich bloß machen?»

«Gedulden Sie sich ein wenig. Sie sehen doch selbst den Andrang. Wir führen Familien zusammen, vermitteln denen, die jetzt nicht im Atomkraftwerk gebraucht werden, andere Stellen, bringen alle unter, die zur Beseitigung der Havarie gekommen sind, die Miliz schafft Ordnung in der Zone, nimmt Plünderer fest und sorgt dafür, daß die Kinder in den Süden kommen. Der erste Schock ist vorbei – wir haben alle Hände voll zu tun. Nehmen Sie doch erstmal die normale Unterstützung, später bekommen Sie den Unterschied, der Ihnen als Ehefrau eines Helden zusteht. Sie sehen doch selbst, wie schwer alles im Moment ist. Wir wissen, daß Mikola Iwanowitsch als Held gestorben ist, aber wir haben keinen Totenschein. Ich will mich mit Juristen beraten, wir helfen Ihnen auf alle Fälle. Wir helfen ganz bestimmt!»

«Und was wird mit der Wohnung?»

«Als Witwe des Gefallenen, als einer mutigen Frau kann ich Ihnen die Wahrheit sagen: In diesem Winter kommen wir nicht mehr in die Stadt zurück. Soviel steht fest. Aber unser Staat vergißt keinen, Sie am allerwenigsten. Ich denke, Sie werden eine Wohnung in Kiew bekommen. Dafür sorgen wir. Wenn bloß der erste Andrang vorbei ist . . .»

81

Viehtransportautos fahren in das menschenleere Gorodischtscha, das still in der Mittagssonne liegt. Sie halten am Friedhof. Die Fahrer legen die Laufstege aus.

Pawlucha und Miron rennen zwischen den Gräbern umher,

fangen die Kühe ein und führen sie an Stricken über die Stege in die Wagen. Mawra bockt. Pawlucha versetzt ihr mit dem Stiefel einen Tritt in den Leib, die Kuh stöhnt und geht weiter. Sie ist die letzte und steht an der Rückwand.

Miron kommt aus dem Dorf gerannt. Mit einer Dreiliterflasche selbstgebranntem Schnaps im Arm. Liebevoll stellt er sie auf den Sitz und springt dann selbst ins Fahrerhäuschen.

«Abfahrt! Mirowitschs Haus ist nicht mal abgeschlossen, aber es ist zu gefährlich ... Die Miliz ...»

Die Viehtransportautos rattern über das Wurzelwerk, die Fahrer geben Gas, wozu lange fackeln, sie befördern bloß Vieh.

Puschok jault vor dem Haus. Die Hühner gackern, am Himmel hängt bereits ein Geier.

Vor einer tiefen Pfütze bremst der Fahrer des letzten Viehwagens scharf und gibt wieder Gas. Mawra kann sich nicht halten, sie fällt gegen die Rückwand, überschlägt sich und stürzt auf den Sandweg.

Im Fahrerhaus hat das keiner bemerkt.

82

Das Riesenrad dreht sich leise wie im Schlaf um die eigene Achse. Der Wärter hat offensichtlich die Bremse nicht gezogen, und der Wind setzt es in Bewegung. Das Rad knarrt, die leeren Gondeln schaukeln. Die offenen Haustüren quietschen. Hungrige Katzen und Hunde wühlen in den Müllhaufen. Auf den Balkonkästen sitzen Krähen. Die Hubschrauber, die über der Stadt wenden, lassen Wind aufkommen, er treibt zerrissene Anschläge, Einwickelpapier, Zeitungsfetzen, Zellophanpapier und Zigarettenstummel durch die Straßen.

Der Weg zum Atomkraftwerk ist bereits mit einer dicken Sandschicht bedeckt. Monoton rollen die Räder eines Panzerwagens über die Betonplatten, in der Sonne blitzen die schmalen Schaulöcher, an die sich mehrere Augenpaare drücken.

«Legen Sie die Schutzmaske an, Alexander Iwanowitsch», sagt Pusatsch und beugt sich vom Rücksitz zu Alexander. Der erwidert nichts. Pusatsch steht auf, bückt sich, um nicht mit dem Kopf gegen die niedrige Decke des Panzerwagens zu stoßen, und zieht selbst Alexander die Schutzmaske über den kahlen Kopf und das Kinn.

Alexander sagt etwas, doch unter der Maske ist er nur schlecht zu verstehen. Pusatsch hört aufmerksam hin.

«Und Sie ... Nehmen Sie ...»

«Mir ist sowieso alles egal, Alexander Iwanowitsch. Die Mitglieder der Regierungskommission sprechen mit mir wie mit einem Schwerverbrecher. Jemand hat sie gegen mich aufgehetzt. Auf so einem Posten hat man immer Feinde ...»

«Wird alles geklärt. Aber warum haben Sie meinen Bruder Mikola nicht gerettet? Das verzeiht Mutter nie.»

«Sie werden sich schon irgendwie herauswinden. Sie haben ja den Helden. Aber ich bin nur ein Schräubchen im Räderwerk. Legen Sie wenigstens oben ein paar gute Worte für mich ein ...»

«Schneller! Gib Gas! Wir sind in einer Wolke. Der Zeiger schlägt aus!» ruft der Strahlungsmeßingenieur dem Fahrer zu, einem hageren Jungen mit zartem fast kindlichem Gesicht. Bisher hat ihn keiner beachtet. Der Wagen ruckt hart an, und Alexanders Kopf wird zurückgeschleudert. Pusatsch stützt fürsorglich mit beiden Händen seinen Nacken.

Sie fahren in großer Entfernung an der Ruine des Reaktors vorbei, aus dessen Schlund grauer Qualm aufsteigt. Sie fahren schnell, im gepanzerten Fahrzeug, doch Alexander hat alles gesehen.

«Ja, es stimmt! Jetzt sehe ich: Es stimmt! Mein Block ... Zum ersten Mal in der Geschichte der Zivilisation ... In solchem Ausmaß ...»

83

Maria will dem Fahrer einen Dreirubelschein zustecken, aber er lehnt ab:

«Machen Sie bloß keine Geschichten, Oma ... Sonst bringe ich Sie zurück, woher ich Sie geholt habe!»

Maria klettert aus dem Fahrerhäuschen des Lastwagens und geht in den Wald.

... Daß ihre Mawra nicht dabei war, hatte sie schon von fern gesehen und gespürt. Alle Besitzer nahmen ihre Kühe in Empfang, aber Mawra war in der Tat nicht dabei. Pawlucha schwor bei Gott und allen Heiligen:

«Ich hab sie nicht verkauft, die Verseuchte! Wer nimmt sie mir schon ab? Ich hab sie auf den besten Platz auf dem Viehauto gestellt. Das Lumpenvieh ist auf und davon ...»

Sie warf ihm eine Handvoll Sand in seine versoffene Visage, und er freute sich sogar darüber: Die Alte wird mich wenigstens nicht verklagen.

Die Einwohner von Gorodischtscha fanden in Knjashi Ljubetsch Aufnahme, einem kleinen, aber reichen Dorf, dessen Einwohner im Kolchos hinzuverdienten, jedoch von ihrem Hofland oder, genauer gesagt, von den großen Treibhäusern lebten, aus denen sie die Kiewer und zuweilen sogar die Moskauer mit Frühgemüse versorgten.

Die Mirowitschs wurden mit den Kindern im ersten Stock eines Hauses untergebracht, das an den Dienstleistungsbetrieb in Iwangorod erinnerte. Maria hatte sich dem Hausherrn gar nicht recht vorgestellt, er war gerade im Treibhaus beschäftigt, als das Vieh eintraf. Sie lief sofort Mawra suchen, aber die Kuh war verschwunden. Wie das? Alle waren an einem sicheren Ort eingetroffen, Mawra aber nicht? So viele Jahre hat sie uns ernährt, gehört zur Familie, und nun wird sie zurückgelassen, in der Radioaktivität, tragend und unglücklich, eine leichte Beute der Wölfe? Ich muß hin und sie suchen, sonst finde ich keine Ruhe.

... Als sie einen Milizionär auf dem Motorrad sieht, wirft sie sich erschrocken flach auf die Erde, unmittelbar neben einen Ameisenhaufen. Die Ameisen krabbeln wie wild im Gras umher, kriechen ihr in die Ärmel und über die Wangen. Aber hier leben doch Menschen, hier bin ich noch nicht in der Zone, warum habe ich eigentlich Angst? Ich bin doch keine Verbrecherin, daß ich mich verstecken muß. Dennoch wartet sie ab, bis das Motorrad vorbei ist, steht auf, schüttelt die Ameisen aus ihren Kleidern und geht weiter.

Ein junger Soldat bringt sie im Panzer über eine Pontonbrücke, die über ein Flüßchen führt. Sie sagt nicht, daß sie in die Zone will. «Bring mich rüber, Jungchen, ich geb dir Geld für ein paar Zigaretten.» – «Ich bin Aserbaidshaner, Oma.

Bei uns gibt's kein ukrainisches Geld. Darfst mir kein Geld geben, Oma.»

Sie überredet einen hageren Mann mit schmalem Gesicht: «Warum hast du Angst? Ich steige am Ufer aus, und du fährst zurück. Dafür hast du am rechten Ufer Großmutter Maria, zu der kannst du, wenn du willst, jeden Abend kommen! Ich geb dir zu essen, zu trinken und vor allem – deine Frau findet dich nicht, der Fluß liegt dazwischen. Holst dir Kartoffeln, soviel du brauchst, mein Keller ist voll. Bring mich alte Frau rüber. Ich werd es dir nie vergessen. Will für die Vergebung all deiner Sünden beten.»

«Oma, Sie laufen dem Teufel direkt in die Arme! Wir dürfen nicht mit den Booten auf den Fluß! Richten Sie sich lieber aufs Sterben ein und fahren Sie nicht zu dem verseuchten Ufer», brabbelt der Mann, aber man sieht: Er wird schon weich. Maria, die das fühlt, gibt nun erst recht nicht nach.

«Ich gehe, ich gehe ja zum Teufel! Bloß er wohnt am anderen Ufer. Bring mich näher ran, ich geh dann schon selbst in seine Arme, wirklich, mein Lieber, mein Guter . . .»

«Mußten Sie ausgerechnet mir über den Weg laufen? Das ist ja kein altes Weib, das ist ja eine Klette! Sie treiben da in eine schlimme Sache rein . . .» Er bindet das Boot los, legt die Riemen zurecht, zieht Hosen und Hemd aus und rudert los. «Aber wenn Sie mich an der Nase rumführen, Oma, und sterben . . . Haben Sie acht. Ich komm wirklich zu Ihnen zu Besuch, wenn die Radioaktivität weg ist . . .»

Das heimatliche Ufer und der Wald, hinter dem Gorodischtscha liegt, nähern sich. Marias Herz pocht schnell und hart, sie hört jetzt nichts mehr.

84

Der Panzerwagen mit Alexander Mirowitsch und dem Strahlungsmeßingenieur rast durch die Straßen der menschenleeren Stadt.

«Man darf solche Errungenschaften der Wissenschaft und der menschlichen Vernunft keinen Hochstaplern, Karrieristen und Abenteurern in die Hände geben!» hatte Alexander Mirowitsch vor den Mitgliedern der Regierungskommission zu Pusatsch gesagt. – «Aber zu dieser Kategorie gehört auch Ihr eigener Bruder Mikola», gab Pusatsch bissig zurück. – «Mikola wurde das Opfer einer verbrecherischen Anordnung. Er hat lediglich Schuld, weil er widerspruchslos Ihre Anordnung ausführte.»

Das Ausmaß der Havarie überwältigte Alexander Mirowitsch. Er erkannte, daß er vor der obersten Führung die Verantwortung übernehmen muß, und beschloß, gleich morgen in Moskau um Aufnahme in die Arbeitskommission zur Beseitigung der Folgen der Havarie zu bitten. Aber er muß sich genau überlegen, wie er das formuliert. So, wie es sich heute gehört – die Schuld auf sich nehmen, aber in Maßen, in Maßen, um nicht zu weit zu gehen. Schließlich bin ich schon schwer genug gestraft: Ein Bruder ist umgekommen, und der andere ist verstrahlt ...

Alexander drückt die Gläser seiner Schutzmaske an die Schaulöcher des Panzerwagens: Die vielen verlassenen Häuser, die Schlösser an den Türen der Geschäfte und öffentlichen Gebäude, herrenlos herumliegende Kinderfahrräder in den Höfen, Strampelanzüge auf den Wäscheleinen und zwischen den Betonplatten der Bürgersteige junges grünes Gras, das durch die Radioaktivität besonders wuchert. Am Hoteleingang die Tafel mit der Aufschrift: «Keine Zimmer frei». Die Tür ist versiegelt. Auf der Blumenrabatte weidet zwischen blühenden Tulpen eine einsame Ziege. Sie ist offensichtlich aus einem Vorort hierhergelaufen. Satte Ratten überqueren frech die Straße. Ein beschädigter Wolga steht vor dem Mast, gegen den er gefahren ist. Die Voranzeige zum Film «Gegenschlag» über dem kreuzweise vernagelten Eingang ins Kino. Durch die eingeschlagene Glastür des Restaurants führen zwei Milizionäre einen Halbwüchsigen mit einer Stange Zigaretten unterm Arm ab.

Die Ehrentafel der Stadt, unter deren Schild Schwalben ein Nest gebaut haben. Die Sonne spiegelt sich auf dem Glas und blendet Alexander Mirowitsch. Unwillkürlich schließt er die Augen unter der Schutzmaske.

Als er sie öffnet, blickt Mikola ihn durchdringend an. Die Augen des Bruders haben ihn durch den schmalen Spalt im Panzerwagen entdeckt und geben ihn nicht mehr frei.

Alexander Mirowitsch legt dem Fahrer die Hand auf die

Schulterstücke, der bremst scharf. Alexander versucht fahrig die Luke über seinem Kopf aufzustoßen, aber der schweigsame Strahlungsmeßingenieur fällt ihm in den Arm.

«Halt! Hier sind fünfundvierzig Röntgen! Entweder ist hier eine Wolke, oder ein Stück von einem Brennstab ist hier gelandet. An dieser Stelle fahren wir immer mit Allüre.»

Der junge Soldat lenkt den Panzerwagen zur Stadtausfahrt, doch Alexander Mirowitsch sieht noch immer die Augen des Bruders vor sich ... Ein paarmal verdeckt er mit der Hand den Sehschlitz, aber Mikolas Augen sind allgegenwärtig.

Der Friedhof, auf dem Vater liegt. Das Grab ist nicht zu sehen.

Der junge Soldat wendet den Panzerwagen am Hof der Mirowitschs. Der vernagelte Brunnen. Wermut und Brennesseln verdecken fast die Brunneneinfassung und die Fenster. Die Stalltür steht sperrangelweit offen. Auf dem schmalen Weg wuchert Unkraut. Mutter hat immer den Schlüssel auf den kleinen Pfosten unter den leeren Eimer gelegt ... Der Eimer ist nicht da, also auch der Schlüssel nicht ... Meine Nabelschnur liegt in der Zone ...

Der abgemagerte Puschok voller Kletten, mit zerkratzter Schnauze springt aus dem Unkraut auf die Stufen der Vortreppe und kläfft den fremden Wagen bösartig an.

Alexander Mirowitsch gibt dem Fahrer ein Zeichen mit der Hand: weiterfahren. Mikolas große, graue, schuldbewußte Augen blicken ihn wieder prüfend an, als wolle er herausfinden: Ist das mein Bruder dort unter der Schutzmaske oder nicht?

Das Wurzelwerk knirscht unter den schweren Rädern des Panzerwagens, der Saft spritzt auf die Panzerung und auf den Weg. Im Wald liegt in einer sandigen Wagenspur ein totgeborenes Kälbchen, um das sich hungrige Hunde drängen, in der Luft kreisen Krähen. Sie fahren um das verendete Tier herum und gelangen auf die Landstraße, dort, wo ein schwarzer Wolga in der Sonne glänzt.

Alexander Mirowitsch klettert ungeschickt mit seinem langen Körper aus dem Panzerwagen, der Fahrer und der Strahlungsmeßingenieur schieben ihn aus der Luke. Alexander steigt in den Wolga um, behält aber die Schutzmaske auf.

Etwas behindert ihn am Atmen und Nachdenken, doch er weiß nicht, was es ist: Mikolas Blick oder die Schutzmaske?

85 Ein Verkaufswagen hat nach Knjashi Ljubetsch, wohin die Einwohner von Gorodischtscha evakuiert worden sind, billige Kleidung für die Umsiedler gebracht. Der Verkauf findet vor dem Klub statt, einer ehemaligen Kirche, von der die Kreuze abgerissen sind. Die durchlöcherte Kuppel wurde repariert, der Innenraum verputzt und als Tanzsaal und für Filmvorführungen hergerichtet. Die Einwohner von Gorodischtscha probieren Baumwollkleider an, billige Morgenröcke, Männerhosen und Hemden, die in den Lagern herumgelegen haben.

Fjodor wartet auf seine Mutter. Um die Unruhe zu bezwingen, damit die Zeit schneller vergeht, hat er sich eine Sense geborgt und mäht nun Brennesseln und Wermut vor dem Klub. Ein staubiger Kleinbus mit der Aufschrift «Fernsehen» hält dicht vor ihm. Fjodor mäht weiter. Ein Korrespondent mit Mikrofon kommt auf ihn zu, ein Mann mit Bart richtet die Kamera auf ihn.

«Wir wissen, daß Sie aus der Sperrzone evakuiert und ein Bruder von Mikola Mirowitsch sind, der auf seinem Posten wie ein Held den Tod gefunden hat, daß Ihr zweiter Bruder, der heldenhafte Feuerwehrmann Grigori Mirowitsch, verhinderte, daß das Feuer auf die Nachbarblöcke übergriff, und uns somit vor einem noch größeren Unglück bewahrt hat. Sie haben Schweres erlitten. Sie wurden evakuiert und sind bereits bei der Arbeit ... Wahrscheinlich sind Sie und Ihre Brüder so erzogen worden? Was können Sie dazu sagen?»

Fjodors Gesicht spannt sich, seine Backenknochen zeichnen sich scharf ab, die Wangenmuskeln arbeiten. In seinen Augen steigt aller Schmerz des Taubstummen auf, der versucht, etwas zu sagen. Er will sprechen, aber die Worte sterben, ohne daß sie geboren sind. Stumm blickt er in die Kamera.

«Schön, dann sagen Sie bitte: Träumen Sie davon, in Ihr Heimatdorf zurückzukehren? Es handelt sich doch hier um vorübergehende Schwierigkeiten, die man überwinden muß.»

Hinter Fjodors Rücken reckt Tarassik sein Köpfchen:

«Onkel Fjodor weiß alles und versteht alles, aber er kann nicht reden.»

86 Kaum betritt Maria den Pfad, der nach Gorodischtscha führt, da vernimmt sie Motorlärm und sieht, wie ein grüner Panzer – allerdings nicht mit Ketten, sondern mit Rädern – das Dorf verläßt. Sie ist auf ihrem langen Weg von Knjashi Ljubetsch bis Gorodischtscha vorsichtig geworden, weil sie fürchtet, erwischt und zurückgeschickt zu werden. Darum zieht sie sich jetzt tiefer in den Wald zurück, um sich hinter den dicken Kiefernstämmen zu verstecken. Weshalb haben sie uns bloß fortgebracht? Alles blüht und grünt genau wie in Knjashi Ljubetsch. Das Gras am Flußufer ist dicht wie ein Teppich, und die Sommerurlauber trampeln ihn nicht nieder. Es ist so still und schön, die Erde ist warm unter den Füßen – hier möchte man einfach leben, nichts weiter.

Der Panzerwagen hüllt sie in heißen Benzindunst, Sand spritzt unter den Rädern hervor. Aus dem Sehschlitz blicken Maria kalte, furchterregende Glasaugen an. Sie bemerken sie nicht hinter der Kiefer, Gott sei Dank, mochten sie nur ihres Weges fahren. Für die dort ist das hier Sperrzone, für mich ist es meine Heimaterde... Wenn es bloß schon dämmern wollte, damit ich in aller Ruhe mein Haus betreten kann, es wird mich aufnehmen, mir Schutz und meiner Seele Wärme geben. Vielleicht wartet schon Mawra auf mich und hat im Stall ein Kälbchen geboren...

Sie tritt auf die Waldwiese, wo der Wermut dicht steht. Nicht weit von hier plätschert leise der Fluß, und über ihrem Kopf haben sich die Kronen der Kiefern verwoben. Sie kennt und liebt diese Stelle, aber sie ist lange nicht mehr hier gewesen. Alles ist so grün wie damals im Mai... Die Maikäfer verhedderten sich in den Haaren, und wenn man sich zur Ruhe legte, summten sie einem um die Ohren. Der kleine Alexander schlief ein, kaum daß er das Köpfchen aufs Kissen gelegt hatte, doch keinen Abend vergaß er zu bitten: Wecke mich, wenn Vater aus dem Krieg kommt... Ich will mit seinem Maschinengewehr schießen.

In Gorodischtscha haben sie schon den Sieg gefeiert. Zwei Tage lang hallten auf dem Platz, wo jetzt die Bushaltestelle ist, die fröhlichen Klänge der Ziehharmonika. Sie hielten dem Harmonikaspieler Essen und Trinken direkt vor den Mund, damit er bloß ununterbrochen aufspielte. In den Gärten grünte und blühte es, goldglänzender Sandstaub hing in der Luft. Auch Maria drehte sich mit Alexander bis zum Umfallen im Tanz: auf den Schultern, im Gesicht, an den nackten Waden klebte der Sand, und Maria kehrte völlig erschöpft heim. Sie legte Alexander schlafen und lief um Mitternacht zum Fluß, um zu baden, um sauber zu sein, wenn Iwan aus dem Krieg heimkehrte. An dieser Stelle legte sie gewöhnlich ihre Kleider ab, hier trocknete sie im Mondschein ihren jungen Körper mit einem groben hausgewebten Handtuch, lauschte auf das Plätschern des Flusses und das Raunen des Waldes, lauschte in sich hinein und konnte es noch immer nicht fassen, daß sie diesen Krieg überstanden hatte, daß ihr Iwan lebte und daß das Schlimmste hinter ihr lag. Fortan wollte sie nur noch leben, Kinder gebären und ihren Iwan lieben.

An jenem Maitag hatte Maria am Fluß große Wäsche gemacht. Hier, unter dem Steilhang, auf dem granitenen Rollstein. Erschöpft hatte sie einen großen Berg sauberer Gardinen, Laken, Hemden von Iwan und Alexander aufgestapelt – sie hatte alles gewaschen, was im Hause war, als wollte sie den Krieg abwaschen. Sie war auf diese Waldwiese gegangen und hatte sich im dichten Wermut ausgestreckt. Wahrscheinlich war sie eingeschlummert.

Als sie erwachte, spürte sie, wie sich jemand über sie beugte und ihr Tabakrauch ins Gesicht blies. Sie fuhr auf und sah einen fremden schwarzen Bart. Da versetzte sie dem Unbekannten eine schallende Ohrfeige und sprang auf die Beine. Der Mann aber wälzte sich lachend im Wermut:

«Hurra! Jetzt sehe ich's, das ist meine Maria!»

«Iwan! Iwan, Leibhaftiger!» Die Knie zitterten ihr, und sie fiel hin.

Die Waldwiese schwankte unter ihnen wie ein leichter Kahn auf dem Wasser. Iwans Küsse kitzelten – das war sein Bart. Überwältigt von der Zärtlichkeit des Mannes und wie trunken vor Freude, flüsterte sie nur:

«Iwan! Deine Medaille hat sich losgehakt, die Nadel piekt mich so in die Brust . . .»

Im Februar schaukelte sie bereits die Wiege mit Mikola.

«Ach, Mikola, Mikola . . . In Freuden habe ich dich empfangen, und leicht hab ich dich geboren. Glaubte, du würdest der glücklichste von allen werden ... Und nun ... Wenn ich wenigstens deine Knochen finden und dich auf unserem Friedhof begraben könnte. Dein Freund Paliwoda hat immerhin ein Grab, zu dem seine Frau und seine Kinder kommen können. Der kleine Dmitro und Nina werden zu ihm gehen, wenn aus ihnen etwas Rechtes wird in dieser wahnwitzigen Welt, in der wir uns selbst so vieles angetan haben ...» Maria spricht laut vor sich hin. Sie findet rasch die Stelle, wo sie mit Iwan am zwölften Mai fünfundvierzig gelegen hat, kniet sich hin, legt sich dann in den weichen Wermut, streckt sich erleichtert aus und entspannt ihren kleinen mageren Körper.

Unter einem Strauch erblickt sie ein weißes Taschentuch, dessen Ränder mit rotem Kreuzstich verziert sind. Wo hat sie es nur gesehen? Wahrscheinlich bei Olesja. Richtig, bei Olesja. Im vergangenen Jahr hat sie im Laden Batist gekauft, ihn zu Taschentüchern zerschnitten und mit Kreuzstich ausgestickt. Wann mochte sie hier gewesen sein? Wahrscheinlich, als sie Großvater beerdigt haben. Maria steckt das Tüchlein in ihre Jackentasche: Ich wasch es und geb's der Enkelin zurück.

Maria wacht auf, weil ihr jemand ins Gesicht atmet. Ruhig schlägt sie die Augen auf und erblickt vor sich – die zerkratzte Schnauze von Puschok. Er winselt freudig, leckt ihr Gesicht und Hände, wälzt sich im Gras und kriecht auf dem Bauch um sie herum. Maria zieht ihn an sich und preßt ihn an ihre Brust. Komm mit nach Hause, ich geb dir was zu fressen ...

87

Ein SMH-Wagen jagt durch Knjashi Ljubetsch und wendet hart vor einem einstöckigen pompösen Haus. Hier hat die Familie Mirowitsch vorübergehend Unterkunft gefunden. Eisernes Tor, hoher eiserner Zaun. Ein Hund stürzt aus seiner Hütte, stemmt sich mit den Vorderpfoten gegen das Tor und kläfft.

Der Hausherr ist gerade vom Markt aus Kiew zurückgekehrt, sitzt am Tisch und glättet zerknüllte Geldscheine, sortiert sie zu kleinen Stapeln, damit sie sich leichter zählen lassen. Wer ist da bloß schon wieder? Wollen sie ihm etwa noch jemanden aufhalsen? Er hat doch schon fünf Kinder, eine alte Frau, zwei junge Frauen, ein junges Mädchen und einen Taubstummen aufgenommen. Sie haben für die Bezirkszeitung ein Interview gemacht... Was denn nun noch? Er ruft die Eingewiesenen, und eine Frau geht hinaus zum Wagen. Es ist Odarka. Ein Mann im weißen Kittel kommt ihr entgegen:

«Sind Sie eine Mirowitsch? Wir brauchen einen Bruder oder eine Schwester von Grigori. Umgehend. Morgen früh wird er operiert – Knochenmarkverpflanzung. Einen Bruder oder eine Schwester. In Borispol wartet das Flugzeug.»

«Fjodor! Fjodor! Wir müssen fahren, wir müssen Griz retten.»

Aber Fjodor steht schon hinter Odarka. In der Dunkelheit hat er nicht verstanden, worüber gesprochen wird, aber er spürt: Irgend jemand braucht Hilfe, er muß sein Herzblut oder seine Haut oder vielleicht gar die Seele geben.

«Sofort, ich sag nur rasch den Kindern auf Wiedersehen.» Odarka läuft ins Haus zurück. Olesja und Sofja Paliwoda suchen ihre letzten Rubel zusammen und schieben sie ihr gewaltsam in die Hand. Odarka küßt die verschlafenen Kinder und läuft hinaus.

88

Maria schaltet das Licht nicht an – im Dorf hat die Miliz Dienst, wenn die sie sehen, jagen sie sie gleich fort. Sie ißt eine kalte Kartoffel, die noch von der Totengedenkfeier im Topf liegt und schon ganz dunkel ist. Dann holt sie ein Stück Wurst aus dem Kühlschrank und gibt Puschok zu fressen. Er schlingt es hinunter, verschluckt sich und jault.

Daheim gewinnt sie allmählich ihre Sicherheit zurück. Hier ist ihr alles vertraut, beruhigt sie, und ihre Gedanken kehren zu dem Leben vor der Havarie zurück. Sie sinnt nach, was diese Wände alles von ihr wissen. Sie haben sie gekannt, als sie jung und kräftig war wie das Frühlingswasser, krank und müde wie ein stehender Sumpf, starrsinnig wie eine Ziege, gütig und verzeihend. Sie haben ihr Weinen gehört, als Iwan sich mit Nastja eingelassen hatte und die von ihm Wassil kriegte. Nur diese Wände wissen, daß ich diesem Parasiten, diesem Schürzenjäger alles verzeihen wollte, wenn er bloß zurückkäme, daß ich ihm seine Zigeuneraugen nicht auskratzen und ihm auch keine Schwefelsäure in seine schöne Larve gießen, sondern Wasser anwärmen würde, damit er sich waschen kann, damit er nicht mehr nach Nastja riecht. Sicher, die Radioaktivität hat jedes Stück Holz in diesem Haus verbrannt, aber es steht fest und stürzt nicht ein.

Maria überlegt, daß sie jetzt wie die Eule nur nachts leben kann, daß sie sich tagsüber nicht auf der Straße zeigen darf. Das ist nicht zu ändern. Sie holt ein Säckchen Kartoffeln aus dem Keller, kleidet sich in Schwarz und setzt Kartoffeln. Wenn ich laut nach Mawra rufen könnte, würde sie mich sicher hören und kommen, aber ich muß stumm sein wie Fjodor. Puschok, such Mawra, lauf mir nicht vor den Füßen herum ... Sie setzt die Kartoffeln in gleichmäßigen Reihen in kleine Löcher: Sie haben zwar im Keller gelegen, sich nicht in der Sonne wärmen können, haben nur schwächliche Keime, aber das tut nichts, die Kartoffeln müssen wachsen, ohne Kartoffeln kann man nicht leben, ohne Kartoffeln hätten wir den Krieg nicht durchgestanden.

Als Puschok die Ohren spitzt und in die Nacht wittert, versteckt sich Maria sofort hinter der Vogelscheuche, steht eine Weile reglos mit verhaltenem Atem und macht sich dann wieder an die Arbeit. Sie pflanzt zu beiden Seiten des Weges Sonnenblumen, sät rote Rüben, Dill und Petersilie – wenn die Kinder und die Enkel zurückkommen, wird alles im Garten blühen und gedeihen. Sie kommen schließlich nach Hause zurück und nicht in die Wüste. Sie verspürt ein Kratzen in der Kehle, unterdrückt jedoch den Husten. Puschok ist verschwunden. Wenn die herrenlosen Hunde sich nur nicht auf ihn stürzen. Sie hat gehört, daß man die Hunde in den ausgestorbenen Dörfern abschießt, sie muß Puschok im Haus einsperren.

Vom Garten geht sie in den Stall – vielleicht wartet Mawra schon? Nein. Die verschlafenen Hühner sitzen auf der leeren Futterkrippe. Eine nach der anderen trägt sie die Hennen auf die Stange, damit Füchse und Marder sie nicht holen. Die Hühner schlagen nicht um sich, gackern nicht, atmen nur heiser und bewegen schwach ihre Flügel. Sie lehnt sich an die

Krippe: O Gott, wieviel Arbeit hat es immer auf dem Hof gegeben, aber jetzt ist alles getan, nun könnte sie sich ins Grab legen. Ob sie zu Iwan und zu Dmitro gehen soll? Sofja hat gesagt, heute ist der neunte Tag nach Dmitros und Mikolas Tod. Ein altes Weib in ganz Gorodischtscha – eine schöne Totengedenkfeier!

Maria steht auf, um einen Armvoll Heu zu holen und in die Futterkrippe zu legen, vielleicht kommt Mawra. Dabei stößt sie mit der Hand gegen etwas Hartes an der Wand. Schnell schiebt sie das Heu beiseite – an der abgeblätterten Lehmwand lehnt ein Eichenkreuz. Ach, Iwan, und ich habe dich noch gefragt, wo der Eichenklotz ist, der übrigblieb, als wir die Veranda gebaut haben. Er verschwand, als du immer magerer wurdest. Deshalb hast du dich also nachts im Schuppen eingeschlossen, hast geraucht, gehustet und gehobelt. Du hast es also gewußt ... Nastja war damals gerade gestorben, und ich hab dich zu ihr geschickt: Geh, nimm Abschied von ihr, du Unmensch! Die Leute haben erzählt, daß Nastja gesagt haben soll: Halte dich hier nicht lange auf, ich warte dort auf dich, aber ohne Maria ... Hast das Kreuz poliert und mit Firnis gestrichen. Schönes, trockenes, festes Holz. Das kriegt keine Radioaktivität klein.

Maria bindet den Strick vom Metallring an Mawras Futterkrippe los, wickelt ihn um das Kreuz, legt sich die Enden über beide Schultern, zerrt das Kreuz auf den Rücken und verläßt mit schweren Schritten den Hof.

Das Kreuz reibt ihren Rücken wund, drückt auf die Wirbelsäule, aber sie trägt es, die Zähne zusammengebissen, sucht mit der Hand Halt an den Zäunen, trägt es weiter durch ihr totes Gorodischtscha, in dem nur noch hungrige Hunde heulen, wo die Hühner in den Baumkronen sitzen, im Schlaf mit den Flügeln schlagen, und Füchse durch die verlassenen Höfe stromern. An den Zäunen sind die meisten Bäume schon abgeblüht, hin und wieder bleibt das Kreuz mit der Querleiste an den unteren Ästen hängen, und die letzten Blüten fallen auf Marias Schultern, auf das schwarze Kopftuch, auf das Kreuz, auf die schweißnassen Hände, die vor Anstrengung blau anlaufen.

Ich werde dich auch dort finden, Iwan, ich reiß dich los von Nastja, dein Glück, daß ich jetzt nicht sterben darf. Siehst du, was hier geschieht? Dort liegen kann jeder, aber versuch mal, hier zu leben. Ich tauge nicht mehr viel, das Kreuz ist wie aus Stein. Im ersten Kriegssommer, als ich dachte, daß ich schon verwitwet bin, hab ich einen Sack Kartoffeln bis nach Kiew geschleppt und gegen Getreide eingetauscht. Am Morgen war ich wieder daheim. Und wie viele Eichenstümpfe hab ich aus dem Wald in den Hof geschleppt ... Bin abgerackert, ich altes Weib. Weshalb erschreckt bloß alle diese Radioaktivität? Wo ist sie? Oder sehe ich schlecht?

Sie bleibt immer wieder stehen, läßt das Kreuz zur Erde gleiten, steht reglos da, lauscht, spürt, wie sein Gewicht drückt, gleich wird es sie vollends zur Erde drücken, und sie wird niemals mehr aufstehen. Doch allmählich beruhigt sich das Herz, und der Atem wird gleichmäßiger. In Gedanken redet sie dem Kreuz gut zu, daß es leichter sein möge, denn sie trägt es sowieso weiter, daß es sich nicht widersetze, weil es für ein Kreuz besser ist, an einem Grab zu stehen, als im Ofen zu verbrennen ...

Sie schleppt es zum Friedhof, stellt es auf die Erde und sieht, daß Iwans und Dmitros Grabhügel von Rinderhufen niedergetrampelt und beschmutzt sind. Sie kratzt den trockenen Kuhmist zusammen und trägt ihn fort. Ein Hund knurrt sie an, er war neben einem Haufen Hühnerfedern eingeschlummert. Sie redet ihm beruhigend zu, und er wird friedlich.

Lange schiebt sie Sand auf beide Gräber, doch mit den bloßen Händen fällt das schwer, deshalb macht sie einen einzigen Grabhügel daraus. Dmitro ist sowieso dicht neben Iwan beigesetzt worden. Sie scharrt in der Mitte eine kleine Vertiefung aus und zieht das Kreuz mit dem Seil am Grab hoch.

Iwan, wenn du Mikolas Seele begegnest, sei freundlich zu ihm und gütig. Ich kenne dich doch: Du hast immer nur herumkommandiert und geschrien. Gib ihm wenigstens jetzt etwas Wärme. Mikola und Dmitro. Über sie, die ersten, hat heute die Zeitung in Moskau geschrieben. Als ich nach Hause wollte, haben mich Milizionäre gesehen und mich nicht weitergelassen. Einer hat auf einem Motorrad gesessen und die Zeitung gelesen. Da haben sie mich von der Zeitung angeblickt – Mikola und Dmitro ... Man sagt, wenn unser Griz mit seinen Leuten nicht gewesen wäre, so hätte man auch aus

Kiew alle evakuieren müssen. Die Milizionäre haben mir nicht geglaubt, daß ich die Mutter bin, wollten mich wieder zurückschicken, aber ich bin durch den Wald gegangen, meine Füße kennen den Weg. Sie haben uns fortgebracht von hier, Iwan, weit fort, über hundert Kilometer weit. Gut, daß unser Land so groß ist, wenn es kleiner wäre, was dann? Wohin hätten wir gehen sollen? Ins Ausland? Unter ein fremdes Volk? Und wenn sie uns nicht aufgenommen hätten, wenn sie gedacht hätten, wir brauchen keine fremden Kostgänger? Wohin dann? Auf den Mond? Ist doch alles dasselbe ... Auf dem Mond sieht man nachts, wie der Bruder gegen den Bruder mit Heugabeln auszieht. Weißt du noch? Wir haben es beide gesehen, als wir die ganze Nacht über vor meinem Haustor standen und du nur mich geliebt hast. Was für Zeiten sind nach deinem Tod gekommen, Iwan! ... Man darf die Kinder jetzt nicht allein lassen. Jetzt muß ich noch leben ...

Mit letzter Kraft richtet Maria das Kreuz auf, schiebt mit dem Fuß den Sand zusammen, stampft ihn fest und lehnt sich völlig erschöpft an das feste Eichenholz.

Sie kommt heim, als über Gorodischtscha, über dem Wald, über der Sperrzone der Morgen graut. Sie verriegelt die Tür von innen und legt sich angekleidet auf das Sofa mit den quietschenden Sprungfedern. Ob ich noch einmal erwache? Was habe ich noch nicht getan? Die Kartoffeln wachsen, das Kreuz steht, Puschok ist satt. Weshalb quält mich diese Stille? Ach richtig, die Uhr ist stehengeblieben. Das Ticken fehlt mir. So kann ich nicht einschlafen.

Maria steht auf, zieht das Gewicht hoch und stößt das Pendel an. Jetzt geht sie wieder!

Die alte Frau tritt ans Fenster und zieht den Vorhang vor. Im selben Augenblick jault Puschok an der Tür. So, das ist das Ende!

Mit zitternder Hand schiebt sie den Vorhang ein wenig beiseite. Da erblickt sie vor sich Mawras Stirn mit dem weißen Fleck. In der Mitte klebt geronnenes Blut.

89

Woher kommt nur soviel Herzlosigkeit? denkt Olga Mirowitsch. Sie wartet ungeduldig, aber der Wächter ihrer Spezialklinik studiert eingehend ihren Dienstausweis. Er kennt sie längst und stellt sich trotzdem an wie ein Grenzposten. Endlich schenkt er dem Ausweis Glauben.

«Ich werde Ihnen mein Foto schenken, damit Sie's sich in Ihrer Freizeit gründlich angucken können. Die Kranken warten nämlich auf mich», sagt sie und steckt den Ausweis ein. Der Wächter schweigt, er prüft jetzt den Dienstausweis einer Krankenschwester von ihrer Station. Sie weiß – für dieses Krankenhaus gelten besondere Vorschriften, sie weiß auch, daß der Wächter, wenn man ihn gewähren ließe, die Lebensläufe aller Mitarbeiter überprüfen würde. Aber ebenso würde er für einen Zehnrubelschein in aller Seelenruhe jeden Unbefugten durchlassen. Sie weiß es, aber ... nicht heute, nicht heute ... Um Mitternacht ging es Griz ganz schlecht. Gestern begann sich seine Haut dunkel zu färben, die Pigmentation setzte ein. Nur eine Knochenmarktransplantation! Nur eine Transplantation. Nur junges, kräftiges Knochenmark! Fjodor! Sie haben Griz' Blutgruppe nicht im Krankenhaus ... Fjodor ... Ob sie ihn finden werden?

Olga öffnet die Tür zu der Box, in der Griz liegt. Über das weiße Kopfkissen, über das Laken, über den hellen Plastikboden liegen seine schwarzen Locken verstreut. Schwarzer Schaum im Schnee. Sie hat gesehen, wie junge Männer vor ihren Augen kahl wurden, hat gewußt, daß dies auch mit ihm geschehen wird, aber ... Gestern abend, bevor sie nach Hause ging, hat sie ihn noch gekämmt. Jetzt preßt er eine Haarsträhne in der dunkel verfärbten rechten Faust, die nicht an den Tropf angeschlossen ist. Unwillkürlich muß sie denken: Ich sage den Pflegern, daß sie sie nicht wegwerfen ... Natalka hat gebeten, sie ihr zu geben, wenn es passiert ... Es ist passiert. Heute wird sie wieder vor mir stehen, wenn ich das Krankenhaus verlasse, und bitten: Retten Sie ihn! Und ich kann nicht lügen. Natalka muß auch untersucht werden ... Sie hat viel abbekommen.

Griz liegt da, das Gesicht zur Wand, den kahlen Kopf mit der nachgedunkelten Haut ins Kissen gepreßt, der Hals ist faltig und fleckig. Ohne den Kopf zu wenden, hebt er matt den rechten Arm, öffnet die Faust, und die schwarzen Locken fallen auf seinen kahlen Schädel und auf das Kissen.

«Quäl dich nicht damit, Griz. Alexander ist sein Leben lang kahl, was ist schon dabei? Ich hab ihn geliebt und liebe ihn noch. Deine Natalka hat gestern gesagt: Wenn ich schon einen ganzen Schwarm Konkurrentinnen aus dem Feld geschlagen habe, so werde ich auch mit der Leukämie fertig. Gleich wird Fjodor eingeflogen. Ich werde dich selbst operieren. In Anwesenheit eines amerikanischen Chirurgen. Es ist noch nicht zu spät, Griz. Und Haare sind für Männer überflüssig, die machen nur unnötige Scherereien... Laß man, wir werden noch auf deiner Hochzeit tanzen...»

«Wo ist Mikola? Warum sagst du nichts von Mikola?»

«Sie sind alle evakuiert. Aus der Stadt, aus dem Kreis. Alexander ist gestern hingeflogen, er war in Gorodischtscha, alle sind in Sicherheit. Die Arbeiten zur Beseitigung der Havariefolgen haben begonnen. Mikola ist wahrscheinlich dort. Alexander und Natalka möchten um ihr Leben gern zu dir, du weißt, das geht nicht. Kein Unbefugter darf über die Schwelle unserer Klinik.»

Griz sammelt mit schwacher Hand seine Haare vom Kissen und schiebt sie zu einem Häuflein zusammen. Langsam wendet er das Gesicht – es ist erdfahl geworden, die schwarzumränderten Augen liegen tief in den Höhlen, die Stirn durchziehen tiefe Furchen, nur über der Nasenwurzel brechen sie ab.

Die Tür der Box öffnet sich. Ein junger Assistenzarzt ruft Olga.

«Wir fahren alle nach Gorodischtscha und tanzen auf deiner Hochzeit...»

«Olga! Wenn ich am Leben bleibe, werde ich Kinder haben können? Belüge mich nicht, ich vertrage die Wahrheit...»

«Entschuldige, ich muß zum Chefarzt. Wahrscheinlich ist der Amerikaner gekommen! Er hat hier schon einen Scherz gemacht: Das atomare Jahrhundert muß ein Jahrhundert der Großfamilien sein, sonst haben wir keinen, der Knochenmark spendet, und die Menschheit überlebt nicht. Ich bin gleich zurück, Griz. Nur für einen Augenblick...»

90 Jetzt können sie mich aus Gorodischtscha vertreiben, können mich fortschaffen. Nun ist es egal, denkt Maria, als sie den letzten halbvollen Wassereimer, den Fjodor noch geschöpft hat, vor Mawra hinstellt. Aber die Kuh säuft nicht. Maria will Mawras geschwollenes, blutverkrustetes Euter abwaschen, in dem die Milch brennt, aber sie hat kein Wasser, Fjodor hat den Brunnen zugenagelt wie einen Sarg. Mawras Flanke ist abgeschürft, man müßte sie mit warmem Wasser waschen, aber es reicht nicht einmal zum Trinken. So weit sind wir gekommen: Haben alles Unheil vom Wasser erwartet, und nun wissen wir nicht einmal, woher das Wasser nehmen ...

Maria fällt ein, daß im Keller noch Birkensaft steht, Fjodor hat ihn im April im Wald abgezapft. Sie wärmt ihn an und wäscht Mawras Euter ab. Der Saft ist sauber, nicht verseucht. Fjodor hat ihn vor der Havarie abgezapft, brauchst keine Angst zu haben, Mawra, halt aus. Jetzt haben es alle schwer: Menschen und Tiere, alle, die eine Seele im Leib haben.

Sie berührt mit leichter Hand Mawras feste Zitzen, streichelt sie, tastet sie ab, massiert sie. Die Kuh blickt sich zu ihr um, stößt sie mit den Lippen an die Schulter, seufzt und stöhnt leise. Die erste Milch ist blutig, dann fließen himbeerrote Strahlen in den Melkeimer und schließlich weiße. Aber der Schaum ist von blaßroter Farbe und dick, die Bläschen springen nicht auf, sondern formen sich zu kleinen Kügelchen und hüpfen aus dem Melkeimer.

Gierig schnuppert Puschok an der Schwelle des Stalls, er wittert die Milch. Wer weiß, wo er sich herumgetrieben hat, sein Fell ist voller Kletten, und sein Schwanz wischt über den Boden.

«Brauchst dich gar nicht anzuschmieren, ich geb dir sowieso nichts. Woher soll ich wissen, wo Mawra geweidet hat? Natalka hat gesagt, daß die Milch jetzt reines Gift ist. Versuch mich nicht rumzukriegen, ich geb dir sowieso nichts. Ich trink ja selbst keinen Schluck, obwohl mich der Durst quält ...»

Maria geht mit dem Eimer auf den Hof und schüttet die Milch in den Wermut. Das Grün färbt sich sofort weiß, dann grau, und die Büschel bedecken sich mit einer silbrigen Haut. Die Milch sammelt sich in einer kleinen Grube, die füllt sich bis an den Rand; nun fließt keine Milch mehr ab, sondern nur gelbliches Blutwasser, und hinterläßt eine blutig-rostige Spur. Puschok beschnuppert sie und blickt Maria an.

Selbst damals, als unsere Kühe im Wermut geweidet haben, hatten wir Milch. Sie war bitter, aber wir tranken sie und kamen zu Kräften. Und nun ist sie giftig . . .

Sie nimmt die Fotos von den Wänden, zieht sie aus den Rahmen und legt sie auf den Tisch. Die Kinder lächeln ihr zu, schauen absichtlich finster drein, posieren fröhlich, die Jungen markieren Kraft und Verwegenheit, nur Odarka ist wie immer voller Scheu. Die Fotos liegen vor ihr – jung und schön sind alle ihre Kinder, noch nicht vom Leben und von der Zeit gezeichnet.

Was wird aus dir, mein Geschlecht? Das Schicksal hat dich verstreut, als hätten wir einen langen und schrecklichen Krieg durchlebt. Mit Gefallenen, Verwundeten und Vermißten. Wir sind sogar ohne Erde geblieben, als hätten wir diesen Krieg verloren. Böse Zungen behaupten, daß sie Alexander einsperren und ihm den Heldentitel abnehmen werden. Soll wirklich nur Fjodor übrigbleiben? Einzig und allein Fjodor? . . . Er kann keinem erzählen, wer wir Mirowitschs sind, wie wir gelebt, wozu wir uns bekannt haben, weshalb wir untergegangen sind.

Sie bindet die Fotos in ein Tuch, hängt die leeren Rahmen an ihre Plätze und sitzt lange mit geschlossenen Augen vor der verloschenen Kerze, die seit dem Leichenmahl auf dem Tisch steht, und wiegt leise den Oberkörper.

Jetzt kann ich gehen. Jetzt werde ich in Knjashi Ljubetsch gebraucht. Hier gibt es sowieso kein Leben mehr. Weder für mich noch für Mawra, noch für Puschok. Dort beerdigen sie mich wenigstens menschlich. Ich muß gehen, Mawra hat sich den Fuß verstaucht, aber da ist nichts zu ändern, wir müssen fort, hier gibt es weder Gras noch Wasser.

Sie betrachtet noch einmal die Fotos, findet ein großes, auf dem die ganze Familie vor dem Haus aufgenommen ist – zu Iwans Fünfzigstem war sogar Alexander aus Moskau gekommen –, und stellt es hinter das Glas ans Fenster. Mochten sie auf die Straße blicken.

Sie nimmt die Kleider aus der Truhe, die sie für ihre Beerdigung vorbereitet hat, legt sie in einen Zellophanbeutel, schiebt das Päckchen mit den Fotos dazu und verläßt das

Haus. Sie schließt ab, legt den Schlüssel auf den Pfosten und stülpt den Melkeimer darüber. Damit wir nicht lange zu suchen brauchen, wenn wir zurückkommen, hier vergesse ich ihn nicht, hab ihn mein Lebtag an dieser Stelle versteckt.

Sie bricht ein Büschel Wermut und schiebt es ebenfalls in den Beutel. Dann schlingt sie Mawra einen Strick um die Hörner, läßt die Stalltür offen, damit die Hühner sich vor den Füchsen verstecken und bis zu ihrer Rückkehr Eier legen können.

Sie wickelt sich das andere Ende des Stricks fest um die Hand, schiebt Mawra den Zellophanbeutel zwischen die Hörner und wandert tapfer, ohne jemanden zu fürchten und ohne sich zu verstecken, zum Fluß. Mawra hinkt, folgt jedoch ihrer Herrin. Puschok rennt dreimal ums Haus herum, nimmt den Geruch des heimatlichen Hofs mit sich und läuft hinterdrein.

Mawra reckt den Kopf, um aus dem Fluß zu saufen, doch Maria hält sie an den Hörnern zurück.

«Mach keinen Unsinn! Das geht nicht, Mawra! Glaubst du, ich würde nicht selber von dem Wasser trinken wollen? Hab ein wenig Geduld. Wir schwimmen ans andere Ufer, dort laß ich dich aus dem ersten sauberen Brunnen saufen.»

Maria geht bis zum Hals ins Wasser. Mawra bleibt störrisch, Maria zerrt sie aus Leibeskräften hinter sich her. Puschok scharrt mit den Pfoten im Sand, bellt heiser und nervös, doch als er sieht, daß Maria und Mawra schon schwimmen, springt auch er ins Wasser.

Sie ist am Fluß aufgewachsen, kann von Kindheit an schwimmen, aber die nassen Kleider ziehen sie hinab, die Hände werden schwach, sie schluckt Wasser, muß sich an Mawras Hörnern festhalten, doch die Kuh stößt sie nicht zurück.

Die Strömung treibt sie ab, Mawra schnauft laut, Maria packt mit der freien Hand Puschok am Fell, der schlägt mit den Pfoten um sich, um nicht zu ertrinken.

Der Fluß trägt sie auf eine schmale Landzunge. Mawra säuft Wasser, und Maria verbietet es ihr nicht mehr, sie liegt mit dem grauhaarigen Kopf im feuchten Sand, mit dem Körper im Wasser, im warmen Wasser, das zärtlich ihre Arme und Beine umspült, als würde ein neugeborenes Kälbchen sie belecken.

91 Im Morgengrauen, als die Kinder noch auf den alten Wattejacken, die auf dem Fußboden ausgebreitet sind, unter alten, verwaschenen Decken schlafen, begleitet Olesja Sofja Paliwoda zur Bushaltestelle. Olesja hat gestern bei einer Frau aus der Sanitätsstelle für Sofja Geld geborgt und sie überredet: «Ich passe auf die Kinder auf, fahren Sie nur und holen sich die Unterstützung. Die Städter bekommen sie in Iwangorod. Lassen Sie sich auch das Geld für Tante Odarka, ihre Kinder und mich auszahlen. Hier sind die Vollmachten, sie sind im Dorfsowjet beglaubigt. Erkundigen Sie sich nach allen Neuigkeiten. Fragen Sie im Stab nach meiner Mutter, und hinterlassen Sie unsere Adresse. Und fragen Sie, ich bitte Sie sehr, nach Roman Zwigun. Ich habe Ihnen den Namen aufgeschrieben. Um die Kinder machen Sie sich keine Sorgen, ich werd mit ihnen schon fertig.»

Die Kinder schlafen noch, als Olesja zurückkommt. Mögen sie schlafen. Wenn sie erst aufwachen, schafft man nichts mehr. Sie richtet das Frühstück in der Laube, wo sie einen Gasherd aufgestellt haben, den der Kolchos ihnen als der größten der evakuierten Familien zur Verfügung gestellt hat.

Der Hausbesitzer und seine Frau verpacken im Kofferraum des Wagens Kisten mit frischen Tomaten.

«Bring sie zum Heumarkt. Frag nach Kultschizki. Er weist dir einen Stand zu und besorgt dir auch die Bescheinigung über die Strahlungsanalysen. Es sind zwar Treibhaustomaten, aber immerhin ... Unsere Einquartierung ist ja von *dort*. Dieses Kistchen gibst du Kultschizki, wenn er Schwierigkeiten macht mit der Bescheinigung ...»

«Belehr mich nicht dauernd, bin schließlich nicht auf den Kopf gefallen. Zu zweit wär's natürlich leichter, aber es ist zu gefährlich, diesen Heuschrecken hier Haus und Treibhaus zu überlassen. Siehst ja, wie alles gekommen ist: Wir wollten neu tapezieren und die Fußböden streichen ... Wer weiß, wann die jetzt abhauen.»

Olesja hört diese Unterhaltung. Die Kartoffel, die sie gerade schält, fällt ihr aus der Hand und rollt über den zementierten Weg zur Hundehütte. Sie geht hinauf ins Zimmer und stopft eilig das wenige Hab und Gut in Großmutters alten Furnierholzkoffer. Dann weckt sie die Kinder.

92

Fjodors Hand gleitet vom Operationstisch und hängt über dem Fußboden. Olga sieht, wie unter der mädchenhaft zarten Haut des jungen Mannes das Blut pulst. Die schlanken Finger, die ovalen Nägel mit kleinen weißen Tupfen. Wie bei Alexander, genau wie bei meinem Alexander.

Sie haben Griz keine Narkose gegeben, sie fürchten, er hält nicht durch und erwacht nicht mehr. Er liegt auf dem Tisch neben Fjodor, reglos, mit geschlossenen Augen, die Haut auf seinem Nasenrücken ist gespannt und leuchtet weiß. Die Assistenzärzte lassen keinen Blick von den Meßwertgebern des Apparats für Bluttransfusion und -reinigung.

Der amerikanische Arzt streift die Gummihandschuhe ab und wäscht seine Hände unter fließendem Wasser.

«Nun können wir die Hände waschen. Ich bin abergläubisch, aber vorläufig können wir es. Wir wollen nicht das Schicksal dieses tapferen Burschen beschwören, mit dem die Natur sich solche Mühe gegeben hat.»

Fjodors Finger bewegen sich suchend. Alexanders Hand in der Jugend. So suchte er nach mir, wenn er erwachte. Ich hab es jeden Morgen so gern beobachtet. Bin sogar absichtlich früher aufgestanden, um es zu sehen ...

Der ganze Arm bewegt sich jetzt, winkelt sich im Ellbogen, und die Finger regen sich, berühren den am Körper ausgestreckten rechten Arm des Bruders. Griz' Hand reagiert schwach auf diese Berührung, scheint zu erwachen.

Auf dem unbeweglichen Gesicht des Amerikaners zeigt sich plötzlich kaum merklich tiefe menschliche Anteilnahme.

«Dies hier ist der einzige Ausweg, Frau Kollegin. Einen anderen hat die Menschheit nicht. Andere Möglichkeiten kenne ich nicht, hochverehrte Frau Mirowitsch.»

93

«Halt noch ein bißchen durch, Mawruscha, dort hinter dem Wald hör ich Stimmen. Dorthin müssen wir. Darfst nicht stürzen, ich krieg dich nicht wieder hoch. Bist ganz vom Fleisch gefallen, aber ich kann dich trotzdem nicht tragen», sagt Maria und zerrt Mawra am Strick weiter.

Sie sind den ganzen Tag unterwegs, die Sonne hängt bereits tief über den Kiefernkronen. Wahrscheinlich haben sie sich verirrt; ihr ist, als seien sie über einen fremden, verlassenen Planeten gewandert – auf den Feldern stehen Kartoffellegemaschinen, Sämaschinen, Traktoren, und Krähen hocken darauf. Hin und wieder verschnaufen sie, Maria melkt die Kuh, die Milch läuft auf die Erde, und Puschok leckt sie auf. Maria scheucht ihn nicht mehr fort, er ist ja doppelt soviel gelaufen wie sie und Mawra, mal voraus, um alles zu beschnuppern, und dann zurück zu ihnen, um sie weiterzuführen.

«Stemm dich nicht. Tritt vorsichtig mit dem kranken Fuß auf, ich kann dir nicht helfen. Es ist nicht mehr weit. Nein, ich verlaß dich nicht. Liefere dich weder den Wölfen noch der Strahlung aus. Wir müssen weiter. Schnüffle, schnüffle nur zu, Hund, und merk dir den Weg. Wenn wir zurückkehren, geb ich Mawra nicht mit auf den Viehwagen, wir kehren zu Fuß heim ...»

Puschok hat sie aus dem Wald geführt, er jault, legt sich auf den Bauch, wälzt sich im Gras und kriecht zu Maria. Sie will ihn mit dem Fuß von sich schieben, damit Mawra ihn nicht tritt, aber er weicht nicht, und so muß sie stehenbleiben. Sie hebt den Kopf und glättet die grauen Haarsträhnen, die ihr in die Stirn gefallen sind.

Ein Trugbild? Oder Wirklichkeit?

Menschen in Gärten ... Ein Storch auf einem verdorrten Ahornbaum neben dem ersten Haus am Dorfrand ... Duft von Brot und Borschtsch ... Aus einem Schornstein steigt bläulicher Rauch auf. Ein Schnitter mäht Gras, auf dem Sattel seines Motorrads schlummert ein schwarzgefleckter Kater. Ein kleiner Traktor kriecht über einen Hügel und stößt gleichmäßige schwarze Rauchringe aus ... Weißgekalkte Bäume in den Gärten, wie Schulmädchen in weißen Kniestrümpfen. Wie vertraut hier alles ist! Hab nicht geglaubt, daß meine Augen das noch einmal sehen werden. Hier leben Menschen ...

Sie hätte am liebsten laut gerufen, aber die ausgetrocknete Kehle gehorcht ihr nicht, es wird nur ein Krächzen, und sie verstummt. Das erste Haus am Dorfrand blickt sie mit seinen Fenstern an, in den Scheiben spiegelt sich die Abendsonne.

Maria zerrt Mawra wieder hinter sich hier, sie fürchtet, das stille Glitzern der Fensterscheiben aus den Augen zu verlieren. Selbst wenn es nur ein Trugbild ist – sie muß darauf zugehen.

Im Hof frißt ein ausgespanntes Pferd frisches Gras, zupft es schnaufend vom Fuhrwerk. Der Brunnen ist zwar zugedeckt, aber nicht vernagelt. Ein voller Wassereimer steht auf dem Rand. Maria und Mawra strecken sich gleichzeitig nach dem Wasser, Maria läßt die Kuh vor. Sie zieht noch einen Eimer voll hoch, legt sich mit ihrem ganzen Gewicht auf den Brunnenschwengel.

«Genug, Mawra, genug, du erkältest dich!»

Maria trinkt selbst gierig und fühlt, wie das kühle Wasser ihre Kehle hinabrinnt und ihr neue Kraft verleiht. Sie schließt die Augen, um nicht das alte, erschöpfte Weib mit den zerzausten grauen Haaren sehen zu müssen, das sie aus dem Eimer anstarrt.

Vom Brunnen weggehen kann sie nicht mehr. Sie sieht, wie Mawra zum Fuhrwerk hinkt und mit den Lippen das frische Gras rauft. Einige Halme fallen unter die Räder. Maria läßt sich auf die kleine Bank neben dem Brunnen gleiten und lehnt sich mit dem Rücken gegen einen Pfahl. Mawra muht, Puschok drängt sich an ihre Beine ... Ich bin daheim.

Sie schlummert ein und hört nicht, wie ein hagerer, von der Frühlingssonne gebräunter Mann mit einer Sichel in der Hand und einem Armvoll Gras aus dem Garten in den Hof kommt.

«Mikola ... Mikola ...», ruft die alte Frau am Brunnen leise im Schlaf. Unwillkürlich zuckt er zusammen, als er seinen Namen von dieser unbekannten Frau hört, die dort so gespenstisch hockt.

«Bin doch hier. Ich war nur am Ufer nach Gras für die Langohren ... Die sind mächtig verfressen.»

Seine Stimme weckt Maria.

«Wo bin ich? Lebe ich? Mawra frißt Heu vom Fuhrwerk, Puschok liegt zu meinen Füßen ... Also lebe ich!»

«Kommen Sie doch ins Haus, es ist offen ... Ich kann mich bloß nicht an Sie erinnern, Tantchen ... Schade, daß meine Frau nicht zu Hause ist – sie bringt die Kinder ins Kreiszentrum. Die sollen ins Ferienlager, in den Süden ... Kann Ihnen nicht mal was Vernünftiges zum Essen vorsetzen nach dem langen Weg. Wenn meine Frau zu Hause wäre, da würde schon was in der Pfanne brutzeln. Machen Sie sich am besten selber was zurecht, ich kann nur Spiegeleier braten, und selbst die versalze ich. Ich seh schon, Sie sind von *dort* ... Vielleicht haben Sie meine Mutter gekannt? Sie lebt nicht mehr, wir haben sie im Januar beerdigt ... Wirtschaften Sie hier nur rum, ich muß noch den Leuten Wasser aufs Feld bringen. Wie sollen wir bloß den Sommer über ohne die Kinder leben? Gar nicht auszudenken. Das Haus, das ganze Dorf ohne die Kleinen – schrecklich ...»

Die Kinder können sich gar nicht genug freuen über die neue Wohnung, in die Tante Olesja sie gebracht hat. Wenn man laut ruft, hallt die Stimme lange unter der Kuppel wider, als wolle sie sich über jemanden lustig machen, der sich dort droben versteckt hat. Und Platz zum Spielen haben sie auch auf dem großen Hof vor dem Klub. Man braucht keine Angst vor den Wirtsleuten zu haben, denn hier gibt's keine, das hier ist der Klub, in den die Leute nach Feierabend kommen.

Dem Kolchosvorsitzenden hatte Olesja nur erklärt:

«Wir müssen ein Telefon in der Nähe haben, wir können aus Moskau angerufen werden. Lassen Sie uns im Klub wohnen, das Museumszimmer steht sowieso leer, wer hat jetzt Sinn für Museumsbesuche?»

Zu den Kindern aber sagte sie streng:

«Wenn eines von euch auch nur einen einzigen Gegenstand anfaßt, gehen wir in die alte Wohnung zurück.»

Der Fahrer der Sanitätsstelle – er ist mit seinem SMH-Wagen von Tallinn heruntergekommen und wirft mehrmals am Tag Briefe in den Postkasten – hatte geholfen, die Metallbettstellen in das große Museumszimmer zu tragen und sie an der Wand aufzustellen wie in einem Studentenwohnheim.

Das Heimatmuseum des Dorfs sollte zum Tag des Sieges eröffnet werden, aber die Havarie hat so vieles verändert, was bedeuten da solche Kleinigkeiten ... An den Wänden hängen eine riesengroße Karte der großfürstlichen Länder der Kiewer Rus – dick umrandet ist darauf das Dorf Knjashi Ljubetsch –, Fotos der hiesigen Revolutionäre, Mitarbeiter des

Komitees der Dorfarmut und noch eine zweite Karte, auf der die Fronten und die Armeen eingezeichnet sind, die Kiew und Knjashi Ljubetsch von den faschistischen Eroberern befreit haben, sowie eine Tafel, auf der das Wachstum des Viehbestands und die Steigerung der Ernteerträge im hiesigen Kolchos dargestellt sind. In den Schaukästen sind das Mandat einer Melkerin zu sehen, einer ehemaligen Delegierten des Unionsparteitags, die Urkunde über das Recht des Kolchos, Acker und Boden zu nutzen, die Kleidung eines Budjonny-Soldaten – das Löchlein auf der Brust der Feldbluse ist sorgfältig gestopft –, ein Soldatenhelm aus dem Großen Vaterländischen Krieg mit einem tiefen, schartigen Sprung...

Doch die meisten Exponate sind noch nicht ausgestellt, sie liegen auf den Fensterbrettern, auf dem Fußboden und auf dem großen Tisch herum.

Es wird erzählt, daß der hiesige Geschichtslehrer all seine Ersparnisse diesem kleinen Museum geschenkt hatte, und als er in Rente ging, Exponate aus Kiew, Moskau, Pereslawl und von Privatpersonen beschaffte. Was doch ein einzelner vermag, denkt Olesja, als sie ihren Blick über all diese Gegenstände gleiten läßt, über die Stoßzähne eines Mammuts, über eine Steinaxt und das selbstgebastelte Modell eines Atomkerns und des Sonnensystems.

«Ich hole Wasser aus dem Brunnen, ihr wascht euch die Füße und geht schlafen. Aber rührt nichts an, ich hab's euch schon einmal gesagt...»

Doch kaum ist sie zur Tür hinaus, da stürzen sich die Kinder auf die Ausstellungsstücke: wenigstens einmal anfassen, einmal berühren! Tarassik schimpft zwar mit den Kleinen, möchte sich aber gar zu gern selbst hinter das Maschinengewehr legen und den Soldatenhelm aufsetzen. Das ist doch was ganz anderes, als wenn man es nur im Kino sieht oder auf einem Bild. Wann kommt noch einmal so eine Gelegenheit! Nur eine Minute, Olesja erfährt es gar nicht.

«Tarassik darf, aber ich hab ja auch keinen Vater mehr!» Dmitro nimmt das schwere, rostzerfressene Schwert in die Hand und stülpt sich einen Kosmonautenhelm auf den Kopf.

Nina dreht den großen Schulglobus, er quietscht, und die verschiedenfarbigen Kontinente, Meere und Ozeane huschen vorbei. Auf den Kopf hat sie sich eine leichte Fürstenkrone aus Pappmaché gesetzt, und an den Füßen trägt sie Holzschuhe. Der Globus dreht sich immer schneller, er verwandelt sich in eine bunte Kugel, auf der man weder Grenzen noch Staaten unterscheiden kann.

Ruslan sucht auch nach etwas, das Interessanteste haben sich natürlich schon die Älteren geholt. Das verrostete Kettenhemd eines fürstlichen Ritters drückt ihn zu Boden. Dann eben nicht... Er setzt sich die Budjonny-Mütze auf, nimmt eine alte Kosakenpistole und zielt auf die Glühbirne. Für Lida sind nur das Modell des Atomkerns und die Steinaxt geblieben. Ob es nun daran liegt, daß sie das uninteressanteste Spielzeug abbekommen hat, oder daran, daß sie sich der Worte von Tante Olesja erinnert, jedenfalls beginnt sie leise zu weinen.

Tarassik kriecht hinter dem Maschinengewehr hervor, um eine Lanze anzufassen, die in einer Ecke steht. Er nimmt sie, hebt sie mit beiden Händen an und schlägt aus Versehen gegen die einzige Glühbirne in diesem Raum, die an der Decke brennt. Sie zerspringt. Grausige Finsternis bricht herein, den Kindern fallen die heißen Glassplitter auf die Köpfe. Sie sehen einander nicht mehr, fühlen sich einsam und verlassen und bekommen Angst in der stummen, undurchdringlichen Dunkelheit.

Sie brechen alle auf einmal in Weinen aus, vor Angst und vor Einsamkeit. Sie weinen so kläglich und verzweifelt, wie nur Kinder weinen können – mitten in der Nacht, wenn keine Erwachsenen in der Nähe sind, wenn man keinen rufen und sich zu keinem flüchten kann. Sie haben grenzenlose Freiheit erhalten, haben sie auf ihre Weise ausgenutzt und sind nun dafür bestraft.

Ihr Weinen steigt auf zur Kuppel der alten Kirche, hallt zurück.

94

Dieses Weinen hört Maria; sie geht hinter dem Fuhrwerk her, auf dem Mikola Mawra nach Knjashi Ljubetsch bringt, denn nun ist das Bein der Kuh hoch hinauf geschwollen. Puschok ist weit vorausgelaufen, sein Schwanz schimmert weiß wie die Flamme einer Kerze.

Die Lichter von Knjashi Ljubetsch auf dem Hügel sind schon zu sehen. Maria bleibt hinter dem Fuhrwerk zurück, um Atem zu schöpfen. Da sieht sie einen Stern, der sich am Himmel bewegt, aber nicht hinab auf die Erde fällt, sondern hoch oben weiterfliegt und leuchtet. Nah und fern zugleich.

Im selben Moment hört sie das Kinderweinen. Es trifft sie im Innersten und treibt sie weiter.

«Ich bin ja hier! Geduldet euch einen Augenblick. Ich tröste euch gleich und streichle euch. Und geb euch auch eins hinter die Ohren. Und dann will ich euch wieder trösten ... Nein, Maria, du mußt leben. Du mußt noch leben ...»

Tschernobyl-Kiew, 1986/87.